ヤマンタカ　下

大菩薩峠血風録

夢枕 獏

角川文庫
21994

目次

おもな登場人物

土方歳三◆ひじかたとしぞう
武州日野宿の石田村出身。土方家に伝わる秘薬「石田散薬」の行商をしながら行く先々の剣術道場で剣を学ぶ。御岳の社で開かれる奉納試合に出場するため天然理心流に入門する。

机 竜之助◆つくえりゅうのすけ
武州沢井村出身の剣客で「音無しの剣」を使う剣の達人。父弾正に幽鬼か妖物《ようぶつ》のようと言われるほど、得体のしれない雰囲気を纏《まと》っている。不動一刀流の跡継ぎ。

宇津木文之丞◆うつぎぶんのじょう
甲源一刀流和田道場の師範。武田家に仕えていた家臣たちからなる組織・千人同心の家柄の出。お浜の許嫁《いいなずけ》者。

近藤 勇◆こんどういさみ
武蔵国多摩郡上石原村出身の浪士。十六歳の時に天然理心流に入門し、試衛館に通うようになった。歳三、沖田のよき兄貴分。強い。

沖田総司◆おきたそうじ
九歳で天然理心流試衛館の内弟子になった十七歳の青年。細面の色白で、童子か女のような顔をしている。剣の疾《はや》さにおいて他を圧倒する。

巽 十三郎◆たつみじゅうざぶろう
伯耆坊を名乗る浪人風の男。その正体は丹波の赤犬の実の弟で、馬庭念流の鶴瓶玄心斎の弟子。諸国を放浪してあみだした「内割りの秘太刀」を使う。

机 弾正◆つくえだんじょう
机竜之助の実の父。甲源一刀流沢井道場

を抜けて新たに立ち上げた流派、不動一刀流の総帥。息子・竜之助が使う「音無しの構え」の正体を知っている様子。

丹波の赤犬◆たんばのあかいぬ
ひとつの地に長居せず、あちこちをうろついている渡世人。金が欲しくなると博打場へ顔を出し、勝った客や羽振りがいい客から金を掏《す》りとって稼いでいる。滅法剣が強い。

七兵衛◆しちべえ
土方家に出入りする薬売り。歳三が気に入っている。歳三に「百人、二百人の子分を持ってる侠客《きょうかく》か、盗っ人の頭目」と言われるほど素性が知れない。

お浜◆おはま
八王子横川にある旅籠《はたご》、かつら屋の娘で宇津木文之丞の許嫁者。年の頃は十八、九の気丈な性格の女性。男を惹《ひ》き付ける色香を漂わせている。

お松◆おまつ
大菩薩峠で殺された老巡礼、与一兵衛の孫。七兵衛に助けられる。湯島の妻恋坂付近に住む七兵衛の知り合いの女、お絹のもとへ預けられる。

佐藤彦五郎◆さとうひこごろう
土方歳三の義兄。代々日野宿の寄場名主をつとめる家の当主。天然理心流に入門し、四年で免許を許される実力の持ち主。自宅の敷地内に天然理心流の日野道場を建てる。

与八◆よはち
机家近くの水車番。もと捨子《すてご》だったが、弾正に拾われて養育された。馬を一頭担いで歩くことができる怪力の持ち主。

大菩薩峠の周辺

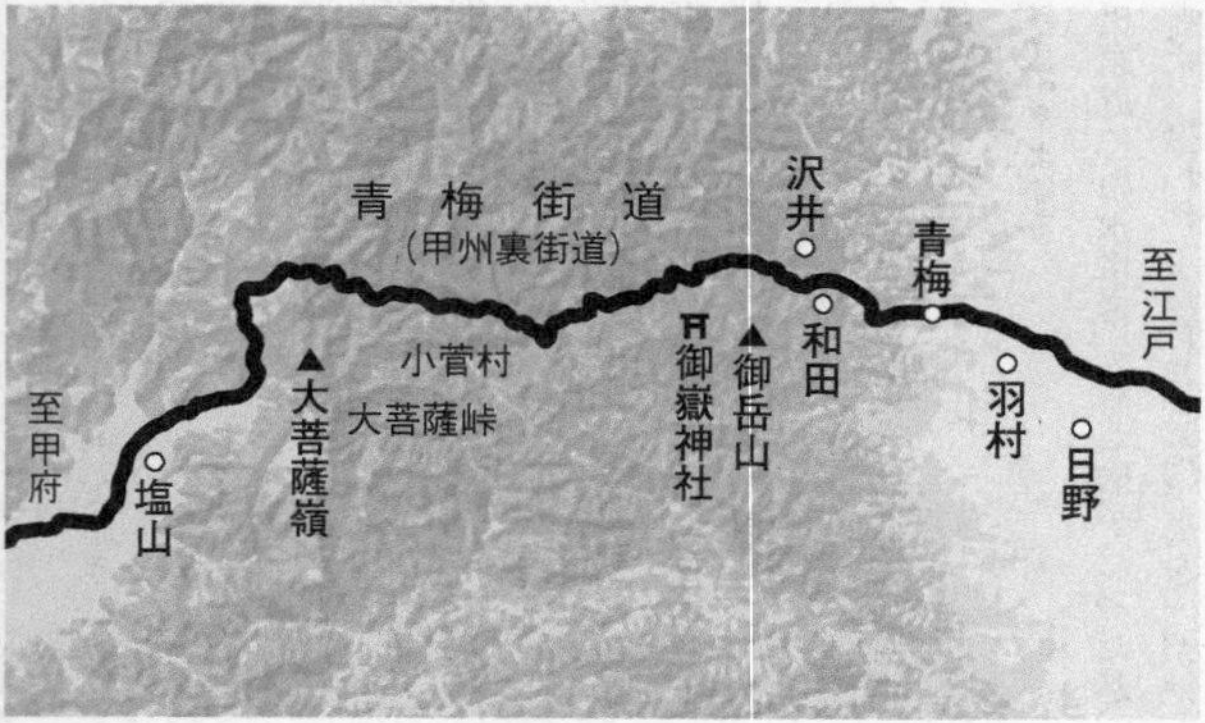

巻の八　魔性の剣

一

天を睨んでいる。

歳三《としぞう》は、長屋門の屋根の上にいる。

棟《むね》を跨《また》ぐように腰を下ろし、太い腕を組んで、流れてゆく雲を睨んでいる。

稽古は、休んだ。

試合は間近に迫っている。

こんな時に稽古を休むのもどうかとは思ったのだが、こういう気持ちのまま稽古をしても、かえって、自分の形が崩れてしまう。悪い癖がつくだけだ。

七兵衛《しちべえ》を、日野《ひの》道場までゆかせて、近藤《こんどう》に休むと伝えるように頼んだのだ。

「何故休むか、理由はどういたします？」

七兵衛が問うてきた。

「休む、それだけでいい」

そう言って、歳三は屋根に登ったのである。

考えているのは、お浜《はま》のことだ。

これまでは、忘れるよう、思わぬようにしようとしてきたが、それをやめたのだ。考えぬようにしようと思えば思うほど、人はそのことを考えてしまう。どうせ、考えてしまうのなら、徹底的にお浜のことを考えてやろうと肚をくくったのである。

お浜が姿を消したのは、今朝のことであった。

お鶴《つる》が部屋に入ってゆくと、布団はもうあげられていて、これまでお浜が着ていたお鶴の着物が丁寧に畳まれて、かわりにお浜が着ていた巡礼の衣装がなくなっていた。

畳まれたお鶴の着物の上に、手紙が載せられていた。

世話になったという礼の言葉があり、突然に姿を消すことの非礼を、お浜はその手紙の中で詫《わ》びていた。

もう、自ら生命を縮めたりすることはないので、心配するにはおよばないという言葉が、それに添えてあった。

お浜は、どこへ行ったのか。

歳三は、それを考えている。

横川《よこかわ》のかつら屋へもどったか——

そうではあるまい、と、歳三は思っている。家へ帰るつもりなら、それなりの挨拶がある。何も告げずに姿を消したということは、人に言えぬような事情があってのことであろう。

どのような事情か――

ここまで考えてくると、歳三の頭の中に浮かんでくるのは、

〝沢井《さわい》へ行ったのではあるまいか〟

という疑惑である。

不動一刀流《ふどういっとうりゅう》沢井道場――そこには机竜之助《つくえりゅうのすけ》がいる。

お浜は、机竜之助に会いに行ったのではないか――

歳三は、そう考えているのである。

何故か!?

それは、奉納試合の宇津木文之丞《うつぎぶんのじょう》の相手が、机竜之助だからである。

その机竜之助に会って、お浜はどうするのか。

考えられることは、ひとつである。

しかし――

沢井村までゆくのには、途中、和田《わだ》村を通らねばならない。和田村には、甲源一刀流《こうげんいっとうりゅう》和田道場があり、そこには、宇津木文之丞がいる。ゆけば、本人か、道場生と会う可能性が高い。それは、お浜の望むところではないであろう。

それでも、敢《あ》えて、その道をゆくか――

だが、川沿いの道をゆかずに、山中の間道《かんどう》を通ってゆけば、時間はかかるものの、和田を通らずに済む。

おそらく、間道だ。

だが、何のために、お浜は机竜之助のところへ行こうというのか。

思いあたることはある。

だが、しかし――

歳三は、天を動いてゆく白雲を睨みながら、自身も考えをまとめかねているのである。

ここで、考え続けても、埒《らち》はあかない。

歳三は、肚を決めた。

そこへ――

「歳三さん――」

下から、声がかかった。

七兵衛であった。

「近藤先生に、伝えてまいりましたよ」

「何と言っていた？」

「それもよかろうと――」

近藤も、このところの歳三の様子は理解している。

時には、おもいきって稽古を休んだ方がいいと、近藤も考えたのであろう。

「お浜のことは？」

「申しあげておりません」

七兵衛は言った。

それでいい。

「七兵衛、ゆくぞ」

歳三は、屋根の上に立ちあがっていた。

「どちらへ？」

七兵衛が言った時には、歳三はもう屋根を蹴って飛んでいた。

七兵衛の前に降り立ち、

「沢井だ」

歳三は言った。

二

すでに、陽《ひ》は西の山の端《は》に没していた。

しかし、正確な意味での日没にはしばらく間があるため、沢井村には、まだ充分な明かりがあった。

陽が見えなくなった代わりに、西の空に、黄色い月が浮かんでいる。その月に向かって、不動一刀流沢井道場の横にある母屋から、煙が、ひと筋立ち昇って流れてゆく。

道場の屋根の棟に、猿が一頭腰を下ろし、たなびく煙を眼で追うようにして、その月を見あげている。

その屋根の下に、机竜之助はいた。

たれもいない道場の床に座して、眼を閉じているのである。

床の面が、開いた武者窓から入ってくる空の明かりを映して、水の面《おもて》のように、しんと澄んだ光を放っている。

机竜之助が、何を考えているのか、何を思うているのか、その表情からはうかがい知ることはできない。

そこへ――

「若先生、若先生……」

外から声がかかった。

戸が開けられ、そこに大きな人影が立った。

与八《よはち》であった。

「どうした……」

机竜之助が、眼を開いた。

「へ、へえ……」

与八が言いよどむ。

「どうした」

もう一度問われて、

「お客さまで……」

与八は言った。

「客?」

「それが、女のお客さまで……」

「女……」

「お浜さまと申される美しいお方で——」

「お浜——」

「御存じのお方でございますか」

与八が問うたが、竜之助は答えず、

「どういう用事じゃ」

逆に訊《たず》ねた。

「それが、用事を申されません。若先生とふたりきりでお話がしてえと……」

「ふたりきりで?」

「へえ」

「そのお浜とやら、今、どこにいる」

「あたしのとこで――」

与八の言う〝あたしのとこ〟というのは、山水を引いて回している水車小屋のことで、母屋からも道場からも少し離れた場所に建っている。

「どういうことじゃ――」

竜之助が問う。

「つい、しばらく前、巡礼姿のそのお浜さまがやってきて、机さまのお屋敷はどちらかと訊ねるので、それならば、わたしの旦那《だんな》さまで、あちらですと答えたのですが……」

与八はそのしばらく前のことについて語りはじめた。

与八が言うには、

「お浜と申しまするが、机竜之助さまは、御在宅にござりましょうか――」

と、お浜が訊ねてきたというのである。

「若先生ならおりますが――」

与八が言うと、

「お会いしたいのです」

お浜が言う。

「若先生にかね」

「机竜之助さまに。できれば、ふたりきりでお話ししたいのです――」

ここで、与八の頭に浮かんだのは、このお浜というのは、机竜之助とわりない仲にある女で、よんどころない事情があって、今度《こたび》は竜之助を訪ねてきたものであろう、ということであった。

竜之助は、つい先日も江戸へ出ている。

江戸の女か、途中の宿《しゅく》の女と、竜之助がわりない仲となり、何かの事情が今度は生じて、その女がこうして竜之助の許《もと》まで、巡礼姿となって訪ねてくるにいたったのではないか——そういう筋書きが、与八の頭に浮かんだのである。

「できれば、どなたにも知られずに、竜之助さまとだけ、お会いしたいのです」

そう言われて、与八は胸を叩いた。

「ようございます。この与八がみんな呑み込みました。若先生を、わたしが呼んでまいりますから、お浜さまは、この水車小屋でお待ちなされればようございましょう」

そう言って、お浜を水車小屋に残し、ここまでやってきたというのである。

「このことは、弾正《だんじょう》さまはもちろん、誰にも言っちゃあおりません——」

気を利かしたつもりで、与八は言った。

「わかった……」

うなずいて、竜之助は立ちあがった。

腰に二本を差して、外へ出た。

まだ、充分に外は明るい。

月が、多少輝きを増したくらいである。

ゆっくりと、竜之助は歩き出した。

おきゃあ……

屋根の上で、猿が、小さく哭いた。

三

机竜之助が入ってゆくと、お浜は、ほの暗い水車小屋の中で、入口に背を向けて座していた。

まだ、巡礼姿であった。

中の半分以上が土間である。

その土間に、搗臼《つきうす》がふたつ――

山水を引いて水車を回し、そこで籾《もみ》を搗《つ》くのだが、まだ夏になったばかりで、水車はただ回っているだけだ。杵《きね》は上下していない。

簡単な竈《かまど》がひとつ――

棚があって、そこに、鍋《なべ》や木椀《もくわん》など、食事をするのに最小限の必要なものが載っている。壁に、薪が積みあげられている。

かたちばかりの板の間が三畳ほどあり、そこに茣蓙が敷かれ、畳まれた、薄い布団があり、それに夜着が被せられている。

もともとは、人が住むためのものではないのだが、そこを、与八が、自分の使い勝手のよいようにかえたものらしい。

壁には窓もあって、そこに破れ障子の戸まであるところを見れば、図体は大きいものの、与八、そこそこに手先は器用にできているようであった。

竜之助が戸を閉めた。

「机竜之助さまでございますね……」

背を向けたまま、お浜が言った。

「用事は――」

竜之助が口にした言葉は、それだけであった。

問われて、そうだとうなずいたわけでもなく、お浜かと確認をしたわけでもない。

それでも、お浜には、入ってきた者がたれであるか、わかったようであった。

お浜はお浜で、用事は、と問われて、すぐに答えなかった。

無言で、竜之助に背を向け続けている。

「九日後の奉納試合に、お出になられるとうかがいました……」

お浜は言った。

竜之助に向けられたままの背に、お浜の覚悟のようなものが立ち昇っている。

「ああ、出る……」

短く、竜之助は答えた。

「お相手は、宇津木文之丞――」

「そのようだな」

竜之助は、それを肯定した。

「なれば……」

お浜は、数度、背を向けたまま、気息《きそく》を整えようとするように呼吸し、

「お願いがござります」

竜之助に向きなおった。

青く澄んだ眸《め》が、怖いほど竜之助を睨んでいる。

視線をそむけない。

お浜の呼吸がわずかに荒くなっている。

「願いとは……」

竜之助が問う。

顔に血が昇ったのか、お浜の頬が、微かに赤くなっていた。

「宇津木文之丞、おそろしい相手にござります――」

お浜は言った。

「承知しておる」

「勝てましょうか」

お浜は言った。

「さて――」

机竜之助は、切れ長の眼で、お浜を見やった。

「いずれが勝つかは、わたしの知るところではない……」

「お勝ち下さい」

はっきりと、お浜は言った。

お浜は、まだ、机竜之助を睨んでいる。

「殺して下さい」

言ったお浜の声が、かすかに震えていた。

「勝って、殺して下さい。宇津木文之丞を――」

「試合うということは、そういうものではない……」

静かに、机竜之助は言った。

「そういうものではない？」

「うむ」

「では、どういうものなのでござりましょう――」

「我らが試合うというのは、あれは、供物《くもつ》なのだ……」

「供物？」

「神でもよい、天と呼んでもよい、そういうものに捧げられた供物なのだ。我らは……」

「――」

「贄《にえ》と言ってもよい」

「贄？」

「勝つとか、殺すとか、そういう思いは、供物として不要のものだ。そういう思いは、贄として不純なものなのだ。闘う者は、その時その時、己れが最も効果的と思われる技を、己れの裡より天に向かって捧げるだけじゃ。勝つことも、そして、死ぬことも、ただ、その結果のひとつにしか過ぎぬのだ……」

「わたくしには、机さまが何を言っていらっしゃるのかわかりませぬ」

「わからぬでよい」

醒めた声で、机竜之助は言った。

「では、机さまは、宇津木文之丞に勝てぬとおっしゃるのですか」

「勝てるとも、勝てぬとも言うておらぬ……」

「では、机さまは、勝つために剣の稽古をし、修行なされているのでは……」

「ない」

机竜之助は、静かにそう言った。

「信じられませぬ」

「信じられぬでもよい……」

「それは、人ではありませぬ。それがもし本当なれば、机さまは、人として、歪《いびつ》なのではございませぬか。人として、必要なものが足らぬのではありませぬか――」

お浜が言うと、

「なに……!?」

初めて、机竜之助の眸《め》が光った。

「わたしを、人として歪っと申されるか――」

自分を見つめてくる竜之助の視線に負けまいとするかのように、お浜は立ちあがっていた。

素足のまま、土間へ下りた。

濡れた瞳でお浜は竜之助を見、

「机さま……」

一歩、二歩と、竜之助に歩み寄った。

「宇津木文之丞を、殺して下されませ――」

白い両手の指で、お浜は竜之助の両襟を握った。

下から竜之助を見あげた。

お浜の身体が、細かく震えている。

「もしも、宇津木文之丞を殺して下されましたら、このお浜を……」

お浜は、右手の指を、竜之助の襟から離《はな》した。

「この、お浜の身体を、自由になされてよろしいのですよ……」

言ってから、お浜は、激しく首を左右に振った。

「いいえ、いいえ、このお浜を抱いて下されませ。宇津木文之丞の血に濡れた手で、わたしを抱いて下されませ――」

お浜の右手が、下へ伸び、机竜之助の裾を割って、その裡に滑り込んでいた。

が……

その白い指先に触れるはずのものが、そこになかった。その白い指先が握るはずのものが、そこになかったのである。

いや、あることはあった。

しかし、それは、硬くも大きくもなっていなかったのである。

お浜は、竜之助の胸を両手で押し、後ずさるようにして、退がっていた。

「竜之助さま……」

まさか――

そういう眸《め》の色であった。

まさか、そんな……

これまで、このような状況で、ここまで平静でいた男があったであろうか。

そこを、熱く、硬くせずにいられた男があったであろうか。

自分を見て、自分の動作を見て、周囲の男たちが、いずれもそこを硬くしているのは、幼い頃からわかっていた。みんな、そうであった。

ただ、自分は、それに気づかないふりをしてきた。気づかないふりをして、血を熱くしていたのである。心臓を脈打たせていたのである。

男とは、そういう生き物であると思っていた。

例外はなかった。

たれもが、自分の吐き出す息を間近で吸い、指先で肩でも腕でも触れられただけで、そこを硬くするものだと――

宇津木文之丞もそうであった。

あの、赤犬《あかいぬ》の連中もそうであった。

薬屋として、炭小屋に入ってきた土方《ひじかた》歳三という漢などは、自分が犯されている時には、あからさまにそこを怒張させていた。

しかし、この漢は――

あの日野の渡しで、出会った時から、この机竜之助は、他の男とは違う気配を身に纏っていた。

自分を、見なかった。

どういう男でも、自分に、ちらちらと視線を送ってくる。他を見るふりをして、自分を見てくる。

何食わぬ顔をして――

それがわかっていた。

だから、そういう視線と、わざと眼を合わせてやる。

すると、男は、慌てて眼をそらす。
その男とうまくやりたければ、二、三度眼を合わせて、微笑してやればいい。
そうすれば、あとは男が自然に声をかけてきて、自分の思うままだ。
しかし、机竜之助だけは、違っていた。
それが気になって、あの晩、あのような賭《か》けの勝負をしてしまったのだ。
机竜之助に比べれば、まだ、松吉《まつきち》の方が男として理解できる。
だが、この竜之助は……
生まれて初めて出合う、屈辱であった。
お浜が唇を噛んだ時――
外から、何やら声が聴こえてきた。
「何でござりましょう」
という、与八の声であった。
声の聴こえ具合からすると、まだ距離がある。
「あ、お待ちくだされませ」
次の与八の声は、最初の声よりこちらに近づいてきていた。
「ここに、お浜という女がいるはずじゃ――」
別の男の声がした。
「このおれが、しばらく前、確かに見たのじゃ。その後、いずこかに行ったというのなら、どこへ行った。どちらにしろ、中をあらためさせれば、それで済む話ではないか——」

「いや、しばらく、しばらく——」

という与八の声は、もう、水車小屋にかなり近づいていた。

「埒があかぬ。一郎太《いちろうた》、宗助《そうすけ》、中をあらためてきなさい——」

その声を耳にして、お浜がはっとしたのは、それが、宇津木文之丞の声だったからである。

机竜之助が、その声の主をどう認識したか、その表情からはわからない。

ただ——

がらり、と戸を開けて外へ出ていた。

四

暗い水車小屋から出てみれば、外はまだ思いのほか、明るかった。
しかし、夕闇が迫りかけている。
とん、
と、後ろ手に、竜之助が戸を閉める。
そこに、四人の男たちがいた。

ひとりは、与八だ。

そして、もうひとりは宇津木文之丞である。

残ったふたりが、甲源一刀流和田道場の、小谷《こたに》一郎太と渋川《しぶかわ》宗助である。このふたり、宇津木文之丞が、御岳《みたけ》の社へ登る際、文之丞と一緒にいた者たちだ。

「ほう……」

と、宇津木文之丞が、そこに現れた、机竜之助を見やった。

「机竜之助どのではありませんか。不思議なところで出会いますね……」

「騒がしいな……」

机竜之助が言った。

「いえ、わたしの道場の者が、沢井へ用事があって来ていたのですが、帰る時にわたしのよく知っている女を見たというのですよ。後を尾行《つ》けてみたら、ちょうど、このあたりでそこにいる与八という男と出会って、ふたりでこの水車小屋の中に入っていったと――」

文之丞に言われて、

「この小谷一郎太、確かにこの眼で、それを見もうした」

〝ここに、お浜という女がいるはずじゃ――〟

と、さきほど聴こえてきたのと同じ声で、獅子《しし》鼻の男が言った。

それを受けて、

「小谷一郎太、このわたしと共に、その女、浜どのを、しばらく前に御岳の社にゆく途中、見ておる。同じ巡礼姿であったと一郎太も言うておるので、見間違うたとは思えぬ」

もうひとりの男が言った。

妙に顔ののっぺりしたこの男が、渋川宗助ということになる。

「聴かれた通りじゃ。竜之助どの。その女、名をお浜と言うて、このわたしの許婚《いいなずけ》であった者でな。ここしばらく、行方が知れぬようになっておりました故、我らその行方を捜していたところでござりましてな。一郎太の報告を聴いて、わたしも慌てて渋川とともに和田からやってきたのですよ――」

宇津木文之丞は言った。

「で――」

「その水車小屋の中、あらためさせていただきたいのです。お浜がおれば、連れてゆきたいのですよ。いないのならいないで、突然押しかけた失礼をおわびして、我らここから立ち去りましょう――」

宇津木文之丞が言い終えぬうちに、

がらり、

と、水車小屋の戸が開いた。

宇津木文之丞は、竜之助の肩越しにそちらへ視線を放ち、

だ。

「お浜どの——」

そう言った。

水車小屋の入口に立っていたお浜は、戸を閉め、歩いてくると、机竜之助の横に並んだ。

宇津木文之丞はお浜のその動きを眼で追いながら、

「お浜、これまでどこにいたのだね。おまえの実家から、お浜の行方がわからない、そちらに顔を出したりはしていないかと人が来た時には驚いたよ。てっきり、もどったものとばかり思っていたからね。ここしばらくは、おまえのことをずっと捜させていたのだよ」

心配そうな声で言った。

「しかし、こんなところにいたとは……」

文之丞は、竜之助を見、そして与八を見やり、

「いったい、どうして、このようなところにおまえがいるのだね」

そう訊ねた。

言われて、お浜の唇の右端が、小さく吊りあがった。

微笑したように見えた。

「御岳の御社での試合のことで、机さまにお願いしたきことがござりまして、やってまいりました——」

「文之丞さま、そこで机さまと試合をなさるとうかがっております」

「御社の試合？」

「その通りだが、しかし、その願いとは？」

「申しあげて、よろしゅうござりましょうか――」

言いながら、お浜がちらりと見やったのは、机竜之助であった。

机竜之助は、答えない。

お浜の紅い唇に、はっきりと笑みがこぼれていた。

「今度の試合、竜之助さまに負けていただくよう、お願いに来ていたのでございます――

――」

お浜は言った。

これまで、水車小屋の中で、竜之助に言っていたのとは、逆のことを言った。

お浜は、まだ、竜之助を見やっている。

竜之助の表情は、動かない。

何を考えているのか。

竜之助は、何も言わなかった。

かわりに、
おきゃあああ……

いつやってきたのか、あの青い猿が、水車小屋の屋根の上にいて、光を増してきた月に向かって、小さく哭きあげた。

竜之助の右の肩口から、ふわり、と宙に光が動いた。

青い、幽鬼の如き色をした、蛍であった。

気がつけば、闇が、この玉川《たまがわ》の谷間の村に忍び寄っていて、その薄闇の中を、ふたつ、みっつ、よっつ、蛍が飛びはじめているのである。

「な、なんてことを……」

そうつぶやいたのは、与八であった。

もとより、与八は、お浜が水車小屋の中で、何を竜之助に言ったかは聴いていない。

だから、そのまま、お浜の口にしたことを信じている。

竜之助が、たとえそれを否定したとしても、では、この水車小屋でふたりが何をしていたのかという疑問がぬぐいさられるわけではない。

いずれにしろ、水車小屋の中での話は、お浜と竜之助のふたり以外の者にとっては、あずかり知らぬことだ。竜之助が口を閉じていれば、お浜の口にしたことが真実となってしまう。

「その礼は、このお浜の身体《からだ》にござります」

お浜は、竜之助を横から見つめながら言った。

それを、竜之助が承知したのか。

お浜は、この水車小屋の中で、その礼をすでにすませてしまったのか。

たれも、問う者はいない。

これを問う資格を持つ者がいるとすれば、それは、ここにいる者の中では、宇津木文之丞ただひとりである。

「文之丞さまの妾になる女のできることと言えば、他になにがござりましょう……」

言いながら、お浜は宇津木文之丞に視線をもどした。

冴《さ》えざえとした笑みが、お浜のその口元に張りついている。

「しかたありませんねえ……」

宇津木文之丞は、ここで、微笑した。

「机どの、これで、我々は真剣で立ち合わざるを得なくなってしまいましたよ……」

「――――」

「おもしろいことになってきたとは思いませんか――」

文之丞の言う通りであった。

お浜が口にしたことが真実かどうか、それは、もう関係がない。お浜が言ったことは、これで世間に広まることになる。

そうなれば、たとえ文之丞が勝ったとしても、あれは、お浜が身体を机竜之助に売ったからだという噂が立つことになる。

それを止めるには、今、ここで文之丞がお浜を斬るか、ふたりが真剣で勝負をするしかない。

真剣の試合となれば、負けた方はほとんど死ぬことになろうから、わざと負ける約束ができていたとの噂をそれで払拭《ふっしょく》できる。

文之丞は、お浜を斬らずに、真剣での勝負を選んだことになる。

「机どの、御承知であろうが、我ら宇津木家と机家には、かねてからの因縁がござる」

竜之助は答えない。

「我が父、伝心《でんしん》とそなたの父弾正どののこと、覚えておいでであろう」

文之丞の言葉の調子が変化した。

「そろそろ、我らの代で、その因縁に決着をつけるべきと思うがいかがでござろうか――」

「――」

「御岳の社の奉納試合、これに互いの道場の看板を賭けて闘うというのはどうであろう」

文之丞は言った。

「看板?」

竜之助が問うた。

「負けた方が、道場をたたむということで……」

文之丞が言う。

「おれには関係のない話だ」

「しかし、あなたは、不動一刀流の道場を、弾正どのから継ぐ立場ではないのですか―

──」

「そういうことに興味はない……」

「では、何故、今度の奉納試合、不動一刀流の者として出場なされるのですか」

「愚問……」

短く、竜之助が言った。

「愚問？」

「道場が欲しくば、弾正を斬ればよい──」

他人事のような、竜之助の言葉であった。

「あなたの父上を？」

「そうじゃ」

竜之助は、ほとんど感情を動かさずに言った。

ふわり、
ふわり、
と、蛍が竜之助の周囲に舞う。

「あの漢は、逃げぬ……」

竜之助は言った。

「好きな時に、あの漢の前に立って、抜け、とひとこと言えばよいだけのことだ」

「覚えておきましょう」

文之丞はうなずき、

「ところで……」

と、周囲を見やった。

どんどん、飛ぶ蛍の数が増している。

「あなたはどうなのです？」

「何のことだ」

「抜けと言われれば、抜くのですか……」

「──」

「神楽坂《かぐらざか》でのことも、日野の渡しでのことも、噂は聴いております。抜けと言われて、あなたは断らなかったようですね」

「噂じゃ……」

「今はどうなのです？」

文之丞は、竜之助ではなく、飛ぶ蛍を眺めている。

「ふっ」

と、文之丞が小さく息を吐き出した。

きらっ、
と、刃に月の色が映った。

文之丞が腰の剣を抜いたのだ。

抜きざまに、竜之助の右肩の上を飛んでいた蛍を突いていた。

剣の先に、飛んでいた蛍が貫かれていた。

そこで、貫かれたまま、蛍が光を明滅させている。

竜之助は、逃げもせず、声をあげもせず、呼吸も乱していない。

「なんてことを、あんた――」

与八が声を荒くした。

「蛍がわずらわしかろうと思いましてね――」

文之丞が剣を引くと、蛍が地に落ちた。

蛍は、そこで、二度三度と明滅したが、すぐに光らなくなった。

抜き身が、鞘に収められた。

凄まじい技であった。

飛んでいる蛍を突くだけでも至難の事であるのに、それを切っ先で貫いてみせるとは――

「あなたの番ですよ」

文之丞が言った。

「おれの？」

「音無しの剣を、見せていただけますか――」

「見せものではない――」

「見ても、わからぬ……」

竜之助はつぶやき、

「しかし、文之丞どのの剣、御岳の参道と、そして、今またここで見せてもろうた。闘う者どうし、一方だけが相手の太刀筋を見ているのでは、文之丞どのも納得できなかろう。おれの剣も、見せておこう」

竜之助の腰が、浅く落ちた。

右手が、剣の柄を握っている。

剣を抜いた。

疾い動きではない。

ゆっくりと――

左手が柄に添えられ、刃がゆるい風のようにゆるゆると宙を動いてゆく。

その動きは、充分に眼で追うことができた。

舞《まい》を舞う者が、開いた扇子をゆっくり宙に翳《かざ》すような動きだ。

その冷たい刃の光りに、ふうっと蛍が吸い込まれるように寄ってきた。

その刃が、宙で、くるりと回って、柔らかく蛍に触れた。

宙を飛ぶ光が、ふたつになった。

ふたつになった光は、まだ飛んでいた。宙を滑るようにしばらく飛んで、ふたつの光は地に落ちていた。

その時には、竜之助の手に握られていた剣は、もう、腰の鞘に収められていた。

「なんと鮮やかな……」

文之丞が、賛嘆の声をあげた。

「まるで、蛍が、自ら、刃に向かって身を投げ出していったように見えましたよ」

宇津木文之丞――

机竜之助――

いずれも、並の剣技ではない。

蛍を突いた文之丞で言えば、そもそも飛んでいる蛍を剣で突こうとしても、まず、当てることができない。たとえ当てられても、蛍はただ剣先に押されて、飛ぶ方向を変えるだけだ。

その蛍を、剣の先で貫いたのである。

机竜之助で言えば、眼で充分に追えるようなゆっくりとした剣の動きで、どうやって蛍を斬ることができるのか。

蛍の動きを眼で追いつつ、おそろしく正確に剣を動かさねば、それは無理だ。ふうわりと飛んでいるように見えて、蛍の動きは不規則で予測し難い。

それを、蛍の飛ぶのと同様の速度で剣を動かしながら斬ってのける。

魔性《ましょう》の剣と言っていい。

「さて——」

宇津木文之丞は涼しい顔で机竜之助を見つめ、

「ひと通りの御挨拶は済んだということで、よろしいですね」

そう言った。

竜之助は答えない。

文之丞は、お浜を見やり、なんとも優しい微笑を浮かべた。

びくり、と身体を硬くして後ろへ下がったお浜に、

「ではゆこうか」

文之丞は言った。

「いやです」

お浜が言う。

「おやおや、何がいやなのだね」

「浜はゆきませぬ」

「そんな聞きわけのないことを言うものではない。かつら屋からも、長吉《ちょうきち》がやってきて、ずい分心配していたのだ。長吉からは、もし、和田へおまえがやってきたら、よろしく頼むと何度も言われている。かつら屋へは、知らせをやるから、二、三日和田でゆっくりして、その後、家へ帰るがいい。ちゃんと、供の者もつけてあげよう……」

「ゆきません」

お浜は言った。

「お浜――」

と、文之丞がお浜に近づこうとしたところへ、

「おいおい、いやがってるぜ」

声がかかった。

文之丞たちが、声の方へ眼をやると、そこに、ふたりの男が立っていた。

ぬうっと立った太い大きな漢と、細身の男――土方歳三と七兵衛であった。

「あんたは？」

「天然理心流《てんねんりしんりゆう》、石田《いしだ》村の土方歳三だよ」

歳三は言った。

その声で、今、声をかけてきたのがこの歳三とわかった。

「そこで聴かせてもらったよ」

歳三は言った。

歳三の少し後ろに、松の古木が生えていて、その根元に石の地蔵と祠がある。

その影に、今まで、歳三と七兵衛は隠れていたらしい。

水車小屋の周囲は、水を張ったところに稲の苗が伸びている田である。

その田の中の一本道の途中に、与八の水車小屋があるのである。

「そこまで来たら、ぶっそうなものを抜いて、蛍を斬ってる人間がいるじゃあねえか。

おもしろそうだから、見物させてもらったんだが、見てるばっかりじゃあつまらねえ。こっちも本舞台へあがらせてもらおうと思ってね――」

もう、あたりは暗い。

月が昇りかけて、明るさを増しているから、なんとか、人の姿も見てとれる。

天に、星の数が増えている。

しばらく前に、歳三はこのふたりとは御岳の社と参道で顔を合わせている。

文之丞も、竜之助も、その漢がたれであるかわかったようであった。

「どうしてここへ？」

「わけありでね」

歳三が答えた時――

「初めて見る顔ではないな……」

竜之助が言った。

竜之助が月明かりの中で見つめているのは、歳三の横に並んでいる七兵衛であった。

竜之助の声は、大きくなく、静かであったが、よく通った。

その声が、文之丞が次に出そうとしていた言葉を止めてしまっていた。

「十日か、いや、半月以上前か……」

竜之助が、独り言のようにつぶやく。

「大菩薩《だいぼさつ》峠から下る時に、見た顔だ……」

「よく覚えておいでで――」

「あの時の薬屋だな……」

「へえ」

「何故、逃げた」

竜之助が訊ねた。

「あなたさまが、おそろしゅうござりましたので――」

「ほう……」

「机さまこそ、どうして、あの時わたしに斬りつけてこられたのです？」

「おまえが、構えていたからじゃ……」

「構えて？」

「抜き身の剣を握って、斬りかかってくる寸前のような気配を纏っていたが――」

「ただの薬屋でござりますよ」

「ただの薬屋のわけがあるまい」

「お金は頂戴いたしますがね――」

七兵衛がはぐらかすと、竜之助は小さく微笑した。

「弱い犬どうしが、互いに相手に自分の影を見て、怯えて吼《ほ》えあったということか――」

「そんな、机さまが弱い犬などと――」

「他でも見たな」

「日野の宿で、掏摸《すり》がおれの懐をねらった時、見ていたはずだ……」

確かにその通りであった。

気づかれてはいないと七兵衛は考えていたのだが、そうではなかったことになる。

「まだある……」

竜之助は言った。

「まだ？」

「先夜、当道場の天井に、大きな鼠《ねずみ》が忍んできたが、そんな面《つら》ではなかったか――」

「まさか」

七兵衛は、右手で、軽く自分の額を叩いた。

顔に笑みを浮かべてはいるが、横にいる歳三には、七兵衛の身体が緊張しているのがわかる。

後ろに跳んで逃げたいのを、必死でこらえているようであった。

「そう言えば、あの日――」

と、七兵衛は言った。

「大菩薩峠へ登ってゆくおり――机さまと出会った日ですが、峠で、老いた巡礼がひとり、何者かに斬り殺されておりますね」

「――」

「他？」

「これは、なんでござりましょうか。奉納試合が近づいてくると、そういうことが多くなってくるということなのでしょうかねえ……」

七兵衛は、竜之助に向けていた視線を、文之丞に向けた。

「土方さん、あなたのお連れが、もしあなたの御身内の方だとすれば、これは、先日の御岳での約定をたがえていることになりますよ」

文之丞は言った。

「おう、これは失礼——」

七兵衛は、腰をかがめ、丁寧に頭を下げる。

「つまらぬことじゃ……」

竜之助がぼそりと言った。

「つまらぬ……？」

七兵衛が、竜之助を見る。

「奉納試合があって、それに出る者が、血を鎮めるため、あるいは腕を試すため、人を斬る——それがつまらぬことだというのさ」

「では、何がつまることなので……」

「おれならば、そういうことで、人は斬らぬよ……」

「では、どういうことでなら？」

「はて——」

竜之助の眸《め》が、遠くなった。

「どういうことであろうかな……」

竜之助の眸は、周囲を群れ飛ぶ蛍を眺めているようであった。

「では、話をもどしましょうか」

そう言ったのは、宇津木文之丞である。

「話？」

と、応じたのは歳三である。

「お浜のことですよ」

文之丞が言った時には、もう、お浜は歳三の背後に立っている。

「お浜を渡してもらいましょうか」

「渡すも渡さねえも、それは、おれが決めることじゃない。お浜が決めることだろう」

「土方さん、それは、そのお浜とどういう関係があってのもの言いなのですか――」

「そこの七兵衛がね、御岳の参道で、難儀しているお浜さんを見つけて、うちへ連れてきたんだよ。それで、しばらくあずかったんだ。その前は――」

歳三の言葉を遮って、

「聞きましたよ、噂はね――」

文之丞が言った。

「日野の、赤犬の連中との一件でしょう。藤屋《ふじや》の炭小屋に捕らわれていたお浜を、あなたと、近藤先生たちが救い出されたということでしたが……」

そこで、文之丞は、歳三の眼を覗き込み、にいっと笑った。

「ははあ、そういうことでしたか──」

「何がそういうことなんだい」

「土方さん、あなた、そこでこのお浜が松吉というのに犯されているのをごらんになりましたね」

「──」

「あなた、それをごらんになって、いかがでしたか──いや、お答えいただく必要はございません。なるほど、なるほど……」

文之丞は、ひとりで、納得したようにうなずいている。

「で、具合はいかがでしたか？」

文之丞が、歳三に問うた。

「具合？」

「いやですねえ、とぼけないでください。そこまでわたしに言わせるのですか。お浜のあそこの具合のことですよ──」

「──」

「よかったのですね。それで、あなたもお浜のことが忘れられなくなってしまったということなのでしょう」

歳三は、言葉に詰まった。

図星だったからだ。

お浜とは、まだ身体の関係こそ結んでいないが、文之丞の言っていることは、その通りであった。

ここで、身体の関係などないと主張することもできたが、それを、土方は口にしなかった。

それを口にすれば、文之丞よりも卑しい人間になってしまいそうな気がしたからだ。

少なくとも、文之丞は、己れの心に正直だ。

「惚れたんだろうな」

歳三は言った。

そう言うしかない。

言ってから、気がついた。

まだ、自分は正直ではない。

「惚れちまったんだ。惚れた女を連れに来たんだよ」

はっきりと言った。

「文句あるかい」

剣ならば、上段に構えて、ただまっすぐに振り下ろす、そういう言葉であった。

すっきりした——

吐き出して、そういう気分だった。

喉につかえていたものが、これで失くなった。

「これはこれは……」

思いがけない言葉を耳にしたように、文之丞は眉《まゆ》を持ちあげてみせ、

「いやいや、驚きましたね、土方さん」

笑った。

「そういうことのようだよ、お浜。これは、わたしも無理におまえを連れてゆくわけにはいかないねえ」

文之丞は、歳三を見やり、

「では、土方さんが、お浜を連れてゆくというわけですね——」

そう言った。

「ああ、土方さん、たいへんなことになってしまいましたねえ。このお浜、いつも白刃を抜いて向き合っているようなつもりでないと、とても一緒にいることができるような女ではありませんよ。御同情いたしますよ。しかし、羨《うらや》ましい……」

「せいぜい気をつけるさ」

言いながら、歳三が考えていたのは、あの晩のお浜のことであった。

〝文之丞を斬ってくれ〟

と、あの時お浜はこの自分に頼んだのだ。

それを知ったら、この男は、どんな顔をするのだろうか。

案外、顔色も変えずに、

「お浜なら、そのくらいは言うでしょうよ」

けろりと言うかもしれない。

あるいは、この文之丞こそが、お浜という女の一番の理解者かもしれない。

そうでなければ、いつも白刃を抜いて向きあっているような、などという表現が口から出てきたりはしないであろう。

——おれは、文之丞に嫉妬しているのか。

歳三はそう思った。

「いずれにしろ、ここは退散した方がよさそうですね」

文之丞は、机竜之助に顔を向け、

「そうそう、思い出しましたよ。あなたにひとつ、言っておかねばならないことがありました」

そう言った。

「あなたの母上、加絵《かえ》さまですが、お亡くなりになって、もう、どのくらいになりましょう？」

「二十年じゃ……」

竜之助が答える。

「ああ、そうでした、もう二十年になりますか――」

「それが、どうしたのだ」

「喉を短刀で突いて、自ら生命を断たれたそうですね」

「――」

「お美しい方でした。残念なことです……」

「何が言いたいのだ」

「自ら生命を断った、その理由《わけ》は御存じでしょうか――」

「理由!?」

「色々な噂が、わたしの耳には届いています。まあ、事情が事情ですからね――」

「――」

「あなたは、御存じないようですが、加絵さまが御自害なされたその時、たれがそこにいたか、知っていますか――」

「独りではなかったのか」

「そのようですね」

「たれがその場にいたと?」

「わたしの口から事情を聴いても信用なされぬかもしれません。あなたの身近な方に、訊ねてみたらいかがです?」

文之丞が、にいっと笑った。

「身近な者とは？」

竜之助が問う。

「そこにいるではありませんか――」

文之丞の視線が動いて、与八の上で止まった。

「そこにいるのが、与八という名なら、その男が、加絵さまが御自害なされたその場にいた人物ですよ」

竜之助の視線が、与八を見た。

与八は、その視線に押されるように、

「い、いえ、わたしは、わたしは……」

狼狽した様子で、後ろに退がった。

その姿を見れば、文之丞の言ったことが正しいとわかる。

「わたしがその場に行った時には、もう、加絵さまが御自害なされた後で……」

与八の眼が、怯《おび》えで泳いでいる。

嘘とわかる眼であった。

「与八……」

竜之助が、優しいと言っていいほどの、静かな声で言った。

それだけで、退がろうとしていた与八の動きが止まっていた。

与八の身体がかたまっている。

「何故、黙っていた……」

「そんな、若先生、わたしは、ほんとに……」

「何故、言わなかった……」

竜之助が、前に出る。

「い、いいえ、言わなかったなんて、そのような――」

「おれを、これまで騙《だま》してきたか？」

竜之助が前に出ても、与八はもう退がらなかった。

足がすくんで、動けなくなってしまったらしい。

「言え」

竜之助の身体の中に、ふいに透明な気が張りつめたように見えた。

「言わねば、斬る……」

本気である。

竜之助の身体から発せられる気配から、それが嘘でないとわかる。

「言います。お話しいたします……」

その身体を支えていた何かが切れたように、与八がそこに膝《ひざ》を突いた。

「わたくしは、若先生を騙していたわけではありません。言うなと口止めをされておりましたので……」

「たれが、口止めを――」

「そ、それが——」

与八は、縋《すが》るような眼で、周囲を見やった。

これだけ、人がいるところではとても口にできない——そういう眼であった。

「なるほど、では、我らはこれで引きあげましょうか。わたしたちがいては、言えぬこともありましょうからね」

文之丞は、場違いなほど涼やかな声で言った。

「竜之助どの、念のため申しあげておきますが、このことで礼はいりませんよ。今、わたしが加絵さまの御自害について話をしたのは、あなたに動揺していただくためですからね。与八から話を聴き、あなたが心を揺らす。そして、今のわたしの言葉を聴いて、さらに心が動揺する。わたしの目的はそれですから。今日、お会いできなくても、試合までには、何らかの手は打つつもりでしたが、お浜のおかげで、ちょうどよいその機会ができました。お浜には、感謝しなくては——」

文之丞は、お浜を見やった。

「お浜、おまえという刃物を、一番上手に扱えるのはこのわたしだよ。おまえという刃物は、わたしのもとにあってこそ、その働き場所を得るのだ。人にとってそれこそが大事なことなのだ。妻《さい》だの、妾だの、そういうことにこだわってはいけないよ。気が変わったら、いつでもわたしのところへおいで——」

声の調子だけを考えれば、優しくお浜をいたわっているような口調ではあるのだが、しかし、口にしていることは、人として、何かが一本抜け落ちているようであった。

文之丞は、お浜を見ていた眼を歳三に移し、

「土方さん、どうぞ、お浜の扱いには、充分心を配ってください」

そう言って、その場に背を向けていた。

「ゆきますよ」

文之丞が歩き出すと、小谷一郎太と渋川宗助が、慌ててその後を追った。

「土方さん、邪魔をしてはいけませんよ——」

歩きながら、背中越しに文之丞は言った。

それまで、口をつぐんでなりゆきをうかがっていたのだが、

「そういうことだな——」

歳三は、七兵衛にとも竜之助にともなく、お浜にともなく、つぶやいた。

「おれたちもゆこうか——」

歳三は、お浜を見、

「どうする？」

そう問うた。

お浜は、竜之助を見やって、唇を嚙んだ。

竜之助は、膝を突いた与八を見つめている。

もう、お浜を見ていない。

「行きます。土方さまと——」

お浜は、竜之助を睨みながらつぶやいた。

竜之助の背のあたりに、青い鬼火のように、蛍が舞っていた。

巻の九　異形菩薩

一

斬ることができない。

雑念を——

斬っても斬っても、雑念は消えず、生き物のように生まれてくるのである。むしろ、斬れば斬るほど、雑念はその数を増やしてゆくようであった。

意識せぬようにしても、雑念は生じ、自分の肉の中に満ちてくるのである。

このようなことは、初めてであった。

歳三は、自分をもてあましている。

夜——

浅川《あさかわ》の河原で、歳三は剣を振っている。

真剣だ。

それを、上段に構えて、打ち下ろす。

ぴゅっ、
と、音がする。

夜の大気を、白刃《はくじん》が斬る音だ。

その音が、振っているうちに、だんだんと凄《すご》みを増してゆく。

ぴゅう、
と、柔らかい笛のような音で、剣が鳴る時には、腕から肩、背にかけて、戦慄《せんりつ》のようなものが疾《はし》る。

剣と自分が、一体化したような気がして、その一瞬だけ、雑念は消え去ったかに見えるが、すぐまた現れて、歳三の心を埋めてゆくのである。

沢井から連れてもどってきたお浜のことは、土方家でも問題になった。

事情はどうであれ、これ以上親類縁者でない女がひとつ屋根の下に寝泊まりする以上は、親もとへなんらかのかたちでの挨拶《あいさつ》は必要である。

お浜の意思がどうであれ、かつら屋に連絡をした方がよかろうという結論が出て、使いの者を向かわせたのと入れ違いのように、かつら屋から、長吉という男が、お浜を連れにやってきた。

おそらく宇津木文之丞が、馬でも走らせて、八王子《はちおうじ》のかつら屋に知らせを入れたのであろう。

「こちらにお嬢さまがいると噂を聴きまして——」

と、長吉は、どうして、ここにお浜がいることを知ったのかということについては口にしなかった。

お浜は、あれほどいやがっていたはずなのに、こうなることを覚悟していたように、不思議なほど静かに、落ちついた様子で挨拶をし、土方家から出ていったのである。

別に、自分の家へ連れ帰ったからといって、お浜が自分の女になったと歳三も考えていたわけではない。

ただ、他の男に渡さなかった——歳三にあるのはそれだけだ。だが、それにどれほどの意味があるのか。

石田村まで、夜道を歩いてくる時も、家にもどってからも、お浜は淡々としていた。表情を面《おもて》に表わさなかった。心を閉ざしているようにも見えた。

心を閉ざす——それ以外に、どのような方法があったろうか、とも思う。なかったであろう。

歳三は歳三で、お浜にかけてやるべき言葉を持たなかった。むしろ、お浜が家に来ることになって、
どうすればいいのか——

という思いもあったのである。

ただの男と女というには、あまりにも多くのことが、自分とお浜との間には存在して

いた。

何故《なぜ》、これほどにお浜のことが気にかかるのか、歳三にもわからない。

理屈などはいらない。

お浜が家にいる間に、襲うようにして抱いてしまえば、事はもっと簡単であったのかもしれない。案外、お浜を抱いてみれば、憑《つ》きものが落ちたように、自分はけろりとしているかもしれない。

自分の憑きもの——雑念を斬り払うように、歳三は剣を打ち下ろした。

七兵衛は、どこへ行ったのか——

昨日、

「ちょいと、出かけてまいります」

そう言って、そのまま、姿を消したのだ。

「何の用だい?」

歳三が訊ねたのだが、

「野暮《やぼ》用で——」

七兵衛はそれしか言わなかった。

もとより、七兵衛、石田散薬の人間ではない。石田散薬から薬を卸してもらって、他の薬と共に、それを行商して歩いている人間である。

いつ出かけるのも七兵衛の自由であり、行き先や目的を、出かける度に歳三たちに告げなくてもよいのだ。

歳三も、深く訊《き》かなかった。

人は、もともと独りである。

独り――

剣を握り、ただ独り、己れの剣をたよりに、自分の場所に立たねばならない。

歳三は、歯を嚙《か》んだ。

ふわり、と、眼の前に、青い光が浮きあがった。

蛍であった。

「ちいっ」

思わず、その蛍へ斬りつける。

剣が、斜めに宙を疾った。

刃が、蛍を斬ったかどうかと見えた時、ふっとその光が消えた。

闇の中に、また、青い灯《ひ》が点《とも》る。

ゆらりと動いて、再び、ふっとその光が消えた。

蛍は、明滅しながら闇を飛んでいる。今、光が消えたのは、歳三が斬ったためではなかったのだ。

歳三は、剣を振るのをやめた。

こんな腕で、勝てるのか。

宇津木文之丞は、蛍を突いてみせ、机竜之助は、蛍と同じ速度で剣を振り、蛍を斬ってみせた。

あの、自分の相手となる巽十三郎《たつみじゅうざぶろう》は、石燈籠《いしどうろう》を斬ってみせた。

自分には、何があるか。

何も、ない。

この自分が、奉納試合に出て、勝てるのか？

「辻斬りか……」

この心の揺らぎを収めるには、人を斬るというやり方もあるのかも知れないと、歳三は思った。いや、辻斬りなどやったら、かえって心の動揺は大きくなるのかもしれない。

どちらなのか。

わかりようがない。

これで迷ったあげくに、人は、人を斬りに行ってしまうものなのかもしれない。

宇津木文之丞もそうであったのか。

机竜之助は、しかし、別のことを言っていたはずだ。

——おれならば、そういうことで、人は斬らぬよ。

あれは、本当のことなのか。

そうなら、どういうことで、机竜之助は、お松《まつ》の祖父を斬ったのか。

奉納試合が始まるのは、八日後の六月九日である。

そこから二日間試合が行われる。歳三の試合は二日目だ。つまり、九日後のこの刻限には、試合の結着はついていることになる。

「斬らせていただきます」

と、巽十三郎は言った。

それは、真剣で——ということであろうか。

歳三の思考は、とりとめがない。

歳三は、肩でひとつ大きく息を吸って、太い溜《た》め息を吐いた。

二

七兵衛が帰ってきたのは、翌日であった。

日野道場での稽古《けいこ》が終わって、夕刻に帰ってきた時には、もう七兵衛は長屋門の自室で、戸を開けたまま煙管《キセル》をふかしていた。

歳三と眼が合うと、

「ちょいとお話が——」

七兵衛が声をかけてきたので、

「飯が済んだら行くよ」

歳三は言った。

歳三が七兵衛と向きあった時には、もう、あたりはすっかり暗くなっていて、物置の中には灯《あか》りが点されていた。

のっそりと熊のようにそこに胡座《あぐら》をかき、

「なんでえ、話ってのは？」

言った歳三の顔に、炎の色が揺れる。

元来は、どちらかと言えば、陽気と言っていい部類の貌《かお》だちであるのだが、今の歳三の表情の中には鬼相《きそう》のようなものが浮いている。

「歳三さん……」

七兵衛は、それに気づいて何か言おうとしたのだが、それを途中でやめた。

「どうしたい？」

歳三が言う。

「い、いいえ——」

「おれの面《つら》つきが変わったろう」

歳三は自分から言った。

わずか二日、三日であったが、相が別人のようになっている。

七兵衛は、あえて歳三に答えず、

「まあ、まずは一杯——」

膳《ぜん》の上に置いてあった徳利を手に取った。

簡単な酒の用意がしてあった。

七兵衛が手にした徳利が一本と、炙《あぶ》った鮎《あゆ》だ。

「いや、やめとこう。それより話が先だ」

「では、話の方から――」

七兵衛が、徳利を置いた。

「どこへ行っていた？」

歳三が訊いた。

「和田へ――」

「和田？」

「甲源一刀流の和田道場のことを調べに行ってたんですよ」

「何故だい」

「色々、気になることがございましてね。一度気になると、調べておかにゃあいられねえ性《たち》なんで。お松の爺《じい》さんが机竜之助に斬られた一件もずっと気になっておりましたし、歳三さんから頼まれていた辻斬りの方の一件だって、頭の中に引っかかっておりまして――」

七兵衛は言った。

で、思うところあって、和田、それから沢井まで出かけて、甲源一刀流のことについて、あちこち聴きまわっていたのだという。

「で、色々わかりました」

七兵衛は、にいっと笑った。

本人が口にした通り、気になったことをあれこれ嗅《か》ぎ回るのが、七兵衛、根っから好きな性らしい。

「甲源一刀流の和田道場、沢井道場——沢井の方は、今は不動一刀流になってますが、
このふたつの道場が、何故、今角《つの》突き合わすようになっちまったか、その因縁もわかり
ましたよ。こいつは、双方互いに負けられねえ。辻斬りしたって、勝ちてえわけで——」

「どんな因縁なんだい」

歳三は訊いた。

「へえ」

と、七兵衛は顎《あご》を引き、

「そもそものことで言やあ、こいつは、二十八年前《めえ》のところっから、話さなけりゃあな
りません……」

そして、宇津木家と机家、両家にまつわる因縁話を語り始めたのであった。

三

甲源一刀流を創始したのは、逸見太四郎義年《へんみたしろうよしとし》という、延享《えんきょう》四年(一七四七)、武蔵国《むさしのくに》

に生まれた人物である。

その祖をたどれば、甲州武田家《こうしゅうたけだ》に仕えた甲斐源氏《かいげんじ》である。十六代義綱《よしつな》の時に、主君武田信虎《のぶとら》の許《もと》を離れ、武蔵国は小鹿野《おがの》小沢口《こさわぐち》に移り住んだ。

その逸見家二十五代目が、義年である。

義年が始めに学んだのは、溝口派《みぞぐちは》一刀流で、師は溝口門人の桜井五亮長政《さくらいごすけながまさ》である。

義年、後に溝口派一刀流を出て、自流派を興した。家の出が甲斐源氏であったことから、そのうちより二文字をとって、流儀の名を甲源一刀流としたのがその始まりである。

義年の弟子に、比留間与八《ひるまよはち》という達人がいて、その息子の半造《はんぞう》が、八王子の千人同心に甲源一刀流を教えた。

八王子千人同心というのは、もともとは、かつて武田家に仕えていた家臣たちからなる組織である。武田家滅亡の後、その家臣たちが徳川《とくがわ》家に仕えるようになって、八王子に住むようになり、そこで生まれたのが、八王子千人同心ということになる。

比留間が、甲源一刀流を彼らに教えたというのも、甲州との縁からであったろう。

宇津木文之丞の宇津木家は、もともとは八王子に住む、この千人同心の家柄で、代々宇津木家は千人同心に入っていたのである。

したがって、八王子千人同心が学ぶ剣は、比留間半造以来、ずっとこの甲源一刀流ということになったのである。

三十年に余る昔、宇津木文之丞の父である宇津木伝心も、この八王子道場で甲源一刀流を学んでいた。

その時、たまたま小鹿野村の甲源一刀流本部道場とでも言うべき耀武館《ようぶかん》から、若き日の逸見利恭《としやす》が指導のため八王子道場までやってきたのである。

この時、伝心の才能を見抜いた利恭が、

「どうじゃ、伝心。一度、小鹿野村の耀武館まで、足を運んでみぬか――」

このように声をかけた。

これで、伝心が、耀武館まで出稽古に出かけたのが、そもそもの始まりとなった。

この時、耀武館にいたのが、机弾正と鹿座間治郎兵衛《かざまじろべえ》という人間であった。

机弾正は沢井から、鹿座間治郎兵衛は和田からやってきて、それぞれ住み込みで、耀武館で剣の修行をしていたのである。

門弟、千五百――

そのうちでも、机弾正、宇津木伝心の腕は飛び抜けており、道場では耀武館の龍虎《りゅうこ》と呼ばれるようになった。

技は互角――

いずれの腕が勝るかは、わからなかった。

防具を着けた竹刀の稽古では、いずれかが一本取れば、次には負けた方が一本取るというありさまで、どちらが強いのかということは、真剣でやってみて初めてわかるのではないか、と噂された。

机弾正、二十一歳――

宇津木伝心、二十一歳――

ふたりは同い年であった。

さらに言えば、鹿座間治郎兵衛と逸見利恭の両名は、弾正、伝心よりも、年齢が十二歳上の、三十三歳であった。

鹿座間治郎兵衛は、弾正、伝心より腕は落ちるものの、土地と金はあった。

それで、鹿座間治郎兵衛は、和田に甲源一刀流の道場を開き、机弾正と宇津木伝心を、師範代格としてその道場にまねいたのである。

弾正は沢井村から通い、伝心は、宇津木家の三男であったことから、八王子から和田へ移り住んだのである。

鹿座間治郎兵衛には、娘がひとり、いた。

名を、加絵といった。

加絵の年齢は、弾正、伝心より六歳若く、和田に道場が開かれた時、ふたりは二十二歳、加絵は十六歳であった。

この世の者とは思われぬような、白い透明な肌をしていた。

その肌のすぐ下を流れる血の色が透けて見えるのではないかと思われた。

そして、美しい。

ただ、奇妙な病《やまい》を持っていた。

い。


舌喰《したく》い病である。

自分の舌を、嚙んでしまうという癖が加絵にはあったのだ。

そのため、加絵の舌はいつも傷だらけであった。

この加絵に、弾正と伝心が惚《ほ》れた。

鹿座間治郎兵衛は、伝心に道場を継がせ、加絵を伝心に嫁《とつ》がせるつもりであったらしい。

らしい、というのは、これが噂だったからである。

しかし、加絵は、伝心には嫁がず、弾正に嫁ぐこととなった。

加絵が十八歳の時に、弾正の子を身ごもっていたことがわかったからである。

弾正が、和田の道場欲しさに、既成事実を作って、加絵に自分の子を生ませようとしたのだという、これも噂が立った。

加絵は勘当され、弾正は、和田道場への出入りを禁じられた。

それで、弾正は、沢井に、甲源一刀流の道場を開いたのである。

耀武館が、それを許したのである。

弾正の腕を惜しんだのであろう。

加絵が、天保《てんぽう》元年（一八三〇）、十八歳の時に沢井で産んだのが机竜之助であった。

その同じ年に、伝心は、和田の庄屋の娘である美代《みよ》という娘を嫁にして、その翌年に生まれたのが、宇津木文之丞であった。

加絵が、短刀で自分の喉を突いて自害したのが天保九年（一八三八）――加絵が二十六歳の時である。

甲源一刀流和田道場と沢井道場、以来ほとんど交流はなかったのだが、ふたつの道場が交わることとなったのが、四年前――安政《あんせい》元年（一八五四）の、御岳の社の奉納試合であった。

これまで、甲源一刀流の奉納試合の代表は、ずっと耀武館から出ていたのだが、実力者であった工藤新八郎《くどうしんぱちろう》が病で亡くなり、出場する者がいなくなってしまったのである。

それで、白羽の矢が立ったのが、和田道場の宇津木伝心と、沢井道場の机弾正であった。

このとき、ふたりとも、四十八歳。

両名共に、剣の円熟時にあった。

両名が、奉納試合への出場を強く希望したことから、

「では、両名、耀武館において立ち合い、勝った方を出場させようではないか」

逸見利恭がこのように言って、伝心、弾正の試合が実現することとなったのである。

試合形式は、奉納試合と同じく、木剣による防具無しの勝負である。

この試合、開始早々に、弾正が伝心の額を打ち割って、あっという間に勝負がついた。

道場がふたつに分かれて時がたつうちに、伝心と弾正の間に、大きな腕の差がついていたのである。

これだけ実力に差があれば、額を打たなくとも、小手を入れるだけで結着がついたのではないか、ということを口にする人間もいた。

過去の一件から、両道場には確執があり、両名ともに、相手を殺すつもりの勝負であったのだと言う者もいた。

結局、この時の傷がもとで、その翌年、伝心はこの世を去ったのである。

勝った弾正は、奉納試合に出場し、馬庭念流《まにわねんりゅう》の鶴瓶《つるべ》玄心斎《げんしんさい》と闘い、これを圧倒的と言っていい力で打ち破っている。

玄心斎もまた、この闘いがもとで、この世を去った。

そうして、弾正は、甲源一刀流の看板をはずして、新しい自流派の看板、不動一刀流を掲げたのである。

四

「まあ、そんなことがあったってえわけで――」

七兵衛は、灯りの中でそう言った。

この話の間、酒にも鮎にも手がつけられていない。

酒はぬるくなり、焼いた鮎はすでに冷えている。

この間、歳三は腕を組み、凝《じ》っと七兵衛の話を聴いていた。

「なるほど……」

歳三がうなずいたのは、七兵衛が語り終えてからであった。

「それにしても、よく調べたもんだ」

歳三は、ようやく組んでいた腕をほどき、そう言った。

「で、あっちの方はどうだったんだい」

歳三が訊いた。

「あっち？」

七兵衛が、眉《まゆ》をあげた。

「二十年前、机竜之助の母親が、自害したってえ話だよ。そっちの方も、さぐりは入れてあるんだろう」

「もちろんで――」

七兵衛はうなずいた。

冷えた鮎を手でつまみ、頭から囓《かじ》った。

「和田道場に、生田小文吾《いくたこぶんご》ってえ爺さんがいるんですがね。この爺さんの家に、要助《ようすけ》ってえ使用人がいる。こいつに、酒を飲ませ、小銭をくれてやったら、だいたいのところはしゃべってくれました――」

「生田小文吾？」

「加絵さまが、御自害されたという、その場に、少し遅れて駆けつけたのが、この生田小文吾で——」

「どうして、和田道場の人間が、その場に駆けつけることができたんだい——」

「それがですね」

七兵衛は、右手に残っていた鮎の尾を口の中に放り込み、指についた塩を舐《な》めながら語り始めた。

「勘当したと言ったって、そりゃあ、可愛い自分の子だ。鹿座間治郎兵衛も、娘のことは気になっている。なにしろ、娘を生んですぐに、その母親のお静《しず》ってえのが亡くなってるもんだから、余計に不憫《ふびん》で可愛い。子供の頃から、美しい分、身体が弱く、いつも身体のあちこちに傷をこさえてたってえから、そりゃあ、気になるでしょう——」

七兵衛は、口の中に残っていた鮎を呑《の》み込み、親指をぺろりと舐める。

「年に何度か、文や、娘の好みのものを持たせて、生田小文吾を、沢井の方へやっていたんだそうですよ」

「ほう——」

「二十年前の春先ですがね、この生田小文吾が、たまたま加絵を訪ねていった時に、この騒ぎに出くわしちまったということなんですよ」

五

生田小文吾は、沢井道場への道を急いでいた。

ようやく春にはなったものの、風は冷たく、道の両側には、まだ雪が残っている。

背にした荷の中には、加絵の好きな黄粉《きなこ》を塗《まぶ》した餅《もち》と、いつも傷の多い加絵のための傷薬が入っている。懐には、父である鹿座間治郎兵衛からの文も入っていた。

そろそろ、勘当を解いて、孫である八歳になる竜之助の顔も見たい——そういう思いのこもった文である。

机弾正の屋敷は、沢井村の中程の山の中段を切り開いて建てられている。

大きな冠木門《かぶきもん》の左右に白壁の塀をめぐらせた構えの大層な屋敷であった。

門は、おおむね、いつも開け放たれていて、入って正面に母屋があり、左手に道場、右側に、垣をめぐらせた離れがある。

弾正の妻、加絵は、いつもその離れの方にいる。

生田小文吾が、門をくぐった時、悲鳴が聴こえた。その悲鳴は、右手の離れの方から聴こえてきた。

ただならぬ悲鳴であった。

生田小文吾は、足を速めた。

離れの中でその悲鳴があがったとすれば、それは、加絵と関係があると思われたからである。

途中から走った。

垣をくぐり、戸の前に立って、

「御免!」

ひと声叫んで、戸を引き開ける。

まず、顔を叩《たた》いたのは、むっとするような血臭《ちしゅう》であった。

次に、顔を覆いたくなるような光景が眼に飛び込んできた。

そこに、三人の人間がいた。

ひとりは、まだ九歳くらいの子供であった。

ひとりが、机弾正である。

そして、もうひとりが女――加絵であった。

加絵は、うつ伏せに倒れていて、ちょうどその顔の下あたりから、畳の上に血溜まりがじわじわとその輪を広げているところであった。

加絵のすぐ横に火鉢があり、その灰の中に、火箸《ひばし》が挿してあった。

血臭の中に、熾《おこ》った炭の臭いがある。その中に別の臭いが混じっている。

それは、肉の焼ける臭いであった。

加絵の横に、弾正が立っている。

少し離れたところに、九歳くらいの子供――与八が、土間の上に腰を落とし、両手を後ろの土の上に突いて、唇を震わせている。

「加絵さま――」

生田小文吾が言うと、立って加絵を見下ろしていた弾正が、顔をあげた。

「加絵が、自害をした……」

弾正が言った。

「今、その与八と一緒にここに入ったら、加絵が喉《のど》を短刀で突いて倒れていた。今の悲鳴は、これを見て、与八があげたものじゃ……」

生田小文吾は、もちろん、弾正とは、和田道場以来の同門である。弾正とは、比較的に仲がよかったことから、鹿座間治郎兵衛に頼まれて、加絵に届けものをする役を担っている。

だから、その顔が、ここに現れたことについて、弾正もさほど驚かず、事態を口にしたのであろう。

「失礼」

生田小文吾は、草鞋《わらじ》を履いたまま、座敷へあがり、加絵に歩み寄って、

「加絵さま！」

その上体を抱えあげた。

加絵は、死んでいた。

畳の上に、刃に血のからみついた短刀が落ちていた。

そして——

半開きになった加絵の右手を見て、生田小文吾は驚いた。

その右手が、焼けただれていたのである。

さっき嗅《か》いだ、肉の焼ける臭いはこれだったのだ。

六

「どうも、そんなことがあったようで……」

七兵衛は言った。

「加絵どのが自害した、その理由は?」

歳三が訊いた。

「それが、肝心の机弾正が、知らぬの一点張りだったそうで……」

七兵衛が、歳三を見る。

当然、我が娘の死であろうから、鹿座間治郎兵衛も、その原因を弾正に訊《たず》ねている。

しかし、弾正は、

「見当もつきませぬ――」

そう言うばかりであったという。

「妙だな……」

歳三は言った。

「へえ」

七兵衛がうなずく。

加絵の死について、弾正は何かを隠しているのではないか——

和田道場の者たちも、そう思ったが、父である鹿座間治郎兵衛が、

「よい。加絵も哀れな女であった……」

そう言って、このことについては、深く弾正を追及しなかったというのである。

「加絵どの、舌喰い病であったとか言っていたな……」

「へえ、和田では、そんな噂で……」

「どんな病なんだ？」

歳三は訊ねた。

「食事なんかの時に、加絵さまが、子供の頃から良く自分の舌をがりがり噛んじまうことがあったみてえで、それで、周りの者が舌喰い病と——」

「それだけか——」

「へえ。それ以上のことは、あたしもよくわかりません」

「ふうん……」

「で、歳三さん、実はもうひとつ言っておかにゃあならねえことがありまして——」

七兵衛の口調があらたまった。

「御岳の社《やしろ》の奉納試合も、もうすぐだ。こういうたいへんな時に、歳三さんの気持ちを乱しちゃあいけねえとも思ったんですが、知っちまった以上は、お話ししておくべき筋

のことなんじゃあねえかと思いまして――」

七兵衛にしては、歯切れの悪い前口上であった。

「かまわねえよ、言ってくれ」

「奉納試合の歳三さんの相手なんですが、たしか、馬庭念流の巽十三郎って言いましたっけね――」

「そうだよ」

「その巽十三郎なんですが、今、どこにいるか御存じですか?」

「知らん」

歳三は言った。

「甲源一刀流和田道場ですよ」

「なに⁉」

「巽十三郎、今、和田道場の客分として納まってるようで……」

七兵衛は言った。

「ちょうど、三日前のことらしいんですがね、巽十三郎が、ふらっと和田道場に現れて、宇津木文之丞に会いたいと、そんなことを言ったって話で――」

この話も、七兵衛は生田小文吾の使用人から聴いたというのである。

七

「お頼み申す、お頼み申す——」

門の前で、このように言う者がいたというのである。

応対に出たのが、この生田小文吾であった。

「御当主に、お会いしたい」

出てきた生田小文吾に、その漢《おとこ》は——

「馬庭念流、巽十三郎と申しまするが……」

名を名のり、

「御当主にお会いしたいのですが——」

このように言ったというのである。

当主と言うならば、二年前に、鹿座間治郎兵衛が亡くなってから、宇津木文之丞へとかわっている。

生田小文吾が、宇津木文之丞に取り次ぐと、

「会おう」

ということになった。

道場で会った。

朝の稽古はすでに終わっていて、道場生たちの多くは帰っている。

この会見の現場に立ちあったのは、生田小文吾と、他二名の道場生のみである。道場の板の間に、宇津木文之丞と巽十三郎は端座《たんざ》して対面した。

初対面である。

互いに名は知っている。

御岳の社の試合に出場し、相手がたれと闘うことになっているのかも、互いにわかっている。

四年前——

机弾正に文之丞の父である宇津木伝心が敗れ、亡くなったことも、その後、奉納試合で、机弾正が巽十三郎の師である馬庭念流の鶴瓶玄心斎と闘ってこれを打ち破り、その後、玄心斎が亡くなったことも知っている。

言うなれば、甲源一刀流は、巽十三郎にとって、師の仇《かたき》ということになる。

互いに、挨拶は短かった。

「どういう御用むきのことでござりましょう？」

文之丞が問うた。

「ちょっとした願いの義がござりましてな。それで、門を叩かせていただきました」

巽十三郎が答える。

「願いとは？」

「某《それがし》を、当道場に、試合当日まで逗留《とうりゅう》させていただきたいのでござる」

「ほう⁉」

と、文之丞が不思議な顔つきをしたのも、もっともなことであった。

普段から交流があり、互いに仲のよい道場と道場の門下生であれば、そのようなこと、なくはない。

道場と道場の交流がなくとも、個人どうしが知り合いということになれば、そういうこともある。

しかし、馬庭念流とは、どういう交流も和田道場はない。個人的な知り合いがいるというわけでもない。

馬庭念流にとっては、甲源一刀流和田道場は、いくら机弾正が出ていって自流派を興したとはいえ、その因縁が消えたわけではない。

このような提案があるとは思えない間柄である。

が、宇津木文之丞は、そこに、かえって興味を持ったようであった。

「当道場と、馬庭念流との間には、過去に色々とござりましたが、それは御存じでござりましょうか――」

当然のことを、文之丞は問うた。

「全て承知のことにござる」

「では、何故に、当道場に逗留したいと？」

「そこでござりまするよ――」

巽十三郎は、膝《ひざ》を開き、左右の手を両腿《もも》の上に置いた。

「そもそも、馬庭念流と甲源一刀流の因縁と言うても、それは全て、机弾正どのと我らとのこと。その弾正どのが、今も甲源一刀流の者であるのならまだしも、現在は、こちらを出て自流派を開いておられるとあっては、甲源一刀流と馬庭念流との間には、もはや因縁はござらぬ――」

なるほど、理屈である。

しかし、理屈で割り切れぬのが人の感情であり、心である。

「奉納試合で、一方が負け、一方が勝つというのは、これが試合であれば必ず起こること。しかも、諸国の達人、名人、多くの眼のあるところでの尋常の勝負。それを、その都度、因縁だの仇だのと言って、根に持つのであっては、そちらの方がおかしいとは思われませぬか――」

なるほど、これも理屈である。

しかも、負けた側の馬庭念流の人間がその口から発している言葉である。

「敗れた方は、これを遺恨と思わず、試練と考え、より一層の精進をして剣の技に磨きをかけ、次の勝負に期するというのが、この道に生きる者としてなすべきことにござりましょう――」

その通りである。

まっとうすぎるほどまっとうな意見であった。

しかし、まだ、巽十三郎は、文之丞に問われたことに答えてない。

「ま、これはしかし表向きのこと。かような理屈で納得できるものではないのが、人の心――」

「はい……」

宇津木文之丞がうなずく。

「某、我が師鶴瓶玄心斎が亡くなってから、ずっと諸国を巡って旅をしながら剣の技を磨いておりました。その途中で、我が兄が人に斬られて死んだことを耳にしたのでござる」

「兄？」

「お聞きおよびでござりましょう。日野で斬られた盗賊の丹波《たんば》の赤犬が、我が兄でござりますよ」

巽十三郎は言った。

「斬ったのは、天然理心流、土方歳三――」

巽十三郎の言葉に、

「ほう……」

と、文之丞は低く声をあげた。

そこまでは、文之丞も耳にはしていなかったらしい。

「その土方どのが、奉納試合に出るというのを知って、急遽《きゅうきょ》、某も奉納試合に出ることにしたのです」

しかし――

馬庭念流では、すでに、奉納試合の出場者を三人に絞ったところであった。

出場を予定されていた巽十三郎とは兄弟弟子の才賀《さいが》新太郎《しんたろう》が、日野の渡しで机竜之助と立ち合って敗れ、死んでいる。

それで、慌てて、次の出場候補者を決めたところであった。

そこへ、これまで行方のわからなかった巽十三郎がやってきて、御岳の社へゆき、もう自分の名前を書いてきた、そう言ったから、事が紛糾したのである。

もともと、巽十三郎の腕は、他の道場生や関係者の認めるところであった。しかし、すでに候補者三人が決まっている。そこへ、ずっと行方知れずであった巽十三郎がふらりと現れて、

「自分が出場者である」

そう言っても、周囲は納得しない。

剣の腕は、磨かねば落ちる。

昔は確かに強かったというのはわかるが、今はどうか。

結局、試合って決めようということになった。

そして、巽十三郎が、三人の候補者と戦い、これを連続して次々に破ってしまったの

れて負けた。
である。ひとりは、腕の骨を砕かれ、ひとりは顎の骨を割られ、ひとりは肩の骨を砕か
いずれも、試合開始早々、ふた呼吸から、三呼吸もしないうちのできごとであった。
頭をねらわなかったのは、殺さぬためだ。
それで、巽十三郎の出場が決まったのである。
それを、巽十三郎は文之丞に語り、
「まあ、そういうわけで、江戸での居心地が悪うなりましてな――」
馬庭念流の主だった関係者だけでなく、道場生たちもその多くが、巽十三郎の出場を
喜んでいないというのである。
しかし、それは、巽十三郎が江戸に居られなくなったという理由であり、何故、甲源
一刀流和田道場にやってきたのか、という理由ではない。
「で？」
と、宇津木文之丞がその先をうながした。
「奉納試合の日まで、心鎮めて日々を過ごせる場所がないかと考えたところ、こちらの
道場にお世話になるのがよかろうと思うた次第にござる――」
巽十三郎は言った。
江戸からゆくことを思えば、和田は、御岳山に近い。
たとえ、試合当日であっても、早朝に出立すれば、充分、昼までには社に到着する。

「突然の申し出、御不審に思わるるはもっともなれど、某を置いていただければ、お役に立つことも多々あるかと――」

「役に立つこと？」

「宇津木さまのお相手は、沢井の机竜之助どのでございましたな」

「それが、何か――」

「机竜之助どの、不思議な剣を使われるとか――」

「音無しの剣のことでございましょうか」

「左様。音無しの構えから繰り出される音無しの剣、どのような剣か、御存じか――」

「多少のことは――」

「うかがわせていただけますかな」

巽十三郎が問うと、文之丞は、ちらりと生田小文吾を見やった。

自分の代わりに、今の問いに答えよという意味であった。

「音無しの剣というのは、たとえば道場などで試合する時、互いに竹刀と竹刀とを打ち合わせますが、竜之助どのの場合、一切相手の持つ竹刀と自分の竹刀とを触れ合わせることなく、相手を打つ――このことから、それが音無しの剣と呼ばれるようになったもの――」

生田小文吾が言うと、

「はい」

全て承知しているとでもいうように、巽十三郎はうなずいた。

「しかし、試合の初めから、一度も竹刀が触れ合わぬということなど、あるものではございませぬ」

竜之助の試合でも、初めは、竹刀と竹刀とがぶつかって音をたてる。

しかし、その試合の最中に、ふいに、竜之助が相手との間に距離を作って、腰を沈めて動かなくなる。

この時に、竜之助は剣を持って構えているのだが、その構えが——

「音無しの構えでござる」

生田小文吾は言った。

「しかしながら、その構え、その時々で違っておりましてな。ある時は青眼《せいがん》、ある時は上段、その時々において、変化いたしまする——」

つまり、音無しの構えに、一定の形《かた》はないというのである。

だから、その後、竹刀を触れ合わせることなく一本をとられて初めて、今の構えが音無しの構えであったのかと、見ている者に知れることになる。

「まあ、剣でも竹刀でも、何度か打ち合わせれば、相手の器量は測れます。相手の器量を見抜き、その相手を倒すにはどのようにすべきかを考え、それで、その時その時、相手の剣の癖や器量に合った構えをとる。これが音無しの剣——」

このように、生田小文吾は言った。

「さすがは、かつては同門であった方の見識でござります。某も、そのように考えております」

巽十三郎はうなずき、

「しかし、某が思うに、それだけではござりませぬな」

そのように言った。

「それだけでない？」

「左様」

そう言って、巽十三郎は、宇津木文之丞を見やった。

「ほう。では巽どのは、音無しの剣、どのようなものと考えておられまするのか——」

宇津木文之丞が、おもしろそうに微笑した。

「ですから、ここに置いていただけるのなら、そのようなことを、失礼ながら、御助言させていただくことも、できるということでござりまするよ」

「ほほう」

「それがいらぬ世話ということであれば、某も、こちらを退散するしかござりませぬがな——」

「巽どのには、机竜之助の音無しの剣、見たことがおありなのでしょうかな」

「いえ、見たことはござりませぬ。当人に会《お》うたことはござりますがな」

「見たこともない剣技について、何故、わかると？」

「我が馬庭念流の者が、二名、机竜之助と立ち合って、死んでおります。そのおりの様子を、細かく耳にしておりますれば――」

ひとり目が、神楽坂道場の石垣宗右衛門《いしがきそうえもん》、ふたり目が、才賀新太郎である。

石垣宗右衛門の場合は、無構えのかたちから、大きく踏み込んで、斜め下から斬りあげた。

その剣が空を斬った。

その刹那《せつな》、似たような構えをしていた机竜之助の剣がふわりと持ちあがって、宙に弧を描くようにして石垣宗右衛門の額に打ち下ろされたのである。

それを、巽十三郎は、道場生から聞いたというのである。

才賀新太郎との立ち合いについては、日野の渡しの船頭で小屋番の庄助《しようすけ》から聞いたという。

庄助、剣については素人であるから、感情をまじえず、見たままを細かく語ってもらった。

才賀新太郎は、裂帛《れつぱく》の気合と共に踏み込み、真上から剣を振り下ろした。

これが、やはり空を斬った。

空を斬ったその瞬間、机竜之助の剣が、才賀新太郎の頭部をふたつに割っていたのである。

「石垣宗右衛門、才賀新太郎、この両名、斬られ方に共通しているところがございますな……」

巽十三郎が言うと、

「それは、どのような？」

宇津木文之丞が問う。

「いずれも、音無しの構えに対して、竜之助どのより先に斬りかかっております」

「うむ」

「それが空を斬ったるその刹那、竜之助どのの剣によって打たれ、斬られております。そのいずれの場合においても、斬りかかられた竜之助どの、ほとんど両名の剣を避けようとした動きが見られぬということです。これは、どういうことでござりましょうか——」

「どういうことなのです？」

「両名共に間合いを狂わされたということでござりましょうな」

「ほう」

「つまり、音無しの剣というのは、相手の間合いを狂わす剣と考えてよいでしょう」

「ほほう」

「しかし、石垣宗右衛門、才賀新太郎、いずれも馬庭念流の手練《てだ》れ。いったい、いかなることをもってすれば、その間合いが狂わされるのか——」

「それが、わかるのですか——」

「そこでござるよ、宇津木どの——」

「はい」

宇津木文之丞がうなずく。

「いずれも、見ていた者の言うところによれば、まるで、吸い寄せられるように自ら動いて、自ら斬られに行ったように思えたということでござりますな」

「机竜之助どのによって、両名とも何かの術にかけられたとでも……」

「はい」

「仮に吸い寄せられたにしても、おふたり共に、あなたの言われた通り手練れの者。斬れると思うたればこそ、斬りにいったのでしょう。それを動くことなくかわしたということは……」

「その術にかけられて、間合いを読み違えたのでござろう」

「机竜之助、魔性《ましょう》の者であると？」

「まさか」

「まさか、とは？」

「机竜之助、どのような術理を使《つこ》うていようと、人外《にんがい》のもの、にあらず。人でござるよ」

「安心しました」

宇津木文之丞が、微笑した。

「安心？」

「ええ、もしもあなたが、机竜之助どのの剣について、人ならぬものの力であるというようなお話をされるのであれば、お引きとりいただくところでした」

「左様な心配は無用じゃ。何であれ、手におえぬものについて、妖《あや》しの力のせいにしてしまうのは心弱き者のすること。剣とはそもそもそのような心の弱さを断つべきもの」

「はい」

宇津木文之丞がうなずく。

「で、某、その術の絵解きをいたしました」

「絵解きを……」

宇津木文之丞の眸《め》が光った。

「某をここに置いていただけるなら、その絵解きをお教えいたしましょう」

「ほう……」

「机竜之助の音無しの剣、肝《きも》はその構え――つまり音無しの構えにあるということでござりますな」

「そこまでは、この私の絵解きと同じですね」

「なんと、宇津木どのも、すでに絵解きを――」

「はい」

「これは興味深い。ぜひ、宇津木どののお考えを拝聴したいものですな」

「それはかまいませんが、私から先にというわけにはゆきませんよ」

「ごもっとも。これは、某より先に申し出たことでござる故、まず、某が先にお見せいたしましょう」

「見せる？」

「はい」

巽十三郎がうなずく。

「何を？」

「まず、某の術を――」

言って、巽十三郎は、生田小文吾を見た。

「生田どの、もしも、こちらに茄子《なす》か西瓜《すいか》がござれば、ここに御用意願えまいか――」

「あ、あると思いまするが……」

生田小文吾は、同席していた若い道場生を見やった。

「ござります」

若い道場生ふたりは、立ちあがっていた。

すぐに、それが用意された。

笊《ざる》の上に、西瓜がひとつと、茄子が三つ。

「では――」

巽十三郎は、茄子をひとつ、右手に握って立ちあがった。

「生田どの、恐縮でござりますが、真剣の御用意を願えましょうか――」

「某が使うのではございませぬ。生田さまが使うものにございます」

「すぐに――」

生田小文吾は立ちあがり、道場の刀掛けから自分の剣を取り、それを腰に差してもどってきた。

巽十三郎の前に立った。

「では、その腰のものをお抜きいただいて、切先《きっさき》をこの茄子に当てていただけまするか――」

巽十三郎は、右手に軽く握った茄子を胸の高さに持ちあげて、そのまま前に腕を伸ばした。

茄子が、生田小文吾の方を向いている。

その茄子に、生田小文吾が、両手に握った剣の切先を当てた。

「では、それで、おもいきり突いて下され」

巽十三郎は言った。

大山阿夫利《おおやまあふり》神社の鳥居前で、伯耆坊《ほうきぼう》の名でやっていたあの技を、巽十三郎はここで見せるつもりらしい。

「おもいきり?」

「はい」

「巽さま。これは戯れのことではすみませぬ。本気で突きまするが、よろしいのですか

――」

巽十三郎は言った。

「某の手を貫くつもりで、おもいきり」

「しかし、それでは……」

――かまいませんよ。

生田小文吾は、巽十三郎を見、当主である宇津木文之丞を見た。

そう言うように、宇津木文之丞は、生田小文吾に向かってうなずいてみせた。

生田小文吾、覚悟を決めたように、深く息を吸い、腰を落とした。

呼吸を整え、

「しゃあっ！」

だん、

と足を踏み込みながら、突いた。

巽十三郎の、茄子を握った右手は、ちょうど、自分の胸の前で止まっていた。

切先は、ちょうど、一寸ほど茄子の中に潜り込んでいたが、反対側に突き出ることなく、したがって、巽十三郎の掌《てのひら》が傷つくことはなかった。

巽十三郎は、生田小文吾が突きを放つのと同時に、茄子を握った手を手前に引きながら、半歩、後方に退《さ》がっていたのである。

「おみごと」

宇津木文之丞は言った。

「これは、見切りでござる」

巽十三郎は言った。

相手の剣が、どこまで伸びてくるか、その切先が、どこまで届くか、それをぎりぎりの距離で判断する。

退がりすぎてはいけない。

退がりすぎては、こちらの攻撃も届かなくなるからである。相手の剣を、どれだけぎりぎりのところでかわすか、これが見切りである。しかし、相手の剣を突き出す速度、踏み込み、腕の長さ、剣の長さ、筋肉の伸び、そういうもので、切先がどこまで届くかはその都度、立ち合う場所や、地形で変化する。相手もその都度違う。これをぎりぎりで見切るのは、至難の技だ。

「なに、これは、茄子を握っていれば、茄子に潜り込んでくる剣の重さ、疾《はや》さがわかりますからな。茄子を握っている方が、見切りがしやすいのでござる」

そうは言っても、たれもができるものではない。

「机竜之助どの、相手の間合いを狂わせる技に秀でているのと同時に、この見切りについても、並々ならぬ達人ということでござりましょう」

巽十三郎は言った。

「我が師、鶴瓶玄心斎、石斬りの秘太刀というのを工夫し、才賀新太郎もこれを使うておりましたが、いかに優れた技とて、これを見切られては、その力も発揮できませぬ」

「いかにも」

「わたしが諸国を放浪してあみだした、それとは真逆の剣がござります」

「真逆?」

「名づけて、内割りの秘太刀――」

「内割りの秘太刀?」

「それを、これよりお見せいたしましょう」

「よろしいのですか」

宇津木文之丞が訊ねたのには、もちろん意味がある。

秘太刀、秘剣は、それを編み出した個人や流派の重要機密である。それが、どのような術か、どのような技か、それを知られてしまったら、相手に工夫され、対応策を講じられてしまうからである。立ち合う相手が知らないからこその、秘太刀であり、秘剣なのだ。

それを、巽十三郎が見せるというのである。

よいのか――

と、宇津木文之丞が問うのも当然のことと言えた。

「よろしいのです」

巽十三郎は言った。

「どうせ、見えてしまうのですから――」

謎のような言葉を、巽十三郎は吐いた。

その言葉はともかく、相手に自分の技を知られてしまう――というのは、あながち不利にばかりなるわけではない。

要は、相手に自分の技が知られてしまっているということを、自分が知ってさえいれば、かえって駆けひきの幅が広がることになるからだ。

おまえの知っているあの技を出すぞ、出すぞという動きだけ見せておいて、瞬時にそれを変化させて、別の技に切りかえることもできる。技を知られているということが、自分にとって有利に働くということは少なくない。

「では――」

巽十三郎は、西瓜を手に取って、道場の中央に置いた。

自らは、木刀を借り、それを握って西瓜の前に立った。

構えは、上段である。

数度、呼吸を整え、
すうっ、
と腰を落とした。

ふわり、と、剣が打ち下ろされた。

子供が振るような、ゆっくりした速度である。
充分、眼で剣の動きを追える速さであった。
こん、
と、木刀が、西瓜を叩いた。
それだけであった。
木刀でも、やや力を込めるだけで、西瓜を、切れぬまでも割ることができる。
しかし、西瓜は割れてはいない。
傷すらついていなかった。
「戸板を――」
巽十三郎は言った。
若い道場生が、雨戸をはずして、それを持ってきて、西瓜の横へ置いた。
西瓜が、その戸板の上に載せられた。
「では、某の剣で――」
巽十三郎が、木刀を置き、自らの剣を抜いて、やはり上段から西瓜を斬り下ろした。
ぱかり、
と、西瓜が左右に割れて開いた。
しゅっ、
と、赤い汁が西瓜の割れ口から四方に噴き出した。

表面に、これといった傷さえなかったのに、西瓜の中身の赤い部分がずくずくに崩れて、戸板の上にこぼれ出ていた。

「素晴らしい」

宇津木文之丞が、賞賛の声をあげた。

よろしいのです——

そう答えた、巽十三郎の言葉の意味がわかったからだ。

剣の速度は速くない。

剣を学ぶ者にとっては、充分その速度は眼で追えるものである。

「しかし、これも、見切られて当てられぬのでは、意味がないのではござりませぬか——」

生田小文吾が言った。

「いや、当たるのでござるよ。これがまた、おもしろいように——」

巽十三郎は言った。

今は、ゆっくりとした速度で打ったが、実はもっと速い速度で、同じ技が出せるのか。

それで、当たるということなのか。

「当たるのでござる——」

確認するように、巽十三郎は言ったのであった。

「宇津木どの、いかがでござろうか——」

「何がでござりましょう」

「某が、机竜之助の音無しの構えが、いかにして間合いを狂わせるのか、それをお教えいたしましょう。それが、宇津木どのの考えておられることと同じかどうかはともかく、それを条件として、わたしをしばらくここに置いていただけませぬかな――」

「それはかまいませぬが、本音のところを、お聴かせいただけませぬか――」

「本音？」

「ただ、我らにそれを教えるだけで、それでは、あなたにどういう得もないではありませんか――」

「飯を喰《く》わせていただける――」

「はぐらかされまするな」

「甲源一刀流――いや、宇津木文之丞どのとお近づきになりたいのでござる」

「ほう……？」

「宇津木どのが机竜之助を斬る。某が、机弾正どのを斬る。さすれば、どうなりまするかな――」

　巽十三郎が、にいっと笑った。

「沢井道場があきますね」

「さよう」

「なるほど、そういうことでござりますか」

「そういうことでござりまするよ」

　巽十三郎がうなずいた。

「しかし、それには、幾つか問題がありますね」

　宇津木文之丞が言う。

「どのような問題かな」

「沢井道場の看板の問題ではありませんよ。その、もっと前の問題です」

「ほほう」

　言いながら、まだ手に握っていた剣の刃を、左袖《そで》でぬぐいながら、巽十三郎は、それを腰に収めた。

　宇津木文之丞が、机竜之助を斬る。

　巽十三郎が、机弾正を斬る。

　巽十三郎が、宇津木文之丞に助言をして、宇津木文之丞が机竜之助を斬れば、これは、ある意味では、巽十三郎が机竜之助を斬ったことにもなる。

　和田道場で、甲源一刀流の技を巽十三郎が学び、机弾正を斬れば、これは、和田道場──つまり宇津木文之丞が机弾正を斬ったことになる。

　これで、甲源一刀流和田道場と、沢井道場との因縁に決着がつき、机竜之助、机弾正と、馬庭念流との因縁にも決着がつくことになる。

　それに、どういう問題があるのか──

そう問いたげな、巽十三郎の眼であった。

「あなたが、あの沢井道場を、甲源一刀流の看板にもどして、そこの主となるのか、あるいは自流派を立てて、あの道場に居座りたいのか、それは置きましょう。それを問題にする以前に、まず、私は机竜之助に勝たねばなりません。あなたはあなたで、机弾正を斬る前に、奉納試合で、天然理心流の土方歳三に勝たねばならないのですよ」

「勝つさ」

巽十三郎は言った。

「おれは、あの土方と御岳山で会《お》うたが、その時、三回斬っている――」

「三回?」

「頭の中でだ」

巽十三郎は、嗤《わら》った。

「あの漢、おもしろい」

「おもしろい?」

「が、胆力《たんりき》だけじゃ。どれだけ胆力があろうと、つまるところは、どうその剣が動くかということ。胆力という実体なきものが人を斬るわけではござらぬ」

「しかし、あの男、実際に剣を抜いて向き合うてからが、おそろしいのですよ」

「ほう。まるで、立ち合うたことがあるような言い方じゃな」

巽十三郎は言った。

「まあ、それは置きましょう。それより――」

と、宇津木文之丞は視線を笊に向けた。

「あそこに、まだ、茄子が残っております」

「それが、何か」

「さきほどの見切り、私も試してみたくなったのですが、いかがですか――」

「いかがとは？」

「もう一度、巽さまに茄子を握っていただいて、私に突かせていただくというわけにはゆきませぬか――」

「ほう……」

巽十三郎は、眼を細めて、宇津木文之丞を見た。

「かまいませぬが……」

「しかし、もしもの場合、あなたは、試合に出られなくなるかもしれませぬ――」

結果によっては、自分の剣が、茄子と一緒に巽十三郎の掌を貫いてしまうかもしれない。そうなったら、奉納試合に出られなくなる――宇津木文之丞は、そう言っているのである。

「御心配は無用じゃ――」

巽十三郎は、笊のところまで歩いてゆき、右手で茄子をひとつつかみあげた。

道場の中央までもどってくると、

「いつでも――」

そう言って、文之丞の前に立った。

生田小文吾が、刀掛けから、文之丞の剣を持ってきた。

宇津木文之丞は、その剣を腰に差し、すらりと抜いた。

巽十三郎は、右手に持った茄子を持ちあげて、生田小文吾の時と同様に、それを前に突き出した。

平然としている。

宇津木文之丞は、身体を小さくたたみ、膝を曲げ、腰を落とし、剣の切先を、巽十三郎の手に握られている茄子に当てた。

「では――」

宇津木文之丞の肉体から、気配が消えた。

呼吸をしているのか、いないのか。

宇津木文之丞の肉体は、動きを止めていた。

それは、巽十三郎も同じであった。

息さえ止めているかのように、巽十三郎の身体も、動かない。その身体からも、気配が消えている。

ただ、見ている者たちの緊張感が、ぴりぴりと道場内に張りつめている。さきほどの生田小文吾の時とは、次元の違う緊張感であった。

巽十三郎が、息を吐くか、吸うか、その瞬間を、宇津木文之丞がねらって待っているようにも見える。

見ている生田小文吾にとっては、自分の腸《はらわた》が、大きな手で握り潰《つぶ》されてゆくような時間であった。

どういうきっかけで動くのか。

そのきっかけを作ったのは、生田小文吾であった。

思わず、知らず止めていた息を、
ふうっ、
と吐き出したのである。

宇津木文之丞が動いたのは、まさにその瞬間であった。

「つあああっ！」

宇津木文之丞の気合が、道場の空気を裂いた。

「ぬううっ！」

巽十三郎も動いた。

宇津木文之丞の剣は、茄子を貫いていた。

茄子からは、宇津木文之丞の剣の先が、三寸も突き出ていた。

しかし、その剣は、巽十三郎の右手を傷つけてはいなかった。それでも、なお、巽十三郎は、茄子を放さず右手に握っていたのである。

どういうことか。

巽十三郎が、茄子の持ち方を変えていたのである。

茄子を、右手の親指と、人差し指、中指、三本の指で、下から持っていたのである。

同時に、身体を半回転させ、左へ動いていた。

宇津木文之丞の剣は、茄子を貫きながら茄子を持った巽十三郎の右手——親指と人差し指の間を、後ろへ抜けていたのである。

もしも、巽十三郎が左に逃げないで、生田小文吾の時と同様に右手を引いていたら、剣は茄子を貫いただけではなく、巽十三郎の右手を貫き、さらにその胸も貫いていたことであろう。

宇津木文之丞の突きもみごと。

それを、茄子を放さず、かわしてのけた巽十三郎もみごと。

見ていた生田小文吾と、ふたりの道場生の唇からは、呻《うめ》き声にも似た、賞賛の声が洩《も》れた。

茄子から、剣を抜き、それを鞘に収めながら、

「巽さま、どうぞ、ゆるりと当日まで、当道場に御滞在ください」

宇津木文之丞は言った。

「喜んで——」

巽十三郎が言った。

八

「なるほど、巽十三郎、今は和田にいるってわけだ……」

　歳三は、灯りのゆらめきを、眸《め》に映しながら、そう言った。

「へえ」

「沢井道場が欲しいと、そう考えていいんだろうな」

「だと思います」

「しかし、看板は、馬庭念流というわけにはいかないだろう」

「かといって、自流派というわけにもいかねえでしょうね。おそらく、うまいこと話をつけて、甲源一刀流の看板を掲げることになるんでしょうが……」

「しかし、今は、そこまで話をするわけにゃいかないだろうな」

　今の段階では、あくまで、巽十三郎は、馬庭念流の代表である。

　それが、甲源一刀流の和田道場に、試合当日まで厄介になるというのは、ぎりぎりあり得るにしても、歳三の言うように、沢井道場をどうこうするということまで、ここで話をするわけにはいかない。

　机竜之助には、子がない。

　弾正と竜之助が死ねば、道場は閉鎖するしかない。仮に、たれかが後を継ぐにしても、看板が不動一刀流というわけにもいかない。和田道場との軋轢《あつれき》があるからだ。それに、道場生のほとんどは、もともと甲源一刀流を学んでいた者たちである。

順当なところでは、江戸へ出ている宇津木文之丞の弟である宇津木兵馬《ひょうま》がもどってきて、沢井道場の主《あるじ》となるのが望ましいが、甲源一刀流の看板を出すというのなら、巽十三郎が新しい道場主となる目もなくはない。

しかし、それもこれも、奉納試合で、宇津木文之丞と、巽十三郎が勝ってからの話だ。

ふたりは、勝つ気でいる――

歳三はそう思った。

九

その翌日の稽古が終わった時、

「歳《とし》よ、ちょいと時間はあるかい」

近藤が声をかけてきた。

「何です？」

歳三は、額の汗をぬぐいながら言った。

「ふたりきりでよ、話をしておきてえことがあるんだよ」

近藤がそう言うなら、否《いや》も応もない。

「かまいませんよ」

歳三は、迷うことなくうなずいていた。

全身の汗をぬぐい、着替えてから、歳三は近藤と道場を出た。

「歩こう」

近藤は、先になって歩き出した。

歳三も、近藤に並んで歩き出す。

道場にしている陣屋の冠木門をくぐれば、もう、そこが甲州街道である。それを渡って、がらり、ごろりと下駄を鳴らして歩いてゆく。すぐ向こうに、玉川の土手が見えている。

草を踏みながら、土手にあがってゆく。

下駄で潰された草の匂いが強い。

土手にあがると、風があった。

ふたりとも着流しで、大小の二本を腰に差している。

近藤は、襟《えり》をきちんと合わせているが、歳三は、胸を大きく開き、毛脛《けずね》をむき出しにしている。風が、気持ちよいくらいに、襟から袖に吹き抜けてゆく。

がらり、
ごろり、
と、下駄が鳴る。

冠木門をくぐってから、ふたりはずっと無言であった。

先に言葉を発したのは、近藤であった。

「歳よ……」

歳三に、というよりは、風に向かって声をかけたような言い方であった。

「何です？」

歳三は、しばらく前に吐き出したのと同じ言葉を口にした。

「てめえ、くだらねえことを考えてやがるだろう」

「くだらないこと？」

「そうだよ」

「くだらないことって、どんなことです？」

「試合のことだよ」

ぼそり、と近藤は言った。

「勝ちてえだとか、負けたらどうしようだとか、ま、そんなことだ」

少しの沈黙があって、

「考えてますよ」

歳三は言った。

「それが、くだらねえことだと言ってるんだよ」

近藤は言った。

「相手が、どれだけ強《つえ》えのかとか、どうすりゃ勝てるのかとか、そんなことばっかり考えて、しめえにゃ自分で自分のそんな考えに押し潰されちまう……」

近藤の言う通りであった。

この頃は、試合のことばかり考えるようになって、それで不安になり、その不安を打ち消そうとするように、稽古をしてしまう。それも、死にもの狂いで稽古してしまうのである。

へとへとになるまで、肉体を酷使せずにはいられなくなってしまうのだ。

「女のことが、気になるかい」

図星だった。

ばれている——歳三はそう思った。

声を掛けられた時、そういう話だろうと思っていたのだが、それが当たっていた。

「いいじゃあねえか——」

近藤は言った。

「それで、いいんだよ、歳……」

思いがけなく、優しい声が、近藤の唇から洩れた。

「それが、人間なんだ。考えちゃいけねえとわかっていて、くだらねえことを考えてしまうのが人間なんだ。女のことでくよくよするのが人間さ。なら、それでいいじゃあねえか。それがおめえだ、歳……」

「はい」

「それを丸ごと、試合に持っていきゃあいいのさ……」

「負けたら？」

「死にゃあ、いいじゃあねえか」

近藤は言った。

「死ね、歳よ」

十

「義兄《あにき》、金が欲しい」

歳三が、佐藤彦五郎《さとうひこごろう》にそう言ったのは、近藤から〃死ね〃と言われたその翌日の朝であった。

陣屋の奥の座敷で、歳三は彦五郎とふたりで向きあっている。

「返せないかもしれねえ」

だから、貸してくれではなく欲しいと言ったのであると、歳三の眼が言っている。

彦五郎は、歳三を見た。

死ぬ気だ――

そう思った。

歳三の眼は本気である。

六日後に、歳三は奉納試合に出場することになっている。

相手は、馬庭念流の巽十三郎である。

柿沢久右衛門《かきざわきゅうえもん》の額を打ち、絶命させた漢だ。

丹波の赤犬の弟。

〝すまぬが、斬らせていただくことになりまするな〟

御岳の社で、歳三にそう言った。

それを、彦五郎も耳にしている。そして、その巽十三郎が、今、甲源一刀流和田道場にいることも。おそらく、当日の立ち合いに臨んで、巽十三郎は、真剣での勝負を申し入れてくるつもりなのであろう。

しかし、真剣での勝負を望まれても、相手がそれを承諾しなければ、予定通り木剣《ぼっけん》での試合になると決められている。

だが――

歳三は受ける気だ。

彦五郎は、歳三の眼を見てそう思った。

真剣で立ち合い、負ければ、おそらく死ぬ。

だから、返せないかもしれないということなのである。

「幾らだ」

彦五郎は言った。

何に使うのか、とは問わなかった。

「ざっと百両——あるいは二百両必要になるかもしれない」

「わかった」

彦五郎の返事ははやかった。

仮にも、日野宿の本陣を預かっている身だ。

少ない金額ではないが、百両、それが二百両であっても、なんとかならぬほどではない。

彦五郎は立ちあがり、姿を消した。

すぐにもどってきた。

手に、風呂敷で包んだものを持っていた。

両手にのせて、手がそれを隠しきれない。

歳三の前に座し、
ずしり、
と、その包みを置いた。

「これを持ってゆけ」

「ありがたい」

歳三は、それを引き寄せ、中身を確認しもせずに懐に入れて立ちあがった。

「恩にきるぜ、義兄──」

そのまま、歳三は飛び出していった。

十一

その足で、歳三は、石田村まで走った。

家の門をくぐるなり、母屋へは向かわず、長屋門の、七兵衛のところへ向かった。

戸は開いている。

夏は、その方が涼しいからだ。

「いるか、七兵衛」

歳三は声をかけた。

「おりますよ」

七兵衛は、畳の上に胡座をかいて、煙管を咥《くわ》えていた。横にあった七輪の中へ、ぽんと灰を落として、七兵衛は歳三を見あげた。

いつもなら、数日滞在して、すぐにまたいなくなる七兵衛であったが、今回は、御岳の社の奉納試合が終わるまでは、ここにいると決めたらしい。

歳三の試合が、やはり気になっているのであろう。

「何です」

と七兵衛が言うのへ、

「話がある」

歳三は、畳の上へあがって、懐からさっき彦五郎からもらった包みを置いた。

「何です、こりゃあ」

「金さ」

「金？」

「二百両ある。これで頼まれてくれ――」

「二百？」

「そうだ」

「歳三さんの頼みとありゃあ、金なんぞいただかなくたって――」

そう言いながら、包みを引き寄せ、七兵衛は風呂敷を広げはじめた。

五十両ずつ、束になった小判が入っていた。

「ひい、ふう、みい……」

七兵衛が金を数えはじめた。

「五つ」

五十両の束を数え終え、

「歳三さん、こりゃあ、二百両じゃないね」

七兵衛は言った。

「二百五十両だ」

「なんだって――」

歳三は、思わず声を高くした。

「二百五十両、ぴったり……」

「義兄のやつ、粋なことしやがって――」

「え？　ということは、この金――」

「佐藤彦五郎が、工面してくれたものさ」

「へえ――」

「ところで、七兵衛――」

「何です？」

「おまえさん、刀の目利きはできるんだろう」

「できるって言うほどのもんじゃござんせんが、多少のことくらいは――」

「なら、安心だ。七兵衛の多少は、その道の達人てえことに決まってらあ――」

「じゃ、頼みってのは……」

「七兵衛、おれのために、その金で、どこぞで刀を一本、手に入れてきてもらいてえのさ」

歳三は言った。

「おれが、おもいきり振り回して、折れねえような剣をさ――」

巻の十　試合前夜

一

安政五年（一八五八）六月八日——

その朝、歳三は、近藤、沖田《おきた》らと共に、御岳の社に登ることになった。

歳三は、朝食を終え、すでに出立の仕度を済ませていた。

奉納試合は、明日九日と、明後日十日の二日間行われる。歳三の試合は、二日目の十日である。

試合当日に山に登ってもよいのだが、それよりも二日早く入って、心を落ちつかせてから試合に臨む方がよいと、そう判断したのである。

四日から、昨日の七日まで、歳三は道場に稽古に行かなかった。

代わりに、玉川の河原を歩いたり、時に川に入って泳いだり、木陰で草の中に仰向《あおむ》けになって、風に揺れる草に頬をなぶらせたりして時を過ごした。

ぼんやりと、空をゆく雲を眺めた。

試合のことや、お浜のことが脳裏に浮かんだが、それを、ことさら打ち消そうとはせずに、浮かぶにまかせた。

天地に向かって、自分の肉体、自分という存在そのものを、放下《ほうげ》してしまった。

ただ、身体がなまらぬように、ほどよく歩いたり、腕や脚の筋を伸ばしたり曲げたりして、時に、川に入ってわざと水に流されたりした。

川で遊んでいる子供と一緒に、魚を手摑《てづか》みで捕ったりもした。

といっても、泳いでいる魚を摑めるわけではない。人が川に入ると、魚は、岸の草の間や、石の下に身を隠す。それを、手で摑むのだ。

そうして、日々を過ごした。

近藤は、そのことについて、何も言わなかった。

出発の朝までに、七兵衛は江戸から戻ってこなかった。

それならそれでいい。

四日前、剣が欲しいという話をした時、

「しかし、歳三さん」

七兵衛は言った。

「あたしが探すにしたって、これだけの金を使うんだ。どういう剣がいいのか、正宗《まさむね》とは言わぬまでも、虎徹《こてつ》が好みなのか、孫六《まごろく》がいいのか、そのくらいは聞かせていただかないと――」

「だから、おれがおもいっきり振り回して、やりあって、折れない剣さ」

歳三は、同じことを言った。

「七兵衛、実は、おれは、剣のことはからっきしわからねえのさ。だから、おまえさんに頼んでるんだよ」

「それにしたって、歳三さん。刀ってえものには、それを持つ人間との相性ってもんがある。高《たけ》え金を出していいものを買ったからって、それが、その人間に合うかどうかは別物で……」

「みんな承知で言ってるんだよ、七兵衛――」

歳三に見つめられて、七兵衛は沈黙した。

しばらく歳三の眼を覗き込んで、

「わかりました」

肚《はら》を括《くく》った様子でうなずいた。

「お受けいたしましょう。で、いつまでに？」

「試合までにさ」

「え⁉」

七兵衛は声をあげた。

「どんな刀、どんな剣でもいいって言うなら、三日でも、一日でもなんとかなります。

しかし、いい刀、いい剣となりゃあ、あちこちの刀屋に声をかけて、ひと月か、半年か、一年やそこらは待つつもりじゃあないと……」

「だから、七兵衛、あんたに頼んでるのさ」

七兵衛は、一瞬絶句し、

「こいつは、えれえことを引き受けちまいましたね……」

唸《うな》った。

「頼む」

「なら、早速今日のうちにも発《た》ちましょう。江戸で、心あたりを訪ねてみますが……」

「どうした？」

「見つからねえ時は、手ぶらでもどりますよ。見つからねえのに、そんならこのあたりでって、そこそこの刀を持って帰《けえ》るわけにゃいきませんのでね——」

「まかせるさ」

歳三は言った。

それで、七兵衛は、四日前の昼に、江戸へ向かって出立したのである。

その七兵衛が、まだ帰ってこないのである。

歳三は、出立した。

日野の道場で、近藤、沖田と合流し、そのまま三人で、御岳山に向かったのである。

空は、晴れている。

右側の谷底に、玉川の清流を見下ろす道であった。

「土方さん、斬っといてよかったですね」

歩きながら、沖田が話しかけてくる。

「何のことだ？」

「だから、人をですよ。あの時、丹波の赤犬を斬っといてよかったって――」

沖田は、すっかり元気になって、もとの軽口がもどっている。

ただ、時おり、口の端に、それまでなかった、冷たい、刃《やいば》に似た笑みを浮かべることがある。

今がそうだった。

「人を斬れば斬った分だけ、胆《きも》が据《す》わって、度胸がつき、その分だけ強くなるって言うじゃありませんか――」

言い終えた時には、沖田の笑みは、いつものくったくのない明るさになっている。

ただ、左手の親指が、まだ自由に動かない。

それは、左手に包帯が巻かれているためばかりではない。包帯が巻かれていても、他の四本の指は自由に動く。しかし、親指だけは、まだ動きの範囲が狭く、反応速度ものろい。

食事のおり、茶碗を持つ時には、右手で、左手の親指を、茶碗の縁にのせてやらねばならない。それでも、日常のことは、なんとかこなせるし、右手で竹刀を振って、稽古に参加することはできるようになっていた。

「そもそも真剣の勝負は、術《じゅつ》は末《すえ》、胆《たん》が基《もと》で、それに続くのが斬れると信じた剣であると言われてるでしょう」

沖田が言う。

「それでも、初めて人を斬った時は、夢中で何が何やらわからず、二人目、三人目くらいで、ようやく太刀筋が見えてくるという話ですから……」

歳三は、黙って沖田の言うことを耳にしながら歩いている。

「ぼくも、あの時、稽古通りに斬ったつもりでしたけど、今思えば、気持ちはかなりいっちゃってたみたいですね――」

沖田は、歩きながらしゃべり続けている。

「あいつ、斬ってますね」

沖田は、ここで、ようやく、横を歩いている歳三を見た。

「あいつ?」

「宇津木文之丞ですよ。ひとりやふたりじゃない。辻斬り犯なら三人か、四人斬ってる。ぼくはひとりだけだから、その差が出ちゃったのかなあ」

「総司《そうじ》、うるせえぞ――」

ここで、近藤が話に割って入った。

「静かにしろ。歳を放っておいてやれ――」

「はあい」

うなずいて、沖田が口をつぐんだ。

鶯《うぐいす》の声が聴こえてきた。

その声を耳にしながら、歳三は、淡々と前を見ながら歩いている。

二

青梅《おうめ》街道の参道入口にある鳥居から、ちょうど二十四町目のところに大きな黒門《くろもん》がある。

午後――

まだ陽があるうちに、歳三たちはそこに着いていた。

門のところに立てば、山並みが連なり、重なりあったその向こうに、関八州《かんはっしゅう》の平野の一角を望み、遠く江戸までも見渡すことができる。

仰ぎ見れば、本山の頂《いただき》が、杉木立ちのすぐ向こうにそびえている。

目指す御師《おし》の宿、大神屋《おおかみや》はもうすぐそこであった。

黒門の横に、掛茶屋《かけぢゃや》があって、その前に立った女が、通る者に声をかけている。

「どうぞ、お掛けなすって居《い》らっしゃい」

その女が、近藤を見て、

「お侍さま、どうぞお茶を――」

休んでゆけと誘ってきた。

そのまま、茶屋を通り過ぎてゆくのかと思われた近藤が、そこで足を止めていた。

「茶を飲んでゆこう」

近藤は言った。

近藤にしては、珍しい。

「そうだな」

歳三は、うなずき、やはり足を止めて近藤を見、何事かを呑み込んだ様子で、

「休んでゆこう」

そう言った。

歳三、近藤、沖田の三人は、茶屋の廂《ひさし》の下に入って、腰掛けに腰を下ろした。

歳三には、何故、近藤がそこで足を止めたのかわかっていた。

女が、

〝お侍さま〟

そう呼んだからである。

実は、この時、近藤勇《いさみ》、土方歳三の二人は、まだ侍ではなかった。

姓もあり、一見したところ侍のようには見えるのだが、剣士ではあっても侍ではない。

では、何かということなのだが、有体《ありてい》に言ってしまえば、百姓ということになる。

そもそも、近藤は、武州多摩郡上石原村《ぶしゆうたまぐんかみいしわら》の農家の出であり、天然理心流三代近藤周《しゆう》助《すけ》のもとに養子として入ったものだ。

養父である周助本人も、もとは武州多摩郡小山村《おやま》の名主である島崎休右衛門《しまざききゆうえもん》の五男としてこの世に生を受けた人間だ。

土方歳三もまた、石田村の百姓として生まれている。ただし、土方家は豪農であり、近所からは〝お大尽《だいじん》の家〟と呼ばれていた。

幕末のこの頃、幕藩体制が緩んで、百姓、町人が苗字を持ち、帯刀することについては、それほど厳しく取り締まるということもなかったからこそのことであるが、実際的な話をしておけば、百姓でも金さえ出せば苗字を名のることを許され、門の構えや身ごしらえなど、武士風にすることも咎《とが》められることはなかったのである。

ただ、近藤も、土方も、人別帳には苗字はなく、名ばかりが記されていたであろうことは、充分に推察される。

かろうじて侍の家に生まれたのが、この三人の中では沖田総司ただ一人であった。

父は沖田勝次郎《かつじろう》といって、陸奥国白河藩《むつのくにしらかわはん》十万石の阿部能登守《あべのとのかみ》の江戸屋敷に、二十二俵《ひよう》二人扶持《ににんぶち》で仕えていた下級武士である。

それでも、近藤は沖田の師であり、その裕福さで言えば、歳三の方が沖田よりはずっと上であった。

沖田のことはおくとしても、近藤としては、百姓の出ということについて、常に忸怩《じくじ》たるものがあったと思われる。それで、ことさらに、その風体にしても、日々の立ち居ふるまいにしても、武士たらんと日頃から厳しく努めていたと考えていい。

この近藤が、茶屋の女から、

〝お侍さま〟

と声をかけられて、気をよくしてしまい、

〝茶を飲んでゆこう〟ということになったのである。

腰掛けに腰を下ろして見れば、茶屋から崖の方に向かって架け出した、庵室《あんしつ》のように小さな小屋があって、そこに、白髪白鬚《はくはつはくぜん》の老爺《ろうや》がひとり、机を出して座している。

その机の上に、『易経《えききょう》』が置かれ、算木《さんぎ》や筮竹《ぜいちく》まで置いてあるところを見ると、どうやらその老人、ここで易を見ているらしい。

その老人が、茶を飲んでいる土方たちに声をかけてきた。

「お見受けしたところ、奉納試合に御出場なされる方々と見ましたが、易を立ててしんぜましょうかな。試合の御武運を占ってみてはいかがかな――」

言われて、近藤は、
どうだ――

と、問うように歳三を見た。

「結構だ」

歳三は、首を左右に振った。

「そうだな」

近藤はうなずいた。

試合間際になって、易を立てるというのは、考えものである。その結果がどうであれ、それで試合によい影響があるとは思えない。

勝つ、と易が出たからといって、それをそのまま信ずることはないにしても、それがわずかなりとも気の緩みとなって試合に現れることはあるかもしれない。

逆に、負けと出て、萎縮《いしゅく》し、それで試合の動きが鈍くなってしまうということもあろう。

「我らが信ずるべきは、稽古とこれじゃ――」

そう言って、近藤は、左手で右腕を軽く叩いてみせた。

それを見て、易者も声をかけてこなくなった。

それぞれの碗《わん》が空になって、そろそろ立ちあがろうかという時、茶屋のすぐ外に立つ者たちがいた。

「ここらで休んでゆきましょう」

と言った声に、聴き覚えがあったのは歳三である。

見れば、四人の男たちが、茶屋の屋根の下に入ってくるところであった。

宇津木文之丞。

巽十三郎。

小谷一郎太。

渋川宗助。

甲源一刀流和田道場からやってきた面々であった。

休んでゆきましょう——という声を発したのは、背に二本の木剣を布でくるんだものを負っている小谷一郎太であった。

この小谷と渋川とは、先日、歳三は沢井村で顔を合わせている。

「四人さま、お掛け——」

と、女が声をかけた時、一行をうながして先を歩いてきた小谷が足を止めていた。

先客の中に、歳三たちの姿を見つけたからであった。

「これはこれは——」

声をあげたのは、宇津木文之丞であった。

沖田に気づき、

「よかった、お元気になられたようですね」

涼やかに微笑した。

「なっちゃいましたよ」

沖田は、明るく笑った。

「宇津木先生、また一手教えて下さい。ぼく、わかっちゃいましたから——」

沖田の声にはくったくがない。

「何がわかったのです？」

「この前、ぼくが負けた理由です」

「何だったのです」

「人を斬った数ですよ」

おそるべき言葉を、沖田はけろりとした顔で口にした。

茶屋にいた客の視線が、沖田に集まった。

「ほう？」

宇津木文之丞の眸《め》が光った。

「ですよね」

と、沖田が言った時、

「慎《つつし》め、総司」

近藤の、凄みを帯びた声が響いた。

「でも……」

と、唇《とが》を尖らせた沖田に、

「侍が口にすることじゃねえ……」

近藤の眸が、斬るぞ、とそう言った。

何があろうと、負けは負けだ。

敗れた側の人間が、勝った相手に対してあれこれと口にする言葉はない。

そこへ――

「おう、これは、ここで易を立ててくれるのかな」

巽十三郎の声が響いた。

「もちろん、いつでも立ててしんぜまするぞ――」

易者は言った。

易者は易者で、今のやりとりは耳にしているから、話題を転ずるつもりで、さっきよりも明るい声で言った。

「では、頼もうか――」

巽十三郎は、易者の前に立った。

「某、巽十三郎と申して、今度の奉納試合に出場する者でござる。ついては、試合の武運がいかほどのものか、占うてもらいたい――」

「承知いたしました」

易者がうなずいた。

ふふん――

と、歳三は、この時、太い唇の端に笑みを浮かべた。

巽十三郎の考えが、見えたからだ。

巽十三郎は、ここに自分がいるのを承知で、いや、ここに自分がいるからこそ、易者に声をかけたのだ。

易者の答えを、この自分に聴かせようとしているのである。

易者にしても、商売である。

どのような卦《け》が出ようと、わざわざ悪いことは口にしない。

ましてや、巽十三郎は、明日から始まる奉納試合に出場すると言っているのである。

その人間に対して、負けを口にしたりすることは、まず、ない。

どのような悪い卦が出ようと、

「御武運あり」

勝つとは口にせずとも、そう言うであろう。

巽十三郎は、易者のその言葉を、自分に聴かせようとしているのだと、歳三は思った。

耳にすれば、歳三がそれを気にするであろうと踏んでのことである。

近藤は、懐から財布を出し、小銭を腰掛けの上に置いて、

「歳、ゆくぞ」

そう言った。

近藤もまた、巽十三郎の意図に気づいて、易者が占う前に茶店を出た方がよかろうと判断したのである。

しかし、歳三は、それを無視して立ちあがった。

「歳」

という近藤の声を背で聴きながら、歳三は易者の前まで歩いてゆき、

「その易がどんなものか、おれも聴きたいね」

巽十三郎の横に並んだ。

「土方歳三だよ。奉納試合で、明後日こちらの巽十三郎先生と試合うことになっている」

歳三は、財布を取り出し、見料には十分と思われる小銭を出して、それを、ざらりと机の上に置いた。

「一緒に、このおれの分まで易を立ててもらえるかい」

歳三は、白い歯を見せて笑った。

「な、なんと――」

易見の老人は、困惑した様子で歳三と巽十三郎を交互に見やった。

「いや、しかし、おふたり一緒というのは、これはなんとも……」

できることなら、なんとかとりつくろって逃げたいと考えているのが見てとれる。

「よい方法がある」

と、巽十三郎の横に並んだのが、宇津木文之丞であった。

「そ、それは……」

易者が、不安そうな視線を、宇津木文之丞に向かって泳がせた。

「人を占わず、今度《こたび》の試合そのものを占えば、一度でふたり一緒に占うたことになるのではないか――」

「た、たしかに――」

とは口にしたものの、それは理屈であり、この老易者が今直面している問題についての解決法ではない。

「いや、いやいや、なんとも……」

老易者は困り果てている。

そこへ、ずい、と岩のような身体で割って入ってきたのが近藤であった。

「宇津木先生、そりゃあ、できのいいたあ言えねえ冗談だぜ」

凄みのある声で言った。

「え、近藤先生は冗談だと思われたのですか――」

近藤の顔を、逆撫《さかな》でするような宇津木文之丞の言葉であった。

近藤の顔から、すうっと血の色が消えた。

岩に表情がないというのなら、表情がなく、あるというのなら、岩と同程度には表情がある――そういう顔であった。

「へえ……」

近藤の細い眼が、すうっとすぼまって、さらに細くなった。

この時には、沖田が、いつでも抜けるように、浅く腰を落としている。

たれも、退《ひ》くに退けない状況となったその時――

「見てしんぜましょう」

易者の老人が言った。

肚を決めた声であった。

「今度《こたび》の試合、易を立ててしんぜまするが、その前にきちんと申しあげておきたきことがございます」

この言葉で、そこに生まれかけた緊張がわずかに緩んでいた。

この老易者が何を言おうとしているのか、そちらへの興味が緊張を和らげたのである。

しかし、緊張そのものが去ったわけではない。

易者は一同を見回し、

「そもそも、易によりて出たる卦は、愚老《ぐろう》が出すものではございませぬ。この卦と申すものは、言うなれば天が下すものにて、愚老はそれを皆さまにお伝えするだけの者にござります。したがって、その出た卦について、皆さまにお伝えしはいたしまするが、それが当たる、当たらぬは、この愚老のあずかり知らぬこと――そのこと、くれぐれも御承知くだされたく……」

このように言って、頭を下げた。

「いや、ごもっとも――」

言ったのは、巽十三郎である。

「委細承知じゃ。よろしく易を立ててもらおうか――」

巽十三郎は、懐に手を入れ、財布を出し、小銭を取り出して、それを机の上にざらりと置いた。

「これが見料じゃ」

「頂戴いたしまするぞ」

老易者は、手を伸ばし、歳三と巽十三郎が置いた小銭を集めて、それを手に包み、懐に収めた。

「では――」

老易者は、筮竹の束を両手で捧げ持ち、眼を閉じ、心を鎮めること幾何《いくばく》か――

もう、近藤も、歳三にゆこうとは言わなかった。

黙って老易者の動きを見つめている。

老易者は、眼を開き、筮竹をふたつに分け、一本を左の小指に移し、筮竹の数を数えながら、算木を机の上にほどよくあしらってゆく。

ほどなく――

「出ましたぞ」

老易者は言った。

「さて、卦面《けめん》に現れたるは、斯《か》くの如《ごと》くに〝風天小畜《ふうてんしょうちく》〟――」

「それは、どのような卦なのじゃ」

巽十三郎が問う。

「卦辞《けじ》には、密雲雨《みつうんあめ》ふらず、我西郊《わがせいこう》よりすとございます。これは、陽気猶盛《ようきなおさかん》なれども小陰に妨げられて、雨となって地に降るの功未《こういま》だ成らざるの象《かたち》――」

老易者は、自分の言うことが伝わっているかどうか、確認するように、歳三と巽十三郎を見た。

「――されども、西郊と申して、陰《いん》の方《かた》より陰雲《いんうん》盛んに起こるの象あれば、やがて雨となって地に下る。おわかりか――」

「わからぬ。どういう意味じゃ」

巽十三郎が言う。

「では、申しあげまする」

老易者は、頭を下げ、

「今度の試合、陽気盛んなれば、両者互いに譲らず、激しいものになること、まずは必須の象。いずれが勝つかは見えるものではござりませぬが、勝敗を決めるは、今、西郊と申した通り、陰の方より盛んに起こる陰雲にてござります。で、この陰雲にござりまするが……」

老易者は、少し間をおいて、

「最近、巽さま、土方さまのうち、いずれか御身内の方が亡くなられましたかな――」

このように訊ねてきた。

「身内?」

と、問うたのは、歳三だった。

身内と言っても色々だ。

血の繋がった親兄弟であるのか、それとも、同じ道場の仲間であるのか。

天然理心流の仲間であれば、佐久間一太郎《さくまいちたろう》が、おそらくは宇津木文之丞に、柿沢久右衛門が、巽十三郎に殺されている。

「親か、子か、つれあいか、御兄弟のどなたか――」

易者の言葉に、

「なら、おれだな――」

答えたのは、巽十三郎であった。

「二十日あまり前に、兄が殺されている――」

巽十三郎の兄――丹波の赤犬である。

「あなたさまの亡くなられたその兄上が、試合の勝負の行方を大きく左右すると、この卦が言うております」

「どういうことかな」

「この陰雲、おそらくはあなたさまの兄上にござりましょう。その陰雲が試合に働いて、試合の勝敗を決めるということでござりまするな……」

「ほほう……」

まだ、歳三を見やりながら、その反応をうかがうように、巽十三郎はうなずいた。

「我が兄はな、名を戌四郎《いぬしろう》と言うてな、おれと同じ丹波の生まれよ。おそろしいほどに、強いお方であったなあ……」

独り言のように言ったが、歳三に聞かせようとしているのがあからさまにわかるほど、巽十三郎は歳三から眼をはなさなかった。

三

十三郎と戌四郎は、丹波の貧しい農家に生まれている。

兄戌四郎が、十三郎より六歳、齢《とし》が上であった。

ふたりの間に女がひとり——ふさという名の、十三郎にとっては四歳齢が上の姉であった。

十三郎が七歳の時に、流行《はや》り病で両親が死に、三人とも喜助《きすけ》という叔父《おじ》の家に引き取られた。喜助の家もまた丹波の山中にある農家であった。

田はなく、山を開いたところに畑を作り、そこで、かろうじて自分たちの口にするものを作り、あとは炭を焼き、それを売って金を得、米はその金で買う以外、手に入れる術《すべ》はない生活であった。

叔父の家では、朝から晩まで、兄弟で働かされた。

「こんな暮らしは、一生続けるものではない——」

戌四郎は、いつもそう言っていた。

山で、樫《かし》の枝を切り、削り、木刀のようなものを作ってそれを腰に差し、戌四郎は暇さえあればそれを振り回していた。

八歳になった時には、十三郎も戌四郎と一緒に、自分で作った木刀を振り回すようになっていた。

いつも、ふたりで木刀を振っては、互いに打ち合って、稽古をしていたので、常に生傷が絶えなかった。

「そんな棒振りをして、どうするつもりじゃ。それで侍にでもなるつもりか――」

叔父の喜助が叱っても、ふたりはそれをやめなかった。

しかし、小言は言っても、木刀を取りあげることまでしなかったのは、三人がよく働いたからであり、喜助夫婦に子がなかったからだ。

十三郎が十歳の時、喜助の妻が死んだ。

十三郎が十一歳になったある時、

「ちょっと来い」

十三郎は、戌四郎に声をかけられた。

喜助が用事でいない時であった。

鍬《くわ》を持ったまま、ふたりで山に入った。

「いいものを見せてやる」

時おり、木刀で打ち合っている場所まで来ると、一本の杉の木の下を、戌四郎が鍬で掘りはじめた。

中から、太い竹が出てきた。

その竹を抱え、

「驚くなよ」

戌四郎は、その竹の中から、ひと振りの刀を取り出した。

竹の節を抜いて、その中に刀を隠していたのである。

戌四郎は、鞘《さや》を左手で握り、右手でぎらりと刀を抜いた。

刀が光る。

「本物かい……」

「あたりまえだ」

戌四郎が、刀を振った。

ぴゅう、
と、音がした。

「どうやってこれを手に入れた？」

「拾ったんだ」

嘘だと思った。

十日ほど前、丹波を通って京まで抜ける間道で、旅姿の武士がひとり死んでいたことが噂になった。

腰のひと振りと、懐にあったはずの財布がなくなっていたという。

額が、棒のようなもので叩かれ、鉢《はち》が割れていたという。

「あれ、あにきがやったのか――」

十三郎に問われて、

「知らん」

戌四郎は言った。

「持ってみろ」

戌四郎に言われて、十三郎はその剣を持った。

ずしり、と重い。

斬れる――

そう思った。

人を斬り殺すことのできる重さだ。

ぞくり、と、背に何かが疾り抜けた。

「おまえ、いつも剣は術《じゅつ》だと言ってたな」

戌四郎が言った。

「ああ」

十三郎はうなずいた。

剣で相手に勝つには、いかに相手より先に相手の身体を斬るかである――十三郎は、木刀を振りはじめてから、すぐにそう思うようになった。

あたり前のことだと思った。

そのためには、相手の刀に斬られぬことだ。

相手の剣をぎりぎりでかわして、相手を斬る。相手よりも疾く剣を振ればいい。

難しいことはわからないが、そういうことだと思った。

しかし、どれほど工夫しても、稽古をしても、兄の戌四郎には勝てなかった。

齢が離れていたからかもしれないが、それにしても戌四郎は強かった。

「それを持ってどうじゃ?」

戌四郎が問うてきた。

「術だの、技だの、そういうことがどうでもよくなってくるだろう」

本当にそうであった。

握っていると、剣から力が自分の体内に流れ込んでくるようであった。

戌四郎は、十三郎の手から、剣を毟《むし》り取り、

「剣は、気魂《きこん》だ」

戌四郎は、その剣を上段に構えた。

戌四郎の身体に、殺気が膨らんだ。

「まず、気魂で相手を圧倒する。気魂で相手を斬る。相手が、もう、気魂で斬られたその後に、その気魂の太刀筋をなぞるように剣を振って、人を斬ればいいのだ」

戌四郎が、ぎろりと目をむいた。

斬られる――

そう思った。

「わっ」

知らず、口から声が出ていた。

そこへ――

「かあっ」

剣が打ち下ろされた。

十三郎は、そこにへたり込んでいた。

しかし、眼は閉じなかった。

眼を開いたまま、自分の額のすぐ上で止められた、白い刃の輝きを見ていた。

戌四郎と十三郎は、家にもどった。

戌四郎は、剣の入った竹筒を抱えている。

それを牛小屋の中に隠し、母屋にもどってゆくと、女の声が聴こえた。

女が泣いている。

姉のおふさの声だった。

何ごとかと母屋へ入ってゆくと、囲炉裏《いろり》の横に、不思議な光景を見た。

そこで、白い女の脚が左右に開いて持ちあげられ、その間で、汚い男の尻が動いていたのである。

姉のおふさが、喜助に犯されていたのである。
「いや、いやあっ」
と、おふさが声をあげている。
十三郎はそこに立ちつくした。
戌四郎が姿を消したのにも気がつかなかった。
戌四郎は、すぐにもどってきた。
その手に、抜き身の剣を握っていた。
そのままあがって、つかつかと囲炉裏のところまで歩いていった。
気配に気づいて、喜助が後ろを振り向いた。
その時には、もう、戌四郎は剣を振りあげていた。
振り向いた喜助の額へ、ためらうことなく剣を打ち下ろした。
迷いがない。
「ちゃあああっ!」
喜助の額から上が、斜めに両断された。
声もたてずに、喜助は死んだ。
即死だ。
ざぶり、
と、おふさの顔に血がかかり、鉢からあふれたまだ温かい脳が、血で濡れたおふさの顔の上にこぼれ落ちた。
「あひゃあ」
おふさは、一度だけ悲鳴をあげた。
それきり、動かなくなった。
十三郎が、
「姉ちゃん」
膝をついてかがみ込む。
おふさは、口を半開きにして、動かない。
その口が、もう、息をしていなかった。
眼を開いたまま、おふさは死んでいたのである。
あまりの衝撃に、心の臓が止まったのだ。
ふたつの死体をそのままにして、十三郎と戌四郎は、家を捨てた。
丹波を捨てた。
あとがどうなったか、わからない。
京へ出て、四条大橋《しじようおおはし》の上で別れた。
「おれのことは、もう、かまうな」
戌四郎は言った。
「たれも見ていない。たれも知らない。まさか、おれが殺したとは、村の者は考えないだろう。考えたところで、真相はわからないままだ……」

そうだろうと、十三郎も思った。

「おれは、どこかで死ぬさ。どこで死ぬにしたって、好きなように生きて死ぬ。おれが死んだと思ったら、好きなように生きてのことだと思ってくれればいい――」

「わかった」

十三郎は言った。

ただ、残念なことがあった。

これまで、一度も、兄の戍四郎に勝てなかったことだ。それを、十三郎は言った。

「どうせ、誰かに殺されて死ぬんだ。そんなら、おれを殺した誰かを、おまえが殺せばいい――」

戍四郎は、そう言った。

「そうする」

十三郎は、答えた。

それでわかれた。

十三郎は西へ、戍四郎は東へ。

それきり、会っていない。

風の噂で、兄の戍四郎が、丹波の赤犬という名の凶賊となっているのを知ったのは、それから六年後――

巽十三郎として、馬庭念流の道場で剣を学んでいる時であった。

四

巽十三郎は、自分の生い立ちの、細かいところまでは、むろん、口にしなかった。

ただ、

「おれのあにきは、十七の齢で、棒きれで侍を殴り殺したこともあるからね……」

そうつぶやいただけであった。

さらに続けて、

「それが、こちらの土方先生に斬り殺されてしまいましてなあ……」

巽十三郎の言葉に、易者は驚いて、

「そ、それでは、こちらさまはあなたさまの、か、仇……」

うろたえながら言った。

「いやいや、仇ではござらぬよ。それに、兄は、丹波の赤犬というて、天下の大盗賊。殺されても、もんくは言えぬところ。なあ──」

と、巽十三郎は歳三を見た。

殺されたのがたとえ盗っ人《ぬすと》であれ、身内からしてみれば仇は仇である。もしも、今口にしたことが本心であれば、巽十三郎、普通とは少し違う考え方をする人間らしい。

「試合いたい、斬りたいというのは、ただ、我が兄を斬った者が、どれほどの腕か、それを、身をもって知りたいということなのでござるよ」

歳三の眼を見ながら、巽十三郎は言うのである。

それが、真実《まこと》なのかどうか。

歳三は歳三で、この巽十三郎は、柿沢久右衛門の仇である。

しかし、勝負を迫ったのは、柿沢久右衛門であり、立ち合いそのものは、尋常のものであったとわかっている。

巽十三郎が、卑怯な手を使ったわけではない。

理屈から言えば、恨む筋合いのものではないが、しかし、そういう理屈で心に湧いてくる様々な感情を制御できるものでもない。歳三の中には、柿沢久右衛門の仇を討ちたいという思いは、当然のようにある。

だが――

「今、土方どのを試しはしたが、まさかこれしきのことで、心を乱されてもらっては、某も困るのじゃ――」

巽十三郎、試合前に心理戦を仕掛けておいて、そんなことを言う。

底が見えない漢であった。

喰《く》えない。

「おめえ、性格が相当よくねえな」

ぼそり、と近藤が言った。

「誉め言葉として、受けとっておきましょう、近藤先生――」

めらっ、
と、近藤の細い眼の奥に、炎が揺れた。

「今、ここで、斬り合いがしてえのかい？」

近藤が言うと、

「近藤さん」

歳三が、近藤の肩に手を置いた。

「おれが悪かった。せっかくゆこうと声をかけてくれたのに、おれがおもしろがってちょっかいをかけたばっかりに、つまらねえ方に話がころんじまったようだ――」

「ちぇっ」

近藤は、小さく舌を鳴らした。

「ここは我慢しとこうよ。侍《さむれ》えだからな……」

近藤は、江戸弁で言った。

「あ、やらないんですか。近藤さん――」

がっかりしたような沖田の声が響く。

「やらん」

「なあんだ――」

と、沖田は落としていた腰をもとにもどした。

「そこが、侍えの辛《つれ》えところよ」

近藤は、二本差している腰をぽんと叩いた。

「ゆこうか、歳——」

近藤は、もう歩き出している。

歳三と沖田が、その後に続いた。

「巽さん……」

巽十三郎の横を通り過ぎる時に、歳三は声をかけた。

「何だね」

「おれは、死ぬことにしたよ」

ぼそり、と歳三は言った。

足を止めない。

「どういう意味だね」

巽十三郎が問うてきた。

歳三は、止まらずに、

「それだけだ」

そう言いながら、足を進めた。

結局、歳三は巽十三郎の問いには答えなかったことになる。

「歳よ……」

後ろからついてくる歳三に向かって、近藤が振り向かずに声をかけた。

「何だい」

「おれの我慢だがよ、おめえに預けとく――」

「わかった」

歳三は、うなずいていた。

五

御岳山の、社殿周辺の森の中に、数十軒の御師の家があった。

主《あるじ》はいずれも神職で、参拝客の案内をし、自宅を宿坊として客を泊め、滝行《たきぎょう》をする者があればその手ほどきもしたりする。

この時期は、いずれの宿坊も満杯であった。

歳三たちが宿とした宿坊の大神屋は、神殿から少し離れたところにあって、入母屋《いりもや》造りの建物は、かなり古い。

その建物の中に、歳三たち天然理心流の者や、気楽《きらく》流、渋川流、神道《しんとう》流、合わせて四流の者たちが入っている。

そこは上手《うま》く振り分けられていて、試合で戦うことになる流派どうしがひとつ屋根の下に枕を共にするということがないようになっている。

七兵衛が、歳三を訪ねて大神屋にやってきたのは、一泊したその翌日、試合一日目のことであった。

近藤と沖田は、一日目の試合を見るために宿にはいなかった。

歳三は、ひとり残って、畳の上に仰向けになって、両手を頭の下で組んでいた。

夏ではあったが、山の上は涼しく、気持ちのいい風が歳三の身体に吹いている。

そこへ、七兵衛がやってきたのである。

昼を過ぎた頃——

大神屋の御師の妻で、お藤《ふじ》という女がやってきて、

「土方さまに、お客さまでござります」

そう言った。

「客?」

頭を持ちあげて歳三が問えば、

「七兵衛さまとおっしゃるお方でござります」

と言う。

「通してくれ」

歳三は、身を起こし、畳の上から濡《ぬ》れ縁に移動して、そこに胡座をかいた。

ほどなく、七兵衛が入ってきた。

男をひとり、連れていた。

「見つけましたぜ、歳三さん」

にいっと七兵衛は笑った。

「そちらは？」

歳三は、七兵衛の後ろにいる男に眼をやった。

「江戸で、刀屋をやっている勘兵衛《かんべえ》と申します」

男は、歳三に向かって頭を下げた。

齢《とし》の頃なら、四十をいくらか過ぎたころであろうか。

「本郷《ほんごう》界隈じゃ、研《と》ぎ勘《かん》と呼ばれていて、研ぎと刀の見立てでは、今評判の方で――」

七兵衛は言った。

刀屋の勘兵衛、右頬に大きな刃物傷がある。

背に、長い布の袋を負っているが、刀屋ということなら、それは剣であろうと思われた。

「まあ、座ってくれ、七兵衛」

歳三が言うと、

「では、ごめんなすって――」

七兵衛と勘兵衛が、濡れ縁に出てそこに腰を下ろして、歳三と向きあった。

濡れ縁は、母屋から、崖の際へ突き出すように作られていた。

てくる。

谷の底からこちらまで、全て緑で埋めつくされており、蝉の声とともに風が吹きあげてくる。

幾ら山の上とはいえ、夏である。

山道をここまで登ってくれば汗をかく。その汗をちらすにはちょうどいい風であった。

その方が気持ちよかろうと、歳三がふたりに配慮したのである。

「こいつは気持ちがいいや。眺めもいい」

七兵衛は、歳三と同様に胡座をかいているが、勘兵衛は、板の上に正座をしている。

「足を崩してもらっていいんだぜ」

歳三はそう言ったが、

「慣れておりますんで、このままで——」

勘兵衛は、足を崩さなかった。

「では、勘兵衛さん、刀を——」

七兵衛が言うと、

「へい」

答えて、勘兵衛は、紐《ひも》を解《ほど》いて、背に負っていた布の包みを下ろし、その中からさらに二本の細長い布の包みを取り出して、歳三の前に置いた。

いずれも、錦の布袋に包まれている。

「七兵衛。これは？」

「剣がふた振り」

七兵衛が答える。

「頼んだのは、ひと振りだぜ」

「それを承知で、ふた振りお持ちしたんで――」

「何故だい」

「石田村を発つ時にも言いましたが、剣というのは、持ち主との相性というのがございます。ここにお持ちしたふた振りをごらんになって、気に入った方を選んでもらいてえんで――」

「そういうことか」

「いずれの剣を選んでいただいても、持って恥ずかしいようなお品じゃあございません。それは、私が保証いたします」

「わかった」

歳三は、眼の前に置かれた包みを手に取り、紐を解いて、中から剣を取り出した。

朱鞘《しゅざや》の剣であった。

鞘を左手に持ち、鍔《つば》と柄《つか》を眺める。

作りもいい。

柄を握ると、手に馴染《なじ》んだ。

すうっ、

と、浅く抜く。
白く、刃が光る。
全部を抜いた。
ぎらりと、意志あるもののように、刃全体が光った。
重い、鉄の殺生器具——
どのような硬い骨であれ、このひと振りで断ち斬ることができそうであった。
切先から鍔元まで、刃紋がほろほろと広がって美しい。
「みごとなものだ……」
歳三はつぶやいた。
よい剣というのは、こういうものか——
振り下ろすだけで、あとは自然とこの剣が相手を斬ってくれそうな気がした。
充分だ。
これなら、たとえ岩を叩いたって折れるということはあるまい。
「関《せき》の孫六で……」
七兵衛が言った。
なるほど、これが関の孫六か——
歳三は、剣を立て、鍔元から切先まで舐めるように見あげた。
歳三は、刀を鞘に収めた。

関の孫六を置いて、もうひとつの錦の布袋を手に取った。

中から、少し古びて見える剣が姿を現した。

鞘は茶の石目《いしめ》塗りに、牡丹《ぼたん》唐草《からくさ》と鳳凰《ほうおう》の文様を抜き出している。

縁頭《ふちがしら》、栗形《くりがた》、小尻《こじり》は、鉄地無文。無骨《ぶこつ》そのもののような剣であった。

「む……」

と歳三が低く声をあげたのは、その剣が、黒い光に包まれているように見えたからであった。

柄には鮫皮《さめがわ》が巻かれ、さらにその上から濃い浅葱《あさぎ》色の綿の柄糸《つかいと》が巻きつけてあった。

板鍔《いたつば》に梅の花が一輪彫られていて、無骨な殺生器具でありながら、そこから梅の香が匂うようであった。

自然に右手が動いた。

柄を握る。

いや、握るというよりは、手が吸いついたようであった。

抜く。

鯉口《こいくち》から、ぬめり、と刀身が現れた。

海の底から、銀鱗《ぎんりん》の魚がゆっくりと姿を現すのを見るように、抜いてゆくにしたがって、そのぬめりが、きらきらと光るようになってくる。

抜き放った。

刀身を立てる。
魂が吸い込まれた。
鉄の地金が匂い立つようであり、刃紋は、夢の中で蝶が舞うようであった。
動いている。
今にもその刀身から、刃紋の蝶が飛び出して、宙を舞いそうであった。
顔を近づける。
斬られる――
そう思った。
斬られてしまいたい――
そうも思った。
自分が握っているこの剣に吸い寄せられて自分が斬られてしまう。
眼が放せなかった。
美しい。
いや、美しいという以上だ。
凄《すさ》まじい。
これほどまでに凄まじく美しいのに、なんという無骨な重さか。
その重さに実がある。
相手が何であれ、向こうからこの剣に吸い込まれて、この刃に斬られてしまうであろう。

こいつはおれだ。

そう思った。

おれはこいつだ。

おれは、この剣だ。

自分の意志そのもののような剣。

自分の意志を、自分の眼で見つめることができる。自分の意志を自分の手で握ることができる。

刀と、その持ち主と相性が合うというのは、こういうことなのか。

「何てえ刀だい……」

そう言った歳三の声が、掠《かす》れていた。

「和泉守兼定《いずみのかみかねさだ》で……」

勘兵衛が言った。

和泉守兼定——

美濃国《みののくに》の刀工で、名刀匠孫六と人気を二分する。

初代兼定作の刀は、享徳《きょうとく》四年（一四五五）のものがすでに知られており、おおよそ、その頃にはもう名のある刀匠として活躍していたと思われる。

「その十一代兼定の作にござります——」

勘兵衛は、畳に両手をついて、頭を下げた。

江戸の後期は千両兼定と呼ばれた。

虎徹が五十両で手に入った頃だ。

まさか、千両とまではいかないまでも、かなりの高値で取り引きされたことであろう。

「こいつをもらおう」

歳三は、剣を見つめながら、

「幾らだい」

そう訊ねた。

「お代はいりません」

勘兵衛は、頭を下げたまま言った。

「いらない？」

「へえ」

「そういうわけにゃあいかねえ」

歳三の言葉に、

「お松ちゃんがお世話になったお方から、お代をいただくわけにゃあまいりません」

勘兵衛は、一度顔をあげ、また下げた。

「お松……？」

「へい」

「あのお松か――」

と歳三が問うのへ、

「その通りで――」

と言ったのは七兵衛であった。

「どういうことだい？」

「こういうことで……」

七兵衛はその説明を始めた。

六

江戸へ着いたその日から、七兵衛は心当たりの刀屋へ顔を出し、歳三の気に入りそうな剣を探そうとしたのだが、なかなかほどのよいものが見つからなかった。

二日目――

三日目――

眠る時以外は、ひたすら足を使い、初めての刀屋にも足を運んでみたが、ない。そのまま四日目になって、この日には、もう帰らねばならない。

その四日目の昼――

「ついにあきらめて、お絹《きぬ》のところへ顔を出したんでさ――」

妻恋坂《つまこいざか》を西へ外れた裏通り——そこに、七兵衛とはわけありらしい女、お絹が住んでいて、そこへ、お松をあずけている。

「お松坊がどうしているか、様子を見にいったんですよ」

「で、どうだったんだい」

歳三が訊いた。

「ええ、だいぶ元気になったみてえで、そろそろ、どこか、働けるところでも探そうかってえ様子だったんですが、そこで……」

七兵衛は、勘兵衛を見やった。

「このわたくしと会ったのでございます」

勘兵衛は、畳に両手をついて、また、頭を下げた。

顔をあげ、

「実は、わたくし、お松の父親《てておや》である彦三郎《ひこさぶろう》兄貴とは、美濃国の研ぎ師、恒家《つねいえ》さまのもとで共に修業してきた兄弟弟子でございます」

そう言った。

「彦三郎が兄貴分、わたくしが弟分で、刀のことは、一から十まで兄貴から教わりました。で、二十年から前のことでございますが、わたくしが、たいへんな不始末をしでかしちまったことがございまして——」

「不始末？」

「さるお侍さまからお預かりした刀を、研ごうとして、折ってしまったのでございます」

「折った⁉」

「はい」

「どうして、また？」

「実はその刀、刃こぼれがあり、見た目には気づかぬような罅《ひび》が入っておりまして、ちょいとした力でもう、折れてしまうようなものだったのでございます」

「――」

「しかし、それを見抜けなかったのは、わたくしの眼力不足、どういう言いわけもできません」

勘兵衛は、小さく首を左右に振った。

「その頃はもう、簡単な仕事はわたくしにまかされており、わたくしが直接、お客さまから、お仕事を頂戴することもありました。そのお侍さまの仕事も、これまで何度かさせていただいたことがあって、それで、可愛がって下さるようになり、その時の仕事も、わたくしを名指しでいただいたものでございます」

「それを、折っちまったってえわけか」

「へえ。理由はどうあれ、わたくしの不始末は、師匠の不始末。どういう申しわけもたたねえことで、いっそ、死んじまおうと覚悟して、首を縊《くく》ろうとしたところへ、声をかけて止めてくれたのが、お松の父親、彦三郎兄貴だったのでござります」

勘兵衛は、真剣な顔で、歳三を見つめている。

その眼から、ほろりと涙がこぼれ落ちた。

「勘兵衛、その縄はなんだ。おまえ、これから首でも縊ろうってのか」

勘兵衛が、まさに、縄の輪の中に首を入れようとしたその時に、彦三郎が見つけて声をかけてくれたというのである。

「理由《わけ》を言え」

と言われて、

「長谷川《はせがわ》さまからお預かりした刀を折ってしまったのです」

勘兵衛は答えた。

「見せてみろ」

と、彦三郎が言うので、その刀を見せると、折れ口をしばらく睨《にら》んで、

「こいつは、端《はな》っから折れてたもんだ。おまえが持っている時にたまたま折れはしたが、おまえが折ったもんじゃあない」

そう言った。

「しかし、彦三郎さん、それを見抜けなかったのは、わたしの未熟だ。師匠にも迷惑がかかる。死ぬしかない……」

言った勘兵衛の頰に、彦三郎の平手打ちが飛んだ。

「馬鹿。おまえ、その年でどれだけの世の中を見てきたってんだ。狭い世間しか知らねえ了簡で、簡単に人の生き死にを決めるもんじゃねえ。てめえの生命はてめえだけのもんじゃねえんだ」

彦三郎は、声を荒くして言った。

「いいか、てめえのやったこたあ、みんな、てめえに仕事を教えたこのおれの責任だ。来い――」

師匠の恒家のところへ連れていかれた。

話を聞いた恒家が、

「むう……」

と唸ったところへ、彦三郎が、

「恒家さま、勘兵衛に研ぎを教えたのは、この彦三郎にござります。全てはわたくしの至らぬところが原因でござりますれば、ここは何も言わず、全てこの彦三郎に預けてはくだされませぬでしょうか――」

覚悟を決めた様子でこのように言って、頭を下げた。

恒家も、よき思案が浮かばなかったと見え、

「彦三郎、ぬしにまかせた」

このように言った。

彦三郎が、折れた刀を布に包んで持ち、勘兵衛をともなって、長谷川与四郎《よしろう》宅に出か

けたのは、その翌日であった。

座敷にあげられた。

事情を語ったのは、彦三郎である。

件《くだん》の刀を差し出し、

「全ては、勘兵衛に、研ぎの一から十までを教えた、このわたくしの責任――」

彦三郎は頭を下げ、

「前々から考えていたことでございまするが、この勘兵衛、刀を研ぐことにかけては、このわたくしよりも才は上。今はまだ、至らぬこともございましょうが、もう一年もすれば、その仕事はわたくしの仕事よりも上へゆきましょう。どのような責任のとり方があるのかはわかりませぬが、わたくしが、研ぎ師の仕事を今日ただ今、きっぱりやめることで、お許しを願えませぬでしょうか――」

そこまで言い終えて、顔をあげた。

「その証拠とお詫びの印といたしまして、ここでわたくしの左腕一本、落としてまいりますので、それでどうか、この一件、肚に納めてやってくださいませ――」

ここで声をあげたのが、勘兵衛であった。

「いけねえ。そいつはいけねえ。兄さん、こいつはどう考えたって、腕の未熟をかえりみず、いっぱしの面《つら》して仕事を引き受けた、この勘兵衛の責任だ。長谷川さま、落とすんならこのわたくしの腕の方でございます。どうか、どうか、わたくしの腕を――」

彦三郎と勘兵衛が、自分の腕をと言いあっているところへ、

「待て――」

と、言ったのは、長谷川与四郎であった。

「このこと、このわしにも責任がある――」

与四郎は、まずそう言った。

件の刀を、包んでいた布から出して、与四郎はそれを抜いた。

先から八寸のところで、刀身が折れている。

「それにしても、みごとに折れたものじゃ」

折れた部分は、まだ、刀を包んでいた布の内にある。

「この刀、研ぎに出すちょうど三日前、実はあることに使《つこ》うたのじゃ」

そう言った。

「ちょうど、江戸神楽坂にある馬庭念流の道場から、鶴瓶玄心斎という方が、この美濃へいらして、わが主の屋敷に逗留なされておいでてな。何でも、石でも断ち割ることのできる秘剣を編み出したいということで、それに使うための刀を、美濃の刀匠に作らせて、それをとりに来たということであった――」

長谷川与四郎は、思わぬことを口にした。

「鶴瓶さま、以前より、わが主とは、江戸にある時、懇意にしており、それで美濃の刀ということになり、その刀を受けとりに来て、わが主が屋敷に逗留していたと、そうい

うわけであってな――」

まだ、長谷川与四郎が何を言わんとしているのか、彦三郎にも勘兵衛にもわからない。

長谷川与四郎が続けた。

「で、刀を手にした鶴瓶さまが、何か据えもの斬りをして試したいと申されてな。それで、この与四郎が、主の屋敷に呼ばれたのじゃ――」

屋敷に参じてみれば、庭に、据えもの斬りの用意がされている。

分厚い杉板の上に、南部鉄《なんぶてつ》の兜《かぶと》がふたつ、並んで置かれている。

主が事情を話し、

「鶴瓶玄心斎どのばかりが据えもの斬りをするのではおもしろうない。わが家臣の中からも心覚えの者ひとりを出して、同じものを斬らせようと思うてな、それでぬしを呼んだのじゃ。こうして、そこに、南部鉄の兜を用意した。与四郎、それをみごとに真っぷたつに割ってみせよ――」

このように言ったというのである。

最初に試みたのが、長谷川与四郎であった。

腕に覚えはあったが、斬れるという自信があったわけではない。

それでも、全身に気合を溜め、おもいきり剣を打ち下ろした。

兜にはじかれた。

兜に、浅く傷をつけはしたが、兜は斬れなかった。

次が、鶴瓶玄心斎であった。

剣を抜き、上段に構え、ひと呼吸おいて、

「きえええええっ！」

裂帛の気合とともに斬り下げた。

みごとに、兜が真っぷたつになっていた。

「別に、勝負ということでしたことではないが、完敗であった……」

長谷川与四郎は言った。

「刃こぼれがあったので、そちらへ持っていったのだが、思えばその時すでに折れていたのであろう。今度のことは、それに気づかず研ぎに出したわしの未熟であり、わしの落ち度じゃ。そなたらが、どのような責めも負うことではない。この刀、己れの未熟の戒めとし、我が家《いえ》の家宝としてこのまま残そうと思う……」

七

「長谷川さまは、そう言って、わたしたちを許して下されたのでござります……」

勘兵衛は、歳三に向かって言った。

「しかし、彦三郎さんが……」

と、勘兵衛が唇を噛んだ。

「彦三郎がどうしたんだい」

「もう、研ぎ師をやめると――」

「何⁉」

と言った歳三に、勘兵衛は次のように続けた。

「もちろん、何故かとわたしは訊ねました。長谷川さまが、お許しくだされたのに、どうして研ぎ師をやめるのかと――」

すると、彦三郎は、

「そうじゃあねえ、そうじゃあねえんだ、勘兵衛――」

論すように言ったというのである。

「こいつは、もともと決めてたことだ。長谷川さまの刀のことは、ただのきっかけだ。あそこで言ったなあ、本当のことだ。研ぎにかけての才は、勘兵衛、おれよりおまえの方が上だ。すぐに、おれはおまえに越されるだろう。そう言ったのは嘘じゃあねえんだ。おまえの気にすることじゃあねえ。むしろ、おまえには礼を言いたいくらいなのだ。おまえのおかげでふんぎりがついたんだ――」

彦三郎は、真顔である。

「幸いにも、おれは、刀を見る目には多少の自信はある。江戸へ出て、刀屋でもやろうと思ってるんだ。早めに見切りができたなあ、おまえのおかげだ……」

それから十日後に、自らの言葉通り、恒家に申し出て研ぎ師をやめ、彦三郎は、江戸へ出て本町《ほんちょう》に刀屋を開いたというのである。

以来、ずっと会うことはなかったが、

「七年……いや、八年近く前でしょうか、ひょっこり彦三郎さんが、わたしのところへ訪ねてまいりまして——」

と、勘兵衛は言った。

背に、刀が入っていると覚しき布の包みを負っている。

なつかしさに喜んだものの、見れば、彦三郎の顔がやつれている。

座敷に上がって、

「いや、勘兵衛、おまえさんに頼みたいことがあってね——」

と、彦三郎は言った。

「というのも、どうも、このあたりに、瘤《こぶ》のようなしこりがあるんだよ——」

彦三郎は、自分の鳩尾《みぞおち》のあたりを手で押さえた。

顔が青く、頰がこけている。

「会った早々に口にすることじゃあねえが、もう、あまり長くない、そう思ってるのさ」

なるほど、彦三郎自身が口にしたように、すでに顔には死相の如きものが浮いている。

何か言おうとした勘兵衛に、

「いや、何も言わなくていいんだ。蘭方医《らんぽうい》や漢方医にも診せて、薬をもらったりもしていたんだが、いっこうによくならねえものだ。それよりも、おまえさんに預かってもらいてえものがあるんだよ。頼みというのはそれさ。ずっと気になっていたことでね。まだ元気なうちに、心残りのねえようにしとこうと思って、こうして江戸から美濃までやってきたんだよ」

彦三郎は、そう言って、背から下ろした包みを開いて、中のものを勘兵衛に見せた。

見れば、ひと振りの刀であり、十一代和泉守兼定である。

「それが、今、土方さまが手にしていらっしゃるもので――」

勘兵衛が言った。

「こいつが……」

歳三が、刀身を眺めながらつぶやいた。

また、彦三郎が美濃にやってきたおりの話になった。

勘兵衛がうなずく。

「へえ――」

彦三郎が言う。

「その刀、わけありでね。倉田《くらた》さまというお侍から預かったもんだ。事情があってお返ししなくともよくなったのだが、かといって銭に換えるわけにもいかねえものだ。その事情は聞かねえでくれ。聞かれたって言うわけにはいかないのだ。で、その刀、おれの死んだ後に家の者が誰かに売ってしまうのでは困るし、かといってそこらの誰かにくれてやるわけにもいかねえ。それで思い出したのがおまえだよ。迷惑かもしれないがこれをおまえに預けたいのだ。預けた以上は、そっちの好きにしてくれていい。売るなり、誰かにくれてやるなり、どうにでもしていいのだ。だから、こいつを預かってもらいてえのさ――」

彦三郎に、そこまで言われて断れる話ではない。

「承知いたしました。お預かりいたします」

そういうことになった。

彦三郎は、勘兵衛の家で一泊し、次の日の朝には、もう、江戸に向かって出立していた。

顔を見るのは、もうこれが最後であろうと互いに覚悟している。

その次の年、彦三郎が亡くなったということを、勘兵衛は風の便りに聴いた。

八

「我が家に泊まった晩、彦三郎さんは、しきりと娘さんのことを口にしておりました。死ぬことより、お松の顔が見られなくなることの方が辛えと言っておりました……」

勘兵衛は歳三に言った。

「彦三郎さんは、わたしの命の恩人です。亡くなったことで、もしも、御家族やお松ちゃんが難儀しているようならひと肌脱ごうと気にかけていたのですが、ようやく江戸へ出ることができたのは、二年後で……」

本町の、刀屋のあった場所までは人づてにたどりついたのだが、もう、そこに彦三郎の家族は住んでいなかった。

家族の者がどうなったかを近所の者に訊ねたが、お松の母親の郷里へ帰ったということろまではわかるのだが、いざその郷里がどこかということになると、それがわからない。

「色々訊ねてみれば、病の治療で、あちこちから金を借りてたようで、その借金の取りたてから逃げるようにして、行き先も言わずに、ある朝、急にいなくなっていたということでございました……」

「そういうことだったのかい……」

蔵三が、うなずく。

「で、耳にしたのが、彦三郎さんの妻のお米《よね》さんのことでした。何でも、お米さんの姉のお滝《たき》さんという方が、本郷元町《もとまち》で呉服屋をやっている山岡屋《やまおか》さんに嫁いでいるとかで、さっそく、そこを訪ねてみたのですが、知らぬ存ぜぬの一点張りで、どうにもこうにも埒《らち》があきません。どうも、お米さんたちが夜逃げした後、何人もの借金取りが山岡屋さんにおしかけて、ありそうにない法外な金をふっかけてきたようでございまして、わたしのことも、そういう借金取りのひとりと思ったようで――」

「なるほどなあ……」

と、しみじみした声をあげ、歳三は七兵衛を見やり、刀を鞘に収めた。

山岡屋のお滝が、お松を連れていった七兵衛に、とぼけてみせた理由が、これでわかったことになる。

そう考えてみれば、七兵衛が、お滝に対してやってのけたことは、少々行きすぎであったかということにもなってくる。

それで、歳三は、七兵衛を見たのである。

「へえ……」

苦笑いをして、七兵衛は、自分の後頭部を、右手の指先で小さく掻《か》いた。

続いて、勘兵衛が口にしたのが、まさに七兵衛のやったその行きすぎのことであった。

「で、仕方なく美濃へ帰ったのですが、江戸を見たらわたしも江戸で自分を試してみたくなった。それで、江戸へ出てきて刀屋を始めたのが二年前で。彦三郎さんのことはずっと気になってたんですが、そのまんま二年が過ぎて、つい数日前、妙な噂を耳にしました。山岡屋のお内儀《かみ》と番頭が、素裸のまま一緒にふん縛られて店の前に転がされていたって話です。こっちは、覚えのある店の名前でしたから、興味を持って、色々声をかけて訊ねたんですが、このこと、よほど評判になったようで、何人もの人間が知っていて、そのうちのひとりが、こんなことを教えてくれたのです」

「こんなこと？」

「へえ。何でも、その事件のあった一日か二日前に、武州から来たお方が山岡屋のお内儀、お滝の妹の娘だというお松という娘を連れてきたのを、例の知らぬ存ぜぬで追い返したということらしいのです――」

勘兵衛は、すぐにそれが、彦三郎の娘のお松であるとわかった。

――今しかない。

そう思った。

夜逃げした先から姉をたよってくるのなら、よくよく難儀をしてのことであろう。

それを追い帰されたというのなら、今はさらに困っていることであろう。

美濃にいる時は、すぐに動かず、それでしくじった。

今しかない。

今すぐ捜すのなら、そのお松の行方もわかるかもしれない。

それで、山岡屋へ足を運び、あちこちを訊ねまわり、ようやく、件の武州者とお松らしき娘が、妻恋坂を西に外れた裏のところに住んでいる、松月堂古流《しょうげつどうこりゅう》の花の師匠、お絹のところへ行ったらしいという噂を聞きつけ、さっそくそこへ足を運んだというのである。

足を運んだそこで――

「こちらの七兵衛さまと出会ったのでござります――」

勘兵衛の話が、ようやく七兵衛とつながった。

勘兵衛の話を、七兵衛が引き継いだ。

「勘兵衛さんと会って、事情をうかがい、こちらの事情もお話ししたところ——」

——それならば、よい刀がうちにござります。

勘兵衛が、そう言った。

そう言って姿を消し、ほどなく、その刀——和泉守兼定を持ってもどってきたというのである。

それは、七兵衛が見ても、みごとというしかない刀であった。どこに出しても恥ずかしくないものだ。

「お松の方は、元気にやっております。あまり心配はいらねえ様子なので、とにかくわたしは一刻も早くこの刀を、とどけようと思いやして——」

それで、もうひと振り、勘兵衛のところにあった関の孫六と一緒に和泉守兼定を持って、七兵衛と勘兵衛は江戸を発ち、

「こちらまでやってきたというわけで——」

石田村に着いた時には、もう、歳三は出た後であった。

それでそのまま、歳三たちを追って、御岳山まで登り、この宿坊にたどりついたということであった。

「刀と、それを使う方の間には、相性というものがござります。これはもう、刀としてどっちが上、どっちが下というものではござりません。それで、二本の刀を用意させていただきました……」

勘兵衛は言った。

「それをごらんになって、土方さまのお選びになったのが、その、和泉守兼定——」

「いいかどうかは、おれにはわからねえが、もう、手から放せねえ。もうひとりの、おれみてえなもんだ——」

歳三は、感に堪えぬように言った。

「その和泉守兼定、もともとは、お松の父親、彦三郎さんから預かったもの……」

勘兵衛が、畳の上に両手をついた。

「七兵衛さまから話をうかがえば、おふたりにはお松がたいへんなお世話になっております。土方さまのお屋敷で、見ず知らずのお松を何日も面倒見ていただき、ひとかたならぬお世話になりました。もしも、わたくしが近くにおりましたら、このわたくしが、生命の恩人である彦三郎さんにかわってやらねばならぬこと。たとえ、土方さまが、和泉守兼定でなく孫六をお選びになろうとも、金などいただけるものではございませぬ——」

そう言って、勘兵衛は、深く頭を下げたのであった。

「もらっておくよ——」

歳三は、濡れ縁に立ちあがった。

剣を左手に握っている。

和泉守兼定を腰に差した。

右手で柄を握り、はらりと抜いた。

刀身が光る。

それを見つめ、

「たまらぬな……」

呻《うめ》くようにつぶやいた。

「おれの生き方で返す。それしかなかろうよ――」

金をとらないという勘兵衛の事情を呑み込んで、口にした言葉である。

柄を両手で握り、上段に構えた。

眼前に広がる風景を前にしている。

静かに呼吸する。

肉の温度があがってゆく。

力が、むりむりと歳三の肉体に満ちてくる。

その力が、溢《あふ》れて肉からこぼれ出す――その瞬間に合わせて、歳三が、風景に向かって剣を打ち下ろした。

ぴしっ、
という音がして、風景がふたつになった。

九

夜——

歳三は、森の中に立っている。

しばらく前に、独りで宿を抜けだしてきたのである。

橅《ぶな》の森だ。

歳三の頭上から、橅の梢《こずえ》の間から洩れてきた月光が注いでいる。

青い月光が、ほんのりと橅の若葉の緑に染まっているようであった。

宿を出る時、眠っていると思った近藤がむくりと身を起こし、

「歳よ……」

低く、声をかけてきた。

「気がすんだら、少し寝とくんだぜ……」

「わかった……」

歳三は、そう言って、宿から抜け出てきたのである。

近藤と沖田は、七兵衛と勘兵衛が帰って、しばらくしてからもどってきた。

「おもしろかったですよ、土方さん——」

沖田は、歳三の顔を見るなり、そう言った。

「みんな、それぞれ剣を工夫してるんですねえ。同じ青眼でも、流儀が違うと、みんな違うんですねえ。同じ流儀でも、人によってまた違う。北辰一刀流《ほくしんいっとうりゅう》の桑畑恵介《くわばたけいすけ》という人なんて、木刀の先を、こう、鶺鴒《せきれい》の尾のように、小さく上下に振っちゃって、それで、前後に動くもんだから、ちょっとせわしなくて……」

沖田は、少し興奮しているようであった。

歳三の新しい剣を、目敏《めざと》く見つけたのは、近藤であった。

「何だい、そいつは――」

と、近藤が訊ねてきたので、歳三は刀掛けから剣を手に取って、それを近藤に見せた。

といっても、近藤の手に持たせたりはせず、見せただけである。

「和泉守兼定――」

歳三が言うと、

「抜いて見せて下さいよ、土方さん……」

沖田が声をかけてきたのだが、

「駄目だ」

歳三はそう言って、刀を抜かなかったのである。

そして、七兵衛と勘兵衛のふたりがやってきた事情を、簡単に説明した。

「ふたりは？」

近藤が訊ねてきた。

「勘兵衛は、もう、帰りました」

歳三は言った。

七兵衛は、

「ここにも知り合いがやっている宿坊があるから、そこで、布団部屋にでも泊めてもらい、明日の試合は見にゆかせていただきます」

このように言って、大神屋を出ていったのである。

剣の話は、それで終わった。

夕餉《ゆうげ》も終わり、行燈《あんどん》の灯りを消して、布団の中で眼を閉じても、歳三は、なかなか寝つけないでいた。

目蓋《まぶた》の内側で、さえざえと眼が刃物のように尖って、闇を睨んでしまうのである。

身体も、熱を持ったように火照《ほて》っている。

原因はわかっている。

和泉守兼定だ。

刀掛けに掛けられた和泉守兼定が、呼んでいるのである。自分に触れてくれと、闇の中で歳三に言っているのである。

手を出せない女の肉が、自分のすぐ隣で横になっていて、その肉の温度が届いてくる——そんな感じにも似ていた。

その時、歳三はお浜のことを思い出していた。

股間のものが、痛いほど硬く勃起《ぼっき》していた。

不思議だった。

和泉守兼定が自分の手元にやってきてから、つい今まで、お浜のことを忘れていたのである。それまでは、どうかすると、お浜のことを思い出したりしていたのだが、それが、なくなっていた。そして、そのことに、これまで気づきもしなかったのである。

眼を開いた。

障子に、月光が当たって、わずかに明るい。

近藤と沖田の寝息をうかがってから、歳三はそこで身を起こしたのである。

着替え、和泉守兼定を手に取って、腰に差した時、近藤が、上体を起こして声をかけてきたのである。

近藤には、歳三の心の裡《うち》がわかっていたのであろう。

それで、今、土方は、森の中で、ただ独りで立っているのである。

剣を抜いた。

月光を受けて、刀身が青く光る。

その光が匂うようであった。

鉄の重さが心地よかった。

振る。

ひゅっ、

と、刃《やいば》が鳴る。

風すらも斬ることができそうであった。

惚れぼれするような剣だ。

この剣を握っただけで、倍以上も強くなったような気がした。

気魂が澄んでいる。

様々な思いや感情が澄んで、透明になってゆく。

肉体すらも、大気に溶けて透明になってゆくようであった。

死の覚悟があったはずなのに、その覚悟が消えていた。

死ぬ。

生きる。

勝つ。

負ける。

それらのことは、確かに心の裡にあるにはあるが、それへの執着が消えていた。

死の覚悟すらも。

死や、生や、勝ちや、負け――それらのものを皆、じぶんはこの剣に預けてしまったのだと思った。

勝敗を思わない。

それら全てを、剣が預かったのだ。

この剣にならー―
皆、預けられる――歳三はそう思った。
刀を鞘に収め、歳三は歩き出した。
宿に戻るつもりだった。
今度は、たやすく眠ることができそうな気がした。
もう少しで宿へ着くかという時――
歳三は、その気配に気がついた。
たれかが、近づいてくるのである。
歳三は、宿へ続く道から、森の中へ入り、橅の幹の陰に身を隠した。
気配は、なおも近づいてくる。
見えた。
月光の中を、杖《つえ》を突いた女が独り、歩いてきたのである。
巡礼姿の若い女――
「あれは!?」
歳三は、思わず小さく声をあげていた。
「お浜……」
夜のこととて、月明かりがあるとはいえ、顔がはっきり見えたわけではない。
ただ、その姿、歩き方――それを見れば、お浜かどうかくらいはわかる。

歳三は、声をかけようとして、それを思いとどまった。

お浜の様子が、普通でない。どこか思いつめているように見えたからだ。そもそも、若い女がひとり、こんな時間にこんな場所を歩くというのが普通でなかった。

少し歩けば、御岳の社があり、宿坊もあるとはいえ、山の中である。熊や狼などの獣に出会うかもしれず、まさか、こんな時間に旅人をねらう盗賊はいないだろうが、偶然に出会った男が、いきなりもの盗りに変じたり、事のついでに犯してゆくというのも考えられぬ事ではない。

考えてみれば、お浜は今、横川のかつら屋にいるのではなかったか。それが、どうして、こんなところにいるのか。

声をかけなかったかわりに、歳三の足は、自然にお浜を追っていた。

お浜が、どこへ何しにゆくのか、それを見とどけるつもりだった。

夜——足音さえ気づかれぬようにするのなら、後を尾行《つ》けるのは、それほど難しいことではない。

お浜は、参道を下ってゆく。

すぐに、あの鳥居の所へ出た。

茶店があって、易者のいたあの場所だ。

その茶店の横から、参道をはずれて下る小径《こみち》があった。

お浜は、その小径に入っていった。

頭の上に、樹々の梢が被《かぶ》さって、月光を遮った。暗くなって、歩く速度が、半分以下になった。梢の間からこぼれてくる月光をたよりに、なんとか足を運んでゆく。

水音が聞こえてきた。

先に、沢があって、そこに水が流れているらしい。

その水音が、大きくなってくる。

岩の間を流れる水というよりは、落ちる水の音だ。

滝があるらしい。

きょあ〜ん……

何かの獣の哭《な》きあげる声が、頭上の暗がりから歳三の耳に届いてきた。滝音に混じって、どこかもの哀しい、その獣の哭きあげる声が、時おり響くようになった。

きょあああん……

きょあああん……

と——

森が、割れた。

沢に出たのである。

沢に水が流れている。

そして、すぐ上流に、滝があった。

高さ、四間半ほどはあろうか。

滝の上部にある大きな岩と岩とに挟まれるようにして、その間から、水がこぼれ落ちてくるのである。

滝と、滝壺《たきつぼ》に、月光が当たっていて、青い。

その滝壺に近い岩の影に、お浜は、身を潜めた。

いったい、どういうことか。

歳三は、滝も、お浜も見ることができる岩陰に隠れて、様子をうかがった。

お浜は、動かない。

頭上から、また、

おきゃあ……

という怪鳥のような声がふってきた。

猿の声であった。

いったい、どうして、お浜はこんなところへやってきたのか。

その理由は、すぐに、わかった。

滝壺から、人が姿を現したからである。

歳三は、はじめ、それを幽鬼かと思った。

滝の中に、人がいるとは思っていなかったからだ。

しかし、いた。

滝の、白い筋のようになって落下する水の中から、人が出てきたのだ。

全裸であった。

たれかが、滝に打たれていたのである。

白い裸身――

滝の飛沫《しぶき》の中から、今生まれたばかりのような姿であった。

水は、おそろしく冷たいはずであった。

夏はまだ盛りとなる前だ。

しかも、高さのある山の中の水だ。

その冷たい水の中に、いったいどれだけ入っていたのか。

男だった。

机竜之助――!?

歳三は、その男の名を、心の中でつぶやいていた。

間違いない。

机竜之助だ。

しかし、どうして、こんなところで机竜之助が滝に打たれていたのか。

明日の試合のため、心を静めようと、滝の水を浴びていたのであろうか。

だが、見ていると、机竜之助の足取りがおかしい。その身体が、前後に、あるいは左右にゆらめいている。

水中の石は、ぬめりがあって、歩けば滑る。それに足を取られているのか。

しかし、どうもそうではないらしい。

冷たい水に体温を奪われて、足もとがおぼつかないようであった。だが、こんなになるほど長時間、滝に打たれる必要があるのであろうか。

竜之助は、歩きながら、川の中から顔を出している、大きな岩の手前で足を止めた。

その大岩の、水面から顔を出している部分は、厚い苔《こけ》で覆われていた。

その上から、竜之助は何かを摑みあげた。

剣であった。

それで、ようやく歳三は気がついたのだが、その岩の上には、竜之助が身につけていたとおぼしき着物と、帯がたたんで置かれていた。

ちょうど、竜之助の上から月光が注いでいて、竜之助の青白い裸身が、月の光の中に浮きあがっている。

竜之助が剣を抜き放った。

刃が、月光にしらしらと光る。

それをしばらく眺めてから、竜之助は、その刃を、鞘を握った左腕の付け根、肩のあたりに当てた。

妖しい光が、竜之助の眸《め》に点る。

そして、引いた。

ふっつりと、白い肌が斬れた。

青黒く見える血が、肩のあたりから二の腕に滑り落ちる。

歳三は息を呑んだ。

その傷を見つめ、

「わからぬ……」

竜之助がつぶやいた時――

「あ……」

と、小さくお浜が声をあげていた。

竜之助の顔が動いた。

お浜の身体は、岩陰から出ていた。

その姿は、竜之助の視線にさらされている。

「見たな……」

低い、乾いた声であった。

一歩、二歩、前にゆこうとして、机竜之助は、そこに前のめりに倒れていた。

水が、上体と顔を打った。

飛沫があがった。

水深は、膝まであるかどうか。

浅いため、もしも、水底から水面近くまで伸びた岩があって、それに頭か顔を打っていたら、大怪我をする。

机竜之助の身体が、流れ出した。

「竜之助さま……」

お浜が、走り出していた。

竜之助が、鞘と剣を握ったまま、水底に両手を突いて上体を起こした。

小さく咳《せき》込んで、立ちあがる。

「竜之助さま……」

お浜が、草鞋のまま水に入って、立ちあがった竜之助に駆け寄った。

竜之助が、顔をあげる。

まだ、剣と鞘を握っている。

お浜が、足を止めた。

「おまえか……」

竜之助がつぶやく。

「何しにここへ来た……」

「お宿の方《かた》に、うかがいました。三日前から、竜之助さまが夜になると、滝に打たれるためここへ通っていらっしゃると。それで……」

お浜が言った時、竜之助の身体が、またよろめいた。

お浜が、近づいて、支えようとすると、

「いらぬことじゃ……」

竜之助が言った。

その上体が、まだ、ゆらいでいる。

よほど長く、滝に打たれていたのであろう。

体温が、まだ、もどっていないのだ。

身体が揺れる度に、竜之助の肌の表面に、青い月光が流れ落ちる。

その肌に、幾つもの奇怪な陰が見てとれた。

「あっ」

と、お浜が声をあげるのを、歳三は聴いた。

お浜が、どうして声をあげたのか、歳三もすぐにわかった。

竜之助の肩と言わず、胸と言わず、腹と言わず、夥《おびただ》しい数の刀創《とうそう》があるのを見てとったからである。身体の前面だけではない。竜之助が身体を揺らすと、背中が見える。その背一面に、同様の刃物傷があるのである。

それも、着物を着てしまえば見えなくなる部位を埋めつくすようにして、傷がつけられているのである。ある傷は古く、そしてまた、ある傷は新しい。それらの傷が、幾つも幾つも重なりあっている。

どうして、竜之助は、己れの身体にこのような傷を持っているのか。今見たところでは、竜之助は、自ら、肩に刃物傷をつけた。血は、まだそこから流れ落ち、腕を伝っている。

「これを見たな……」

竜之助は、低い、底にこもった声で言った。

竜之助が、剣を両手で握る。

じわり、
と、前に出る。

剣が、持ちあがってゆく。

お浜が、退がる。

竜之助の身体が、ゆらりと前に揺れる。

その揺れに合わせて、竜之助の足が前に出る。

踏み出した足が、水中の石に乗って、竜之助の身体が、左へ傾く。

左に傾斜した石の上に足を乗せたのであろう。

つうっ、と、その足が滑って、さらに竜之助の身体が傾く。

どうやら、竜之助は、素足で川の中に立っているようである。それで、川底の石のぬめりに足をとられているのである。

お浜は、足に草鞋を履いている。

そのため、滑りにくい。

しかし、後ろへ退がるということで、石につまずき易くなっている。

揺れながら、竜之助が、お浜に迫ってゆく。

水死体が、水底《みなぞこ》から起きあがって、月光の中を迫ってくるようであった。
剣が、上に持ちあがり、上段の構えになった。
あと、わずかに距離が縮まれば、もう、竜之助の間合いである。
お浜が、石に足をとられて、ぐらりと身体を揺らし、片膝を水中に落とした。
飛沫があがる。
竜之助が、半歩足を踏み出した。
きらり、
と、刃に月光が跳ねた。
その時――
「待て――」
声をかけたのは、歳三であった。
その時には、もう、歳三は水の中に足を踏み出している。
冷たい。
水の冷たさが、歳三の足を包んだ。
ざぶり、ざぶりと、歳三が水を分けてゆく。
刀を月光の中で止め、竜之助は、近づいてくる歳三を見た。
「土方さま――」
お浜が、両手を水の中について下流に退がり、そこに立ちあがった。

お浜の前に歳三が立って、竜之助と向きあった。

「どうしてここに⁉」

お浜が問うた。

「後だ」

歳三は、短く言った。

歳三は、剣の鞘を握って、浅く腰を落とした。

「退《ひ》け」

歳三は言った。

「退かぬのなら、おれが相手をする」

さらに、腰を落とした。

水は、ちょうど膝の高さだ。

帯から鞘ごと抜くように、歳三は、左手に握った和泉守兼定を前に押し出した。

その姿を、剣を持ちあげたまま、美しい幽鬼のように、竜之助が見つめている。

歳三は、右手で、兼定の柄を握った。

兼定から、見えぬ力が、手と腕を伝って身体に流れ込んでくる。

抜きたい。

その衝動に、歳三は耐えた。

「音無しの剣、見せてもらおうか……」

歳三は言った。

引き返せないひと言であった。

夜目にも薄紅《あか》い竜之助の唇の左右の端が、微《かす》かに上に持ちあがった。

笑ったようであった。

しかし、自らの唇に浮いたその笑みを、竜之助が自覚しているかどうかはわからない。

竜之助の身体は、ゆらりゆらりと揺れている。

滝から出たとはいえ、まだ、体温は足から奪われ続けているのだ。

身体の感覚——それも、足の感覚は、ほとんどないであろう。

それは、今、足を水につけている歳三にはよくわかった。もう、水に熱を奪われて、足が痺《しび》れかけているのである。

さっきまで、全身を滝に打たせていた竜之助は、どれほどのものか。

勝てる——

今なら——

歳三は、そう思った。

竜之助には、身体の感覚がない。

加えて、素足が滑る。

今、この時なら、自分は間違いなく竜之助に勝てる。

明日の試合のために工夫した剣を、試すのなら今だ。

鞘抜きの剣――
今、まさに自分が構えているこの剣こそが、自分が工夫した剣である。
自分の剣と、音無しの剣。
どちらが上か。
と――
竜之助が上に持ちあげていた剣が、ゆっくりと沈みはじめた。
下へ。
同時に、竜之助の腰が下がってゆく。
深く。
深く。
何をする気か。
すでに、竜之助の右膝は、水に隠れている。
左足が前。
右足が後ろ。
そして、刀は身の右側へ。
刀の切先は、後方へ向けられている。
刀身は、水平の状態から、切先をやや下に――
馬庭念流の、無構え――

「む!?」

と、歳三が低く唸ったのは、竜之助の剣が、さらに下がったことであった。

柄から切先まで、竜之助の握った剣は水中に没していたのである。なんと、竜之助は、剣を、それを握った両拳《りょうこぶし》ごと水中に沈めて、無構えのかたちをとったのである。

これはいったい、どのような意味があるのか。

これが——いや、これも音無しの構えなのか。

おもしろい。

ぞくぞくしてくる。

生命のやりとりはおもしろい。

しかも、自分は生死をすでに自分の剣に預けてしまっている。

ただ、闘いの機微、そのおもしろさのみを享受している。

いつでもいい。

来い。

歳三がそう思った時——

「おやめ下さい——」

お浜が声をあげた。

ざぶりざぶりと水をかき分けて、お浜が歳三の前に出てきた。

そして、なんと、歳三に身体の正面を向け、まるで、竜之助を庇《かば》うように、竜之助を背にして両手を広げたのである。

「おやめ下さいまし、土方さま!」

お浜は言った。

激しい、強い声であった。

「竜之助さまは、立っているのもやっとの御様子。土方さまは、このような竜之助さまと本気で斬り合うおつもりですか——」

お浜の、必死の眼が、歳三を睨んでいる。

何を言っているのか、この女は。

今、自分は、この女を、お浜を助けるために、こうして剣を抜いて机竜之助と向きあっているのである。

生命をかけているのである。

放っておけば、お浜は、机竜之助に斬られていたかもしれないのだ。

どうして、このようなことができるのか。

「のけい」

歳三は言った。

邪魔をするな——

そう思った。

思ってから気がついた。

自分こそ、何を言っているのか。

自分こそ、今、お浜のことを忘れていたのではないか。お浜を助けるために剣を抜いたというのは口実で、本当は、机竜之助とやりあいたかったのではないか。

明らかに、自分は今、竜之助と生命のやりとりをすることに心を奪われて、たとえ一瞬にしろ、お浜のことを邪魔だと考えたのではないか。

妙な生き物だ――

そう思った。

男も。

女も。

女は、自分を殺そうとしたはずの男をかばって、白刃の前に身を投げ出す。

男は男で、惚れた女を助けようとして剣を抜いたはずなのに、女よりも勝負の方に心を奪われてしまう。

歳三は、お浜を見、笑った。

「わかった……」

うなずいて、腰を伸ばし、剣を鞘に収めた。

自分は、ここには無用の人間だったのだ。

「好きにするんだな……」

背を向けようとした時、ざぼり、と水音を立てて、竜之助が水の中に倒れ込んでいた。

「机さま!」
倒れて流れ出した竜之助の身体を、お浜が抱えあげた。
起こされた竜之助が、咳込んだ。
それを見てから、歳三はふたりに背を向けていた。
水の中を歩いて、河原にあがる。
後ろも見ずに、足を踏み出し、森の中の道に入ってゆく。
今夜は、これでよく眠れるであろう。
人は、おもしろい——
歳三は、歩きながら微笑していた。

巻の十一　奉納試合

一

東国《とうごく》と言えば、昔から武辺《ぶへん》の者の住むところとして知られているが、その中でも武蔵の国は、その風《ふう》として特別に武を好む国柄《くにがら》である。

その国号である武蔵について言えば、その昔、日本武尊《やまとたけるのみこと》が、このあたりを通りかかった時、秩父《ちちぶ》の山に武具を蔵《おさ》めたのがその由来とされているが、御岳山の伝承によれば、それは秩父ではなく、御岳山の奥の宮〝男具那峰《おぐなのみね》〟がそれであるという。今は重要文化財となっている、御嶽神社に納められた紫裾濃《むらさきすそご》の甲冑《かっちゅう》が、その武具であるとされているが、これは実は日本武尊の御鎧《おんよろい》ではなく、後宇多《ごうだ》天皇の弘安《こうあん》二年（一二七九）に、蒙古《もうこ》退治の御祈願に添えて奉納されたものというのが、真実《ほんとう》のところであろう。

関八州の霊山とも言うべきこの社において、四年毎《ごと》に行われる奉納試合の頃になると、武芸者たちの血が沸きたって、関東全体が煮えたようになる。

常州《じょうしゅう》の香取《かとり》、鹿島《かしま》、笠間《かさま》より水戸《みと》。下総《しもうさ》は千葉《ちば》木下《きおろし》。上州《じょうしゅう》は真庭《まにわ》、高崎《たかさき》。野州《やしゅう》は栃木《とちぎ》、佐野《さの》、宇都宮《うつのみや》。武州、江戸は言うに及ばず、川越《かわごえ》、忍《おし》、相模《さがみ》の小田原《おだわら》を含んだ関八州全土、さらに信州《しんしゅう》、伊豆《いず》、甲州からも、名のある剣客《けんかく》が集まってくるのである。

その二日目――

すでに、社殿の上に陽は傾きかけている。

ちょうど、今、武州高月《たかつき》の柳剛流《りゅうごうりゅう》師範、雨ヶ瀬《あまがせ》某《ぼう》と、相州《そうしゅう》小田原の田宮流《たみやりゅう》師範大野《おおの》某《ぼう》との形比べが終わったところであった。

歳三は、社殿前に張り巡らされた幔幕《まんまく》の中にあって、左を沖田総司、右に近藤勇、ふたりに挟まれて座している。

歳三は、静かに呼吸をしながら、自分が呼び出されるのを待っていた。

腰には、和泉守兼定を差し、膝先に木刀を置いている。

幔幕の中には、三百人に余る人間が座して、今はたれもいない試合場を囲んでいる。

人々をこれまでにない緊張が包んでいるのは、これから始まる試合で土方歳三と巽十三郎が、はたして真剣にての勝負をするかどうかが気になっているからである。すでに、巽十三郎が、歳三に真剣での勝負を申し込むという噂は、皆に知れ渡っている。

申し込まれた方は、受けても受けなくてもよいのだが、申し込まれて受けぬのでは、受けなかった方の名が落ちる。

だからといって、実力差がはっきりわかる試合で、上手《うわて》の方が下手《しもて》の方に真剣の立ち合いを申し入れては、これは申し込んだ方の格が下がることになる。

したがって、この奉納試合で、真剣での勝負が生まれることはめったにない。そのようなことがあるのは、大きな遺恨が二者の間に存在する時くらいである。

また、申し込まれた方が受けぬ場合でも、建前上、最終的な判断は、当人ではなく立ち会い人がすることになっている。

申し込まれて、当人がこれを受ける——応《おう》と答えたそのあと、立ち会い人が立ちあがり、

「あいや、しばらく、しばらく——」

そう言って止めに入るのである。

「当人、武辺の者にあれば、死を恐れるにあらず。生命《いのち》を惜しむものでもない。しかし、この神域を、いずれかの血で汚すのは、本意《ほい》にあらず。ここはひとまず、おさめるべし、おさめるべし——」

当人はやる気なのだが、周囲《まわ》りが無理やり止めるというかたちができあがっている。

試合場を挟んで、反対側に巽十三郎が座しているのが見える。何を考えているのかわからない眼で、歳三を見つめている。

その両側に、甲源一刀流の小谷一郎太、渋川宗助が並んでいる。

巽十三郎の身内であるはずの、馬庭念流の者がひとりもいない。

奇妙な光景であった。

試合場の中央へ、上下を身につけて出てきた者があった。白髪、白髯――総髪の老人であるが、身ごなしがただ者でない。

歳三と巽十三郎の試合をさばく判士《はんし》の中村一心斎《なかむらいっしんさい》であった。

中村一心斎――富士浅間流《ふじせんげんりゅう》という一派を一代にして開いた達人である。

御岳の社で行われるこの奉納試合に、かつて何度か出場し、負け知らず。老いては、試合の行司役として毎回まねかれて、判士を務めているのである。

前回は、机弾正と馬庭念流鶴瓶玄心斎の試合の判士を務めた人物であった。

社殿に向かって一礼し、一心斎が向きなおった。

「馬庭念流、巽十三郎どの」

一心斎が名を呼ぶと、歳三の向かい側から巽十三郎が立ちあがり、同じく社殿に向かって一礼し、試合場に歩み出てきた。

「天然理心流、土方歳三どの」

歳三は、立ちあがった。

ぶるり、

と、ただ一度、身体に太い震えが走った。

社殿に向かって一礼し、木刀を左手に持って、試合場に歩み出た。

腰に差していた大小の二本――和泉守兼定はすでに近藤の手に預けている。

足を止める。

正面に、巽十三郎がいる。

中村一心斎が、歳三と巽十三郎を見やる。

と――

巽十三郎が、中村一心斎の視線を受け、小さく目礼した。

中村一心斎が、顎を引いてうなずく。

「馬庭念流巽十三郎」

巽十三郎が、声をあげた。

「某、この試合、真剣にての勝負を、土方どのに所望《しょもう》したい」

巽十三郎、歳三の眼を静かに見つめている。

「もとより、これは遺恨にあらず。かねてから工夫せし我が剣法、御岳の御神《おんかみ》の御前《みまえ》にて試さんがためである。我が工夫せしこの剣、これを試すには我が生命をもってせねば、その効《こう》現れず。当方の我が儘《まま》なれど、土方どのにあられては、ぜひともこれをお受けいただきたく、ここにお願い申しあぐるものなり。もとより、我が生命ここに果つることになろうとも、悔いなし。敗れても、土方どのを恨む心はさらさらなきものなれば、あとは、土方どのの心次第――」

そこにいる全員に、よく通る声であった。

幔幕の内側に、驚きとも、期待ともつかぬ静かなどよめきが満ちた。

「ただ今、かような申し出が、巽十三郎どのよりあったが、いかが？」

一心斎が、歳三を見た。

「承知」

歳三がうなずくと、今度は、はっきりそれとわかるどよめきが、試合場を囲んだ者たちの間からあがった。

歳三の陣営からは、たれも止めに入る者はいない。

これで、決まった。

「では、両名、仕度を――」

一心斎が言った。

歳三は、一心斎に一礼して、さっきまで自分が座していた場所にもどる。

沖田が、両手を差し出してきた。

その手に、木刀を渡す。

沖田の手が、小さく震えていた。

「いいなあ、いいなあ……」

沖田は、喜悦の笑みを浮かべて、独り言のようにつぶやいている。

真剣中毒――そのような病気があるのなら、まさしく沖田は、その病にかかっている。

「歳」

近藤が、両手に和泉守兼定を持って、差し出してきた。

歳三は、近藤の手から、和泉守兼定を受け取り、それを腰に差した。

「行ってくる」

背を向けた歳三に、

「死んでこい」

近藤が言った。

歳三は、地面を踏んで歩いてゆく。

地面というよりは、宙を踏むような感覚である。自分の肉の重さが、消失してしまっているようであった。

これから、わずかな時の後《のち》、自分は死んでいるのかもしれない――と思う。

その時、斬られるのは、額か、肩か。それとも、喉を突かれるか、心の臓を突かれるか。

鳥の声。

蝉の声。

陽差し。

空。

雲。

風。

今、聴こえているもの、今、見えているもの、今、感じているもの、それらのものが、一瞬の後には聴こえなくなり、全て見えなくなり、感じられなくなる――それが、死か。

あっけない。

あっけないが、それはひどく敬虔《けいけん》で、潔《いさぎよ》いでき事のような気もした。

丹波の赤犬の時とは、少し、見える風景が違っている。

いや、同じなのかもしれないが、そのことについて、感ずるにまかせている。

心に浮かぶにまかせている。

心とは、そういうものだ。

以前であれば、こんなことを考えていていいのかと、心に浮かぶ諸々のことに、惑わされていたところだ。

今、それはない。心に浮かぶどういうものも、それは自然《じねん》のものとして、受け止めている。

腰に、和泉守兼定があるからだ。

この兼定に、全てのことは預けてしまった。

自然のままでよい——

そう思っている。

中央に向かうまでに、地面の感触がもどってきた。

自分の肉の重さも感じている。

足を止め、立った。

正面に、巽十三郎がいる。

立ち姿が動かない。
山のようである。
凄い漢だ――
そう思う。
自分は、これから、この漢と闘うのか。
いや、闘うのではない。
自分は、これから、この漢と、作るのだ。
ふたりで闘うことによって、これから何ものかを作りあげるのだ。
絵師が絵を描くように。
彫り師が木を彫るように。
自分はこれから、巽十三郎とふたりで何かをここに創造して、それを天に捧げるのだ。
この漢との間には、この短い期間に様々のことがあった。
赤犬とのこと。
柿沢久右衛門のこと。
この社でのこと。
そして、茶屋でのこと。
それらのことが消えていた。
もう、どうでもいいことだ。重要なのは、今、自分はこの漢と向かいあっていて、これから刃を交えるということだ。

巽十三郎に向かって、一礼する。

巽十三郎もまた、歳三に向かって一礼してきた。

刀を巽十三郎が抜いて、青眼に構えた。

歳三は、抜かなかった。

左手で、鞘の鯉口のところを握り、帯の内側に鞘を滑らせて、剣全体を前に押し出した。

鳥の声が聴こえる。

風が頬に吹いている。

いい風だ。

和泉守兼定――

その柄を右手で握って腰を落とした。

本来であれば、互いに剣を抜きあって構えたところで、判士の〝始め〟の声がかかるのだが、歳三は、剣を抜かなかった。

歳三が腰を落としたところで、すでに充分な体勢ができたと判断したのであろう。

「始め！」

一心斎が、鋭く声をかけた。

二

いずれも、動かなかった。
歳三も動かない。
巽十三郎も動かない。
歳三は、剣全体を鞘ごと左手で前に押し出し、柄を握って腰を落としている。
昨夜、机竜之助と向きあった時のあの構えだ。
鞘抜きの剣――
歳三が工夫した剣だ。
鞘の中にありながら、すでに抜かれている剣だ。
歳三が、さらに上体を前に倒してゆく。
前に出している右膝の角度がさらに深くなり、ほとんど前かがみの状態になっている。
左膝が、地に着いた。
頭が、さらに低くなっている。
巽十三郎は、青眼である。
距離がある。
互いに、大きく一歩を踏み出さねば、剣は届かないように見える。

しかし——

歳三の剣がまだ鞘の中にあるのに対し、すでに巽十三郎の剣は、抜かれて青眼に構えられている。

一見、巽十三郎の方が有利に見える。

が、巽十三郎は動かない。

静かに歳三を上から見下ろしている。

気づかれたか？

歳三は思う。

鞘の中にありながら、この剣がすでに抜かれていることを。

普通、剣を腰に差した時、鞘の鯉口は帯の近くにある。

その鯉口を左手で握って、剣を鞘ごと前に押し出せば、帯に残るのは鞘の先の部分である。右手は柄を握っている。右手を動かさずに、鞘を握った左手だけを引いて再び鞘を帯に差してゆけば、自然に刀身が露《あら》わになり、鯉口の部分が元の位置にもどった時には、鞘の中に残るのは、剣の切先部分だけだ。その切先も、左腰を軽く後方へひねれば、鞘の外に出る。

相手に斬りつけながら左手で鞘を引きもどし、腰をひねれば、もう、剣は鞘から抜けていることになる。

抜く、という動作と、斬る、という動作が一体化することになる。

剣を抜き、切先を後ろにして、右手一本で無構えのかたちをとっているのと同じだ。

違うのは、鞘の中に剣が入っていることと、頭の位置が極端に低いことだ。

相手が、青眼から歳三の頭部に斬りつけてくる場合、前に足を踏み出しながら、いったん剣を持ちあげ、打ち下ろしてこなければならない。

どんなに早く、手と足を連動させても、拍子ふたつの動きになる。

その点、歳三は、拍子ひとつで相手に斬りつけることができる。

足で、前に踏み出さぬ分、剣の速度は遅くなるが、剣が相手の肉体に届くのは、歳三の方が早い。

歳三が頭を低くした分、相手の剣が届くのに、わずかながら時間がかかるのだ。

さらに、歳三がねらうのは、相手の頭ではない。

腕でもなく、胴でもなく、脚である。

斬る時に、相手が踏み出してきた脚を、真横から上下に両断する。

いや、何も脚を両断せずともよい。

脹脛《ふくらはぎ》まで斬らず、脛の骨を、その太さの半分も斬り割ればよいのだ。

飼われて訓練された技《わざ》ではない。野良犬の技だ。

それで勝負は、決することになる。

しかし、こちらから呼吸を計って前に出る技ではない。あくまでも相手が攻撃して踏み込んでくるのを待つ技だ。そのため、頭部を、無防備に相手にさらしているのである。

凄まじいまでの精神力が必要な技だ。相手の動きを瞬時に察して動かなければ、自分が斬られてしまうことになる。

「む」

「む」

互いに、小さく呼吸を放って、相手を先に動かそうとする。

だが、動かない。

巽十三郎が、右に動くと見せて、左へ動く。

それに合わせて、歳三が左膝を支点にして、右足の踵《かかと》と爪先を交互に送りながら動く。

巽十三郎が動くのをやめ、歳三を見、嗤った。

「立たれよ、土方どの――」

巽十三郎は言った。

言われたからといって、すぐに立つわけにはいかない。

立つ瞬間をねらわれるからだ。

立ちあがる、という動作に筋力を使っている時にねらわれたら、こちらの優位性が失われることになる。

しかし、このまま待たれたら、不利なのは歳三の方である。

左手をゆっくりともどす。

右手を動かさずとも、自然に和泉守兼定の刀身が、ぎらぎらと光りながら、その艶《なま》めかしい姿を露わにしてゆく。

　ふっ、
　と立ちあがる。

「ちゃあああっ！」

　ここで、初めて、巽十三郎が踏み込んできた。

「ぬうっ」

　きいん、
　と、高い金属音があがった。

　上から落ちてくる巽十三郎の剣を、斜め下から和泉守兼定で跳ねあげながら、歳三は立っていた。

　相《あい》青眼。

　互いに青眼に構えて向きあった。

「ほう……」

　と、巽十三郎が、感心したような声をあげた。

「こんなことがあるのだな……」

「何だ」

「一昨日より腕をあげたか――」

「知らんね」

「あの時、茶屋で斬っておくべきだったかな?」

一昨日、鳥居前の茶屋で、場合によっては闘いになっていたかもしれなかったことを、歳三は思い出していた。

「残念だったな」

「よいさ。今のを、楽しませてもろうたからな。おもしろいことを思いつく男じゃ……」

「ばれてると思ったよ」

言ったその声が、微かに震えた。

歳三は、耐えていた。

背で暴れているものに。

ぞくぞくするものが、背骨を通って、首筋まで駆けあがってくるのである。

寒いような、熱いような、不思議な感触。

それに耐えているため、声が震えたのだ。

両手に握った剣から、太い力のようなものが、体内に流れ込んでくるのである。その力が、腰の下にいったん溜まり、そこから、暴れ馬となって、肉の中を駆けるのである。

和泉守兼定——

まことに良き剣を手に入れたものだ。

「そっちの番だぜ」

歳三は言った。

「そっち？」

「内割りの秘太刀、見せてもらおうか」

「その名を、どうしてぬしが知っておる？」

問われても、答えられない。

答えている時でもない。

しゃべるのは、やめだ。

言葉より、もっとわかりあえるものを手にして、おれたちは今向きあっているというのに――

「やろうぜ」

歳三は言った。

「そうだな」

巽十三郎が、唇を結んだ。

内割りの秘太刀――

いったい、どのような剣か。

当てるだけで、西瓜の外側には傷をつけずに、内側のみを破壊する剣だ。

柿沢久右衛門が、やられた剣である。

この話を、七兵衛から耳にした時――

どういう剣か？

そのことが話題となった。

七兵衛が間借りしている、長屋門の物置だ。

そのおり——

「ちょっとお待ちを——」

いったん座をはずした七兵衛が、鉄の鍋を持ってもどってきた。

「母屋《おもや》の方へうかがいましたら、あるというんで、ここへお持ちしました」

七兵衛が、鉄鍋を置いた。

中に水が張られていて、その水の中に、一丁の豆腐が沈んでいた。

「なんだい、これは？」

歳三が問うても、

「まあまあ」

そう言って、七兵衛は答えない。

そして、腰に差していたものを抜き取った。

いつ、そこにそれを差していたのか、それまで、気がつかなかったのだが、それは、玄翁《げんのう》であった。これも母屋から借りてきたものであろう。

玄翁を握った七兵衛、

「まずは、これをごらんになって下さい」

そう言って、玄翁で、鍋の縁を叩いた。

かん、
という音がした。

一度、二度、三度――

かん、
かん、
かん、
しばらく叩き続けて、七兵衛は玄翁を止め、

「どうぞ――」

鍋の中を見るよう、歳三をうながした。

「む――」

と、歳三は息を呑んだ。

「これは……」

ちょうど、七兵衛が叩いていた鍋の縁の反対側に近い場所にある豆腐の角に、罅割れが入っていたからである。

「まあ、こういうことじゃあねえかと、あたしは思うんですがね」

「むう――」

「人の脳ってやつは、ちょうどこの鍋の中の豆腐のように、鉢の中に収まっている。その鉢を叩けば、中の豆腐である脳が崩れるんじゃあねえかと……」

「いや、しかし——」

歳三は、唇を嚙んだ。

この鍋に入った豆腐に罅を入れるだけでも、七兵衛は何度も鍋を叩いている。頭蓋《ずがい》の中にある脳を、仮に、このようにできるにしても、頭蓋を何度も叩かねばならない。

ただ一度、当てるだけで、人の脳をこのようにできる技があるのか——

歳三の心に浮かんだ疑問を察知したかのように、

「これは、あたしが見たことじゃあ、ありませんが、京の嵐山《あらしやま》に、さがのやという湯豆腐を出す料理屋があるそうで……」

七兵衛は歳三を見た。

「それがどうしたんだい」

「そこの豆腐職人に、彦一《ひこいち》というのがいて、その彦一、切り分けていない一丁の豆腐を鍋に入れて七輪に載せ、ふたつの玄翁で、その鍋の縁を、左右から、こう、かん、かんと、ほぼ同時に叩く。すると、鍋の中の豆腐が、こう、ほろほろとちょうどいい大きさに崩れるんだそうです。これが、彦一豆腐と呼ばれていて、これを食いたさに、名古屋《なごや》、大坂《おおさか》からも客がやってくるとかで……」

つまり、何度も叩かず、二度叩くだけで、鍋の中の豆腐を崩す技があると、七兵衛は言うのである。

「すると、巽十三郎、一撃に見えて、実は頭部を二度打っているってえわけか——」

「はい」

七兵衛はうなずいた。

さらに、巽十三郎の技が優れているのなら、二度ではなく、ただの一撃で同じ効果を生む術を身につけているのかもしれなかった。

これを、信ずるか、信じないか。

ただ――

柿沢久右衛門の時も、西瓜の時も、巽十三郎が使ったのは、木刀である。

木刀であればこそ、打って鍋を震わせて豆腐を割る振動を生み出すこともできようが、それが真剣であれば、一撃を加えた場所が斬れてしまい、振動は生み出さぬのではないか。

さらに言うなら、何も、そのような細かな技など使わなくとも、頭部に刃を当てる術があるのなら、そのまま頭蓋を斬り割ってしまえばいいだけのことだ。

他流の道場で試合を挑まれ、無事に勝ってそこから逃げるためには必要な技かもしれないが、御岳の社の奉納試合のような場では、いらぬ技ではないか。

石など斬れずとも人を斬ることはできるという、巽十三郎の信条からは、ずれるような気もする。

「こいつは、それを気にしだしたら負けかも知れねえなぁ、七兵衛――」

「あたしもそう思います」

七兵衛は言った。

そういったことが、八日前の晩にあったのである。

そして今、歳三は、相青眼で巽十三郎と向きあっている。

巽十三郎は、静かな山であった。

いつ息を吸い、いつ息を吐いているのかわからない。

呼吸を読むことができなかった。

歳三は、自分の呼吸で、小さく前後に動いている。

巽十三郎の動きは、上下であった。

浅く腰を沈め、小さく腰を浮かすのを繰り返している。その上下動を行っているのは、ふたつの膝であった。

が――

知らぬ間に、間合いが詰まっている。

歳三が詰めたのではない。

巽十三郎が詰めたのだ。

足、ひとつ分ほど。

もう、互いの剣先が触れあうほどの距離になっている。

触れた。

ちん、

ちん、
と、剣先が触れあう。
指ならば、まだ、互いの爪の先が触れあっているような状態である。
それが、さらに深くなって、
ちゃりん、
と、今度は、指ならば、互いの指紋をこすりあわせるような状態になった。
きん、
と、歳三の剣が、横へはじかれた。
はじかれたその時には、ふわりと巽十三郎の剣が浮いて、頭の上から落ちてくる。
「ぬわっ」
退がって逃げる。
逃げた歳三を剣が追ってくる。
「ちぇいっ！」
面倒だった。
おもいきり、全力で巽十三郎の剣をはじいた。道場では教えない、歳三のやり方だ。
ぎいん、
と、大きく巽十三郎の剣が、斜め上に跳ねた。

もしも全力の力を込めていなければ、その隙に斬り込めるところだが、歳三自身の身体も重心を崩している。体勢をたてなおした時には、巽十三郎もまた、体勢を整えて、剣を構えている。

再び、相青眼で向きあった。

不思議な剣だった。

速く動いていると見えない。

ふわり、ふわりと、宙をゆっくり舞っているような動きであるのに、気がつけば、もう、剣が自分の身体に迫っているのである。

剣の動きは見えているのだ。

それなのに、その剣に斬られそうになる。

〝どうせ、見えてしまうのですから――〟

〝いや、当たるのでござるよ。これがまた、おもしろいように――〟

七兵衛から耳にした、巽十三郎が口にしたという言葉が、歳三の脳裏に蘇った。

これが、その剣か。

先へ、先へと迫ってくる巽十三郎の剣――

それを今、自分が躱《かわ》しているのは、技ではない。

技をはずれたものだ。

あちこちの道場で、薬を売りながら試合をしてきた。そこには、色々な癖《くせ》のある相手がいた。そういう奴を何人も何人も、これまで相手にしてきたのだ。その体験が、自分の肉体の中に降り積もっていて、今、自分を救っているのである。

学んだ技でない、自分の裡に存在する獣の本能の如きものが、今、自分を生かしているのである。

これまで学んできた術が、役に立たない。それが、闘っている間に、次々に削《そ》ぎ落とされてゆく。

自分が剝《む》き出しになってゆく。

これまで見えなかった自分が露わになってゆく。

それが、おもしろい。

生命を懸けて闘うということの機微《きび》の中に、このようなものがあるのか。

歳三は、その太い唇に、たまらない笑みを浮かべている。

喜悦の笑みだ。

しかし、むろん、歳三は、自分の口にそのような笑みが浮いているとは気づいていない。

巽十三郎の剣が、襲ってくる。

それを、歳三の剣がはじく。

はじかれた剣が、宙を泳いでふわりと戻ってくる。

それをまたはじく。

「土方さん、動きを読まれてますよ」

沖田の声が、耳に届いてくる。

最初の声のように思えたが、そんなはずはあるまい。

沖田は、ずっと叫んでいたのだろう。

それに、今、ようやく気づいただけのことだ。

近藤は、腕を組み、むすっとした顔で、試合を睨むように見つめている。

「土方さん、読まれてます」

沖田の声が、また届く。

「うるせえぞ、沖田」

歳三が歯を嚙んで唸る。

いつも、近藤が口にしている台詞《せりふ》であった。

動きを読まれている――

そんなのは、とっくにわかってらあ。

こいつと闘っているのはおれだ。

そんなことは、当人のおれが一番よくわかっている。

ただ沖田よ、おまえにはわからねえことがある。

それは、このおれが今、この状況を、顔面をひきつらせながら、どれだけ楽しんでいるかってことだ。どれだけ、おもしろがっているかってことだ。

——生命のやりとりはおもしろい。
歳三が、今、味わっているのは、つまりひと言で言うならそういうことだ。
沖田の声が、邪魔だった。
と——
それまで青眼に構えていた巽十三郎の剣が、すうっと持ちあがった。
上段になった。
半眼になった。
得体の知れない気配が、巽十三郎の体内に、むりっと満ちた。
来る。
歳三は、そう直感した。
内割りの秘太刀——
思わず、退がろうとした。
足が動きそうになったが、歳三はそこで踏みとどまった。
ここで退がったら、位負けをする。
一度位負けをしたら、そのまま追われ、追いつめられて、斬られることになる。
今は、退がるところではない。
「応」
と答えて、歳三は、半歩前へ出た。

出た瞬間、すうっと自分の肉が澄んだ。

沖田の声も、聴こえなくなった。

不思議な境地であった。この天地に、存在は己れと巽十三郎だけになった。

歳三が半歩前に出るのに呼吸を合わせ、巽十三郎が、一歩踏み込む。

間合いに入っていた。

その時には、もう、巽十三郎の剣が、天からゆるゆると降りてくるところであった。

美しい。

光る白い鳥が、青い空から舞い降りてくるように見えた。

うっとりとなった。

しかし――

身体が反応していた。

「くわっ」

その白い光る鳥が、自分の額に舞い降りる寸前、歳三は、その鳥を下から和泉守兼定で打っていた。

じじゃっ、
と、刃と刃がからんだ感触があったと思ったその時、
きいん、
と、光るものが青い空に舞っていた。

折れた鳥の翼——剣先五寸の刃であった。

何が起こったのか。

歳三がそれを理解したのは、折れた翼が、地に落ちた時であった。

自分は、今、斬られるところであったのだ。

剣が落ちてくるのを待ってしまった。その自分を救ってくれたのは、和泉守兼定である。

この短い時の中で、それがわかった。

さらに言えば——

ゆっくりと動くように見える剣が、どうして相手に当たるのか。

その理由が、仕掛けられてわかった。

沖田の言う通り、動きを読まれていたのである。それだけではない。それだけなら、歳三もわかっている。

その動きを読み、相手の身体の動く先へ、巽十三郎は、すうっと剣を動かしていたのである。だから、その剣の方へ、自分の身体が動いていってしまっているように見えるのである。

今のことで言えば、歳三が前に出たその時には、もう、巽十三郎の剣は動き出しているのだ。ちょうど、前に出てくる歳三の頭部がゆくであろう、空間のその場所へ向かって。

これが、殺気を込めた一撃であれば、それでも、なんとか察知できる。しかし、巽十三郎のその剣には気配がない。しかも前もって動く。そのため、それが、危険なものであるとの認知が遅れてしまうのである。

しかし、気づいた。

身体が。

いや、手にした和泉守兼定が気づいたと言う他はない。

手の方が動き、落ちてくる巽十三郎の剣を受けていたのである。

受けたその感触――

和泉守兼定という、自身の一部のような剣であったからこそわかったのだが、受けたその時、巽十三郎の剣は、奇妙な動きをしたのである。

和泉守兼定の刃と巽十三郎の剣の刃とが触れあったその時、いったん巽十三郎の剣が止まり、止まった次の瞬間にもう一度打ってきたのである。

一度目の接触でわずかな衝撃を加え、その衝撃が震えとなってもどってくる時、そのもどってくる波を刃《やいば》で打つように斬ってきたのである。衝撃と衝撃、波と波がそこでぶつかった。ぶつかったその一瞬、剣先が折れて飛んでいたのである。

折れたのは、巽十三郎の剣であった。

これか。

これが、巽十三郎の内割りの秘太刀の正体か。

一度打つ、一度斬ると見える流れの中で、実は二度打ち、二度斬っていたのである。

豆腐の入った鉄鍋を二度叩くそれを、ひと打ちの間で行っていたのである。

一度目の当てで生じた衝撃が返ってくるその時、その衝撃を打って内部に打ち返す——

——衝撃と衝撃が内部でぶつかりあい、内部が破壊される。

これが、内割りの秘太刀なのだ。

歳三は、剣と剣がぶつかって折れたその間《はざま》で、そう思った。

その内割りの秘太刀の衝撃を、和泉守兼定が跳ね返したのである。

打ったものによっては、伝わる衝撃の強さも、速さも違ってくる。それによって、打つ方は打ち分けねばならない。ゆるりと打ち出す剣であるからこそ、それを使い分けることができるのである。

剣は、何層にも重ねられた鋼《はがね》でできあがっている。一枚の刃の中に、実は、無数の刃が密に重ねられ、凝縮されている。それを、巽十三郎が読み違えたのだ。

並の剣なら、折られ、折った勢いでそのまま斬り下げてくる巽十三郎の剣で額を斬り割られ、歳三は脳漿《のうしょう》を撒《ま》き散らして絶命していたところだ。

それを、和泉守兼定が救ったのだ。

剣が折れたその瞬間、判士の中村一心斎は、

「それまで！」

そう叫び、ふたりの間に割って入ろうとした。

しかし、中村一心斎は、それをしなかった。

いや、できなかったのだ。

試合が、そのまま継続していたからである。

なんとも不思議な、奇態の光景が、そこに出現していたのである。

見ている者たちの間から、驚きのどよめきがあがっていた。

巽十三郎は、左手に剣を握っていた。

その剣先五寸が折れて失《な》くなっている。

右足が前。

左足を後方へ引いている。

そして、腰を落とし、折れた剣を斜め上に持ちあげて構えているのである。

それだけではない。

問題は右手だ。

巽十三郎は、右手を前に出し、その掌《たなごころ》で、青眼に構えなおした歳三の和泉守兼定の剣先を押さえていたのである。

剣の先が、わずかに巽十三郎の右掌《みぎて》の皮膚に触れている。そして、そのことで、巽十三郎は、歳三の動きを封じていたのである。

そのことに、見ている者たちは、驚きの声をあげたのである。

こんなことがあるのか。

明らかに、まだ試合は続いているのである。

しかも、押されているように見えるのは、剣先を失った巽十三郎ではなく、歳三の方であった。

それで、一心斎は、

「それまで」

という声を発しそびれてしまったのだ。

むうう……

歳三は、心の中で唸っている。

巽十三郎、何という漢か。

握っている和泉守兼定を通じて、その剣先が、わずかに巽十三郎の掌の皮膚に触れているのがわかる。

それだけで、動けない。

動くとしたら、このかたちになる前か、なったその瞬間であった。

このかたちを巽十三郎がとったその時、歳三は驚いた。

それで、動くのが数瞬遅れてしまったのである。そして、そのまま、巽十三郎の術中に入ってしまった。

見物人にはわからなくとも、歳三にはわかる。

小さく突くと、巽十三郎が右手を引く。

もどせば、それに巽十三郎の掌《て》がついてくるのである。歳三の剣の動きに、巽十三郎が合わせてくるのである。

わずかな剣先の動きと、その右掌の皮膚で察知しているのだ。歳三が大きく動けば、その動きを察知して、左手が握った剣を振り下ろしてくるであろう。

ねらわれるのは——

腕だ。

腕ならば、折れた剣でも充分届く。

凄《すご》い漢だ。

巽十三郎は凄い。

もって生まれた才もあるであろう。

しかし、それだけではない。

それだけで、この域まで人はたどりつけるものではない。これまでになるのに、才に加えて、どれだけの研鑽《けんさん》の日々と、稽古を重ねたことか。

歳三も、剣については、自己流で、あるいは道場で、これまで学んできた人間である。巽十三郎と、そのやり方は違っているかもしれないが、強くなりたいと志して、木剣を握ってきたのである。

それだけに、巽十三郎のたどりついた境地、山の頂が見える。頂が見えれば、自然にその裾野の広がりも見えてくる。巽十三郎が、これまで、どれほどの血の滲《にじ》む努力を繰り返してきたかがわかるのである。

歳三の裡に湧いた思いは、恐怖というよりは、巽十三郎に対する賞賛の思いであった。いったん白刃を抜いて、生命のやりとりになった時、ものを言うのは胆力であり、一歩踏み込む勇気である――歳三は、そう思っていた。

道場での稽古は、それを学ぶものであると。

道場で学んだことに、心を奪われていては、真剣の勝負では負ける。だからこそ、道場での稽古というのは、本質的には、同じ動作を繰り返すことによって、その技を身体に染み込ませることだと思っていた。馬鹿のようになって、ひとつずつ技や形を身体に覚え込ませる。そうすれば、実戦となった時、たとえ心がうろたえてどこにあるのかわからぬような状態になってしまっても、身体が反応し、身体が勝手に動いて、道場で学んだものが出てくるのだと。

しかし、巽十三郎は、その先の境地にいる。

自身の意志で、自身の肉体を自在に操っているというのがわかる。道場で身につけた以上のものが、その身に備わっている。

そうでなくて、真剣の先が折れた時に、どうしてこのようなかたちがとれるのか。剣を、突けば引く。こちらが引けば、巽十三郎の掌《て》がそれを追ってくる。ならば、追ってきたその瞬間に、おもいきり剣を突き出せばいい。

そうすれば、剣先が巽十三郎の掌を貫くことになる。

が、本当にそうか。

自分が、こんなふうに意識を奪われ、そんなことを考えたりやったりしている時に、ふいに、巽十三郎は攻撃をしかけてくるかもしれない。

そうなったら、掌に気をとられている自分の方が、巽十三郎が左手に握った、切先の折れた剣でやられてしまうだろう。

動くに、動けない。

しかし、動けないということでは、巽十三郎も同じだ。それでも、いつまでもこうしていられるわけではない。

いずれ、どちらかが、先に動く。

動いたら、いずれが勝つにしろ、その時が勝負の決する時だ——歳三はそう思った。

どちらが先に動くのか。

それは、わからない。

ふいに吹いたわずかな風が、ぎりぎりの精神状態で心の拮抗《きっこう》を保っていた方の心の釣り合いを壊し、動きを誘うことになるかもしれない。

それは、風ではなく、鳥の声かもしれない。

しんと静まりかえった試合場にいるたれかの咳ばらいが、それをうながすかもしれない。

それとも、様々に揺れる心が、一方に大きく揺れた時に、その人間を動かすことになるかもしれない。

歳三の頬を、微風が撫でている。

いい風だ。

鶯《うぐいす》の声が聴こえる。

そして、むこうに見える松に吹く松籟《しょうらい》の音も——

その時、

「おきゃあ！」

という、鋭い獣の叫び声が、頭上から降ってきた。

それが、きっかけとなった。

動いていた。

どちらが先であったか。

それは、見ている方にも——判士である中村一心斎にもわからなかった。

「かああっ！」

「つえぇっ！」

巽十三郎と、歳三の声が、同時に響いた。

見えたのは、次のような光景であった。

歳三の握った和泉守兼定の切先が、巽十三郎の右掌の中に潜り込み、甲の方へ突き抜けた。

歳三が先に仕掛けたのか？

「巽十三郎が先ですね」

後になって、沖田はそのように言っている。

自分の掌を犠牲にし、一歩踏み込み、歳三を斬りに行ったのだと。

その時、巽十三郎は、歳三の剣の刀身を、貫かれた右手で摑んでいる。

それで、歳三の剣の動きを封じたのだ。

「いや、歳が先だぜ」

近藤はそう言った。

「歳が先に動いて突いたのさ」

しかし、当の歳三本人が、それについてはわかっていなかった。

――同時だったのではないか。

歳三は、その時のことを思い出して、そう語っている。獣の哭きあげる声に、ふたり同時に反応したのだ。

歳三は突き、巽十三郎は前に出た。

通常のことで言えば、巽十三郎の右掌《みぎて》と、突きつけられた剣先との間には、茄子ひとつ分の距離がある。しかし、この試合においては、その茄子ひとつ分の距離がなく、剣先は直接、巽十三郎の掌《てのひら》に触れていたのである。

結果として、剣が、巽十三郎の右掌を貫くこととなった。いや、その後、巽十三郎がやったことを思えば、右掌を捨てて、実《じつ》をとろうとしたのかもしれない。

その時、巽十三郎がやったことは、貫かれた右掌を下げることによって、歳三の剣先の動きを、下方へ逃すことであった。

もしも、刃が上に向いていたりすれば、巽十三郎がそのような動きをしたとしても、自然に掌が切れて、歳三の剣は自由に動けるようになっていたところだ。

今回の場合、刃が下を向き、その峯《みね》の方が上であったため、歳三の剣先は、斜め下方を向いてしまったのである。

が、歳三は、その力に逆らわなかった。

むしろ、その力を利用して、剣を斬り下げていたのである。

歳三の剣が、巽十三郎の右掌の親指の付け根あたりを斜めに断ち割って外へ抜け出た時、巽十三郎の左手に握られた切先の折れた剣は、もう、半分斬り下げられていた。

その刃が歳三の右腕——手首と肘《ひじ》との間を両断する寸前、歳三は、剣を握っていた右手を柄から放していた。

巽十三郎の剣が、空を斬って下方へ抜けた時、歳三は剣を握りなおし、下へ流れた剣を斜め下へ斬り下げていたのである。

さくっ、
と斬れた。

剣を握ったままの巽十三郎の左手首が、どさりと地に落ちた時——

「それまでっ！」

中村一心斎が、叫んでいた。

「それまでっ、それまで!!」

中村一心斎が、歳三と巽十三郎との間に割って入っていた。

ふう、
歳三は、動きを止め、大きく息を吐いて、天を仰いだ。

青い天に、雲が動いていた。

三

歳三は、幔幕を背のすぐ後ろにして立っていた。

試合が終わったばかりであり、幔幕の外に出て休んでいてもよかったのだが、次の試合のことが気になって、幔幕の内側に残ったのである。

次の試合——

甲源一刀流宇津木文之丞と、不動一刀流机竜之助との試合である。

このふたりの勝負が、二日に渡って行われた奉納試合の最後の試合となる。

判士は、同じく中村一心斎。

宇津木文之丞と机竜之助は、すでに試合場の前に控えて、名を呼ばれるのを待っている。

先ほどまで、歳三が座していた場所に控えているのが、机竜之助である、そのすぐ隣りに、机弾正が座している。

巽十三郎が座していた場所に控えているのが、宇津木文之丞であった。

文之丞の左右に、さっきまで巽十三郎につきそっていた小谷一郎太と渋川宗助が座している。

歳三の身体は、まだ細かく震えていた。

闘いの興奮から、身体がまだ冷めていないのだ。

怪我は、どこにもなかった。

それが不思議だった。

あれだけ激しくやりあったのに、一方は一生残る傷を負い、一方は無傷である。巽十三郎は、右手を左右に割られるような傷を受け、左手は、手首から先がない。

おそらく、幔幕の外で、甲源一刀流の者たちから手当てを受けているのであろう。

うまく血止めをすれば、おそらく死ぬようなことはあるまいと思われた。

それにしても、どうして自分が勝ったのか、それが不思議であった。いや、勝ったというよりは、生き残ったというのが実感に近い。

何かがわずかにずれていたら、結果は違うものになっていたはずだ。

それが、疾さなのか、強さなのか、それとも心のあり方なのか、どういうものが結果を分けたのかわからない。わからないほどわずかなものだ。

単純な、剣の術理で量《はか》るなら、明らかに実力は巽十三郎の方が上であった。それは、闘った歳三自身がよくわかっている。

しかし、生き残ったのは自分であった。

それが何とも不思議であった。

これが、勝負の機微というものかもしれない。

柔らかな風が吹いている。

その風の中に、声があがった。

試合に出場するものを呼ぶ声である。

宇津木文之丞と、机竜之助が、試合場に出てきた。

宇津木文之丞は、白い、下がり藤の定紋《じようもん》のついた小袖に紺の襷《たすき》を綾《あや》どり、茶宇《ちやう》の袴《はかま》の股立《ももだち》を高からず取りあげて、三尺一寸の赤樫《あかがし》の木刀に牛皮《ぎゆうひ》の鍔のついたものを左手に携《たずさ》えている。

雪のような白足袋《しろたび》で、山気を含んだ土を静かに踏みながら、宇津木文之丞は中央に立った。

一方の机竜之助は、九曜《くよう》の定紋のついた黒羽《くろは》二重《ぶたえ》の小袖に、真紅の襷を綾どり、やはり仙台平《せんだいひら》の袴の股立を取りあげている。

携えている木刀も、三尺一寸、文之丞と同じ赤樫の木刀であった。

明るい日の光の中に立っているというのに、その頬の色は青く澄んで、幽鬼のようである。

それに対して、宇津木文之丞は、その姿も表情も、明るすぎるほど晴れやかであった。

いつの間にか、これまで判士の中村一心斎が座していた席に、小鹿野村耀武館、甲源一刀流本部道場の当主、逸見利恭が座している。

甲源一刀流本部道場――つまり逸見利恭は、この奉納試合の勧進元《かんじんもと》と言ってもいい立場にあり、これは、あらかじめ、この試合の時は、空いた中村一心斎の席につくと決めてあったことであろう。

ふたりが向きあった時――

「いや、しばらく――」

声をあげたのは、宇津木文之丞であった。

「この勝負、真剣にての立ち合いを所望――」

口上は短かった。

言ったのはそれだけであった。

「承知……」

机竜之助の返事もまた短い。

これで、真剣にての勝負が正式に決定したことになる。

ふたりは、自分がそれまでいた席にもどり、宇津木文之丞は小谷一郎太から、机竜之助は父弾正から、それぞれ真剣を受けとり、それを腰に差して、再び、試合場中央で向きあった。

机竜之助が腰に差している剣は、武蔵太郎安国《むさしたろうやすくに》――ここで明かせば、すでに、大菩薩峠で切ったお松の祖父与一兵衛《よいちべえ》をはじめとして、何人もの血を吸っている。

この武蔵太郎安国、実は武州八王子の名工で、その打った刀には、

「真十五枚甲伏作《しんじゆうごまいこうふくさく》」

と銘《めい》を切る。

十五枚重ねた甲を切り割ることができるという、安国自賛の銘である。

世に知られることは少ないものの、目利きの間では、祐定《すけさだ》あたりの上物と同等か、それ以上のものとの評判が高い。世に隠れた名刀であった。

双方が剣を抜いて向きあった。

相青眼――

「始め!」

中村一心斎の声がかかった。

宇津木文之丞も、机竜之助も動かない。

間合いの外で、対峙《たいじ》したまま、互いに呼吸を計っている。

あの構えだ――

と、歳三は、すぐに気がついた。

青眼に構えた時、通常、柄を握る時は、右手が前、左手が後を握る。そして、右足が前に出ている。

これが、左右逆であった。

左足が前。

左手が柄の前を握り、右手が後を握っている。

沖田がやられた、あの構えであった。

この体勢から、右手一本で突く。

その方が、より遠くへ剣先が届くからだ。しかも、沖田と闘った時、宇津木文之丞は、突く時右手の位置を変えて、柄頭を握った。これで突けば、さらに拳ひとつ分、突きが遠くへ届く。

が――

これは、机竜之助も、あの時見ている。

宇津木文之丞の突きが、どれほど遠くまで届くかはわかっているはずであった。

しかし、問題は、机竜之助がそれを見たということを、宇津木文之丞も知っているということだ。

つまり、あの時、宇津木文之丞は、何もかも承知で、わざと机竜之助にそれを見せたということになる。ということは、あの時と同じことをやるぞと見せておいて、別の手を考えているということにもなる。

たとえ、考えていないにしても、別の手があると相手に思わせるということでは、すでに成功している。

机竜之助は、通常の勝負に加え、その別の手が何かということに、思考を使わざるを得なくなるからだ。

表情を見ているだけでは、宇津木文之丞が何を考えているかはわからない。

ただ、涼しい顔で、机竜之助を見つめている。

ふいに、動いた。

ふわり、
と、宇津木文之丞の身体が、宙に浮いたように見えた。

宙に浮いたその身体が、風に乗ったように前に出ていたのである。

むろん、実際に宙に浮いたわけではない。

腰を沈め、その腰を浮かせながら、ゆるりと前へ出たその動きが、そのように見えたのである。

予見できない動き。

それで、もう、剣と剣とが触れ合う場所に、宇津木文之丞は入っていたのである。

しゃらん、
と、剣と剣とが鳴った。

刃が刃の上を滑って、楽《がく》の音《ね》のような音《おと》をたてたのだ。

ただ一度——
また、動かない。
宇津木文之丞が一度動いたのに対し、机竜之助の方はまだ動いていない。
動かないのか、動けないのか。
しゃらん、
しゃらん、
刃と刃が優しく触れ合う。
その音と、ふたりの動きが少し変化していた。
夜具の中で、男女が互いに睦言《むつごと》を交わしあっているように見えた。
宇津木文之丞と机竜之助が、互いに愛《いと》おしい相手の身体を指でさぐっているようだ。
どこか艶めかしいその動き——
どこにどう触れれば、相手の肉が悦《よろこ》ぶのか、それをたしかめているように見える。
ちっ、
ちっ、
と、小さく、鋭く、刃が鳴った。
相手の肉に、舌を這《は》わせるように。
相手の耳に、白く尖った歯を立てるように。
痛みを与えぬように、それが快美感を育てるように、情を込めて触れ合う。

ふたりの様子は、初めて褥《しとね》を共にするふたりが、互いに相手の肉の悦ぶ場所を探しているようであった。

その時——

歳三の肉の裡に生じたのは、不思議な思いであった。

嫉妬《しっと》と言ってしまえばそれまでだが、違うと言ってしまうと、その想いの色が見えなくなってしまうような思い——

今、試合を終えたばかりであるというのに、ふたりの間に割って入って、自分もその勝負の仲間に入りたくなってくるような。

これまで、色々あった。

様々な感情にさらされて、その果てに、今、こうして生命のやりとりの場にふたりで立っている。向きあってみれば、今は、相手が愛おしい……

そんな風に見えた。

ちん、

しゃりん、

ちん、

しゃりん、

触れ合う刃の音《おと》がさらに変化した。

剣が、違う拍子で動き、違う楽の音《ね》を奏ではじめた。

剣と剣が音を立てている。

つまり、まだ、机竜之助は、音無しの秘剣を使っていないことになる。

こうして、剣が触れ合っている時に、相手の剣を見切る。見切ったその時に、音無しの構えに入る。音無しの構えに入ると、その後、剣が触れ合うことはない。剣が触れ合うことなく、机竜之助の剣が、相手を斬る。

これが、音無しの秘剣である。

だが、と、歳三は思う。

昨夜——あれから、お浜と机竜之助はどうしたのか。

まさか、机竜之助が、あの後お浜を斬ったとも思えない。

お浜が、机竜之助を庇って、ふたりの間に割って入った時、歳三にはわかった。

お浜が心を寄せているのが、机竜之助であるということを——

それを思い出すと、苦い。

竜之助の左の肩には、昨夜、自らつけた傷があるはずだ。すでに傷は塞《ふさ》がり、血も止まっているのであろう。

深い傷ではない。

お浜は、自分に、宇津木文之丞を斬ってくれと言った。おそらく、机竜之助にも同様のことを言ったのではないか。自ら口にしたように、まさか、本当に、負けてくれとあの時竜之助に言ったのであろうか。

それに、机竜之助はどう答えたのか。
宇津木文之丞は、それをどこまで知っているのであろうか。
そこまで考えた時——
「ちゃあっ！」
鋭い声が、歳三を試合にもどした。
ぎゃりん、
という音がして、宇津木文之丞が、跳んで退がった。
退がって、止まり、構えた。
青眼である。
机竜之助も青眼である。
再び、ふたりは、間合いの外へ出て、向きあっていた。
「そろそろ、見せていただきましょうか——」
宇津木文之丞が言った。
構えは、初めの時と同じく、左右が逆であった。
「音無しの剣、受けてみたい……」
つぶやいた宇津木文之丞の口元が、微かに笑っている。
その前に立つ、机竜之助には、気配がない。
あの世とこの世の間《はざま》に、どちらにもゆけぬ幽鬼のように立っている。

おきゃあ……

獣が、高いところで哭いた。

しばらく前、巽十三郎と闘っている時に、歳三も聞いた声だ。

見やれば、社殿の屋根の上に、青い猿が座して、試合場を見下ろしている。

竜之助が、
ふうっ、
と、小さく息を吐いたように見えた。

青眼の切先を、わずかに下げ、柄を握っている両手を、これはわずかに持ちあげたように見えた。

これが、音無しの構えか――

歳三は、そう思った。

あまりにも、わずかな変化。

無構えでなく、上段でもない。

昨夜、竜之助がとったあの構えでもない。

もとより、そこには水も流れていないが、あの構えもまた、音無しの構えであるとするなら、いったい、音無しの構えとは何であるのか。今の竜之助の構えもまた、音無しの構えであるのか。

ひくり、

と、宇津木文之丞の頰が動いた。

嗤ったのだ。

強い笑みが、宇津木文之丞の唇に浮いていた。

「なるほど、これが音無しの構えの正体ですか……」

宇津木文之丞がつぶやいた。

「だろうと思っていましたよ……」

囁《ささや》くような声で言った。

しかし、何が音無しの構えであるのか、歳三にはわからない。

あの、切先をわずかに下げ、両手をわずかに持ちあげた、あの動作によって、青眼の構えが、音無しの構えに変化したというのか。

「ところで……」

と、宇津木文之丞は言った。

「加絵さまのこと、わかりましたか」

言い終えて、宇津木文之丞は、青眼の構えのまま、すうっと剣を前に送り出した。

三寸ほど、剣先が前に出る。

肘が、その分だけ伸びる。

剣先を、その場所に残したまま、宇津木文之丞が前に足を踏み出した。

別々の動作、というよりはひとつの流れであり、ひとつの動きと言っていい。

前へ出ながら、伸びた肘をもとのように曲げてゆく。

油が、人の肌の上をぬるりと滑るように、宇津木文之丞は、間合いを詰めていたのである。

宇津木文之丞の言葉で、机竜之助の心にどのような揺れが生じたのか、それは、表情からも立ち姿からも、うかがい知ることはできなかった。

しかし、今の動きは、その言葉と連動したひとつのものであった。

が——

机竜之助は、退がらなかった。

あまりにもゆるやかに宇津木文之丞が前に出てきたので、退がる呼吸を逃《の》がしたのか。

踏み込めば、届く。

退がれば、追う。

そういう距離であった。

見ている者たちの方に、緊張が生じていた。空気が張りつめる。

しかし、対峙しているふたりの間には、見ている者たちの緊張を他《よそ》に、ゆるゆるとした春のような風が流れているばかりである。

当人どうしが、この距離について、どれだけの実感を持っているのか、それは、見ているだけでは量りようがなかった。

三寸——真剣で立ち合う者にとっては、たかが三寸なれど、生死を分ける距離であった。

「さすが……」

宇津木文之丞がつぶやく。

すうっ、
と、また、宇津木文之丞の剣先が伸びる。

今度は、二寸だ。剣先を、伸ばした位置に残したまま、宇津木文之丞が前に出る。

さらに、距離が詰まった。

そこに立ったまま、踏み込まずとも、もう、互いの剣先と剣先が触れ合う距離であった。

机竜之助は、動かない。

静かにそこに立っているだけだ。

きゃあああん……

社殿の屋根の上で、青い猿が低く妖しく哭きあげた。

机竜之助は、まだ動かない。

「音無しの構え、おそるべきかな……」

宇津木文之丞が、つぶやいた。

たれかに聴かせようとして発せられた言葉ではないようであった。

自らの裡に生じた感慨が、自然に言葉となって外に出たようであった。

「しゃあっ！」

斬り下げると見せて、その剣を途中で上へ跳ねあげる。

宇津木文之丞が、大きく踏み込んでいた。

ひゅん、
ひゅん、
と、ふたつの刃が風を斬る。

宇津木文之丞の剣が、机竜之助の頭部を斬ったかと思われた。

宇津木文之丞の刃が、机竜之助の頭部を通り抜けた——そのように見えた。

「おう……」

と、見ていた者たちの間に声があがった。

宇津木文之丞の剣は、机竜之助の鼻先を掠《かす》めて、斜め下から上へ疾り抜けていたのである。

机竜之助が退がったのはわずかであった。

机竜之助が、そこまで退がったのは、偶然ではない。そこまで退がれば、刃は触れないと判断して、そこで退がるのを止めたのだ。

その隙間《すきま》、髪の毛一本あるかどうか。

おそるべき、竜之助の見切りであった。

宇津木文之丞の剣が疾り抜けた次の瞬間、今度は、机竜之助の剣が動いた。

横へ動いた宇津木文之丞の身体を追って、机竜之助の剣が疾る。

が、これは、流れ上の動きで、自分の体勢をもどすための動きであり、その間、宇津木文之丞が次の動きに入らぬようにするためのものだ。

再び、ふたりは向きあった。

相青眼——

また、宇津木文之丞の剣が、すうっと三寸伸び、その分、宇津木文之丞が前に出る。

次が、二寸。

その分、また、宇津木文之丞が前に出る。

机竜之助は、動かない。

先ほどと、同じかたちになった。

さっきと違うのは、もう、同じ攻撃を、宇津木文之丞が仕掛けることはできないということだ。同じことを仕掛ければ、次は斬られる。

ふたりは、静止した。

静かに互いの呼吸を計っている。

先ほどの机竜之助の見切りには、まだ、余裕があった。

同じ踏み込みをしていたのでは、剣は竜之助にとどかない。

追いつめられたのは、宇津木文之丞のはずなのだが、まだ、その唇にはなんとも楽しそうな笑みが浮いているのである。

判士の中村一心斎は、時おり、その視線を、座して試合を見守っている逸見利恭に送っている。

対戦している両者の表情ではなく、逸見利恭の顔色をうかがっているのである。逸見利恭の表情に、わずかでも不安の色が浮いたりするようなことがあれば、すぐにでもこの試合を中断して、

「分け」

を宣言しようという覚悟が見てとれる。

が……

両者、そのかたちのまま、動かない。

ふたりの間を、風がさわさわと流れるばかりである。

呼吸さえ、しているのかどうか。

が、見ている方の手には、汗が浮いている。歳三も同様であった。拳を持ちあげて、強く握れば、そこから汗が滴り落ちそうであった。

手の汗の量に限って言えば、自分が試合をした時よりも多い。

「歳よ……」

近藤がつぶやいた。

「次に動いた時に、決まるぜ……」

歳三は答えない。

無言で、ふたりを見つめている。
横で、沖田がごくりと唾を呑み込む音がした。
ふたりの間に張りつめたものが、さらにその緊張を高めてゆく。それが限界を超え、
大気の中に裂け目が生じてゆくみりみりという音が聴こえてきそうであった。
おきゃあああ……
青い猿が、社殿の屋根の上で、哭きあげる。
哀切な、心が締め付けられるような声であった。
猿は哭いたが、今度は、それがふたりの動きを誘うことはなかった。
ふたりは、まだ動かない。
と――
竜之助の左袖の下から、白い腕を伝って、つうっと、流れてくるものがあった。
それは、ひと筋の血であった。
見ている者たちの間から、小さなどよめきの声があがった。
皆が、その血を目にしたからである。
竜之助の左腕――肘と手首の間のところから、その赤い血が、
ぽつり、
ぽつり、

と、地に落ちて、そこに小さな赤い染みを作った。

〝む……〟

と、中村一心斎がそれを見る。

さきほどの動きで、知らぬうちに竜之助が傷を負ったか。

傷を負っていれば、勝負の行方はもう明らかだ。傷を負った方が、圧倒的に不利になるからだ。

これは、奉納試合である。

両者の遺恨を清算するための勝負であれば、止めるも止めないもないが、立ち会い人として判士がいるのである。その判士が、勝負あったと認めれば、それはそれで、結果を両者は受け入れねばならない。

いつもの一心斎であれば、ここで、

「分け」

とするか、宇津木文之丞の勝ちを宣言するところだ。それをしないのは、さっきの斬り結びの中で、机竜之助が斬られたと見えなかったことだ。

どうする？

そういう視線を、一心斎は逸見利恭に送った。

利恭は甲源一刀流の当主である。宇津木文之丞の師であり、流派を出たとはいえ、竜之助にとっても師と呼ばれるべき人物である。

普段は、試合の判士として、そういうことはしないのだが、あえて、両名の師である逸見利恭に、眼で問うたのである。

続ける——

逸見利恭が返した視線に、迷いはなかった。

そのやりとりは、歳三からも見えた。

その原因が、机竜之助の左腕から滴り落ちる血にあることも。

しかし、歳三は、その血がどういうものであるかを理解していた。

昨夜、机竜之助が、自ら付けた左肩の傷口が、先ほどの動きで開き、そこから血が流れ出したのである。

が、むろん、そんなことがあろうとは、中村一心斎、知る由もない。

ただ、両者の呼吸をうかがっているばかりである。

その時——

思いがけないことが起こった。

机竜之助の眼から、ほろりとこぼれ落ちて、頰を伝うものがあったのだ。

涙であった。

「つあああああっ！」

動いた。

伸びた。

光が疾った。

机竜之助の頬に、涙が光ったその瞬間、宇津木文之丞の口から迸《ほとばし》った声が、ふたりの間に張りつめていた緊張を裂いていた。

輝く光が、宇津木文之丞の手元から伸びていた。

その光が、風を貫いて、机竜之助の顔に向かって疾っていたのである。

信じられぬほど長く、遠くへ――

宇津木文之丞の思いそのもののように、剣が伸びて疾った。

これほどまでに、伸びるのか。

その光は、机竜之助の顔まで届いていたのである。

その光に、机竜之助の額が貫かれたと見えた。

ちょうど、眉と眉との間であった。

刃《やいば》が、肉を裂き、骨に当たる音が、たれの耳にも届いていた。

宇津木文之丞の剣の刃先が、机竜之助の頭の後ろまで抜けた――そう見えた。

宇津木文之丞は、身体を、右肩から倒れ込むようにして大きく前傾させていた。

左手を柄から放し、右腕を、ぎりぎりまで伸ばしていた。

その右手は、もともと柄頭を握っていたので、その握り方だけで、通常より拳ひとつ半ほど先へ、剣が届く。

沖田は、これにやられたのだ。

しかし、沖田の時よりも、右足の踏み込みは大きく、ほとんど横を向いているといってもいいほど、右肩を前方へ落としている。自然に左肩が上になっている。

それによって、剣が、さらに拳ひとつは先に伸びている。

が――

姿、そのかたちは、無防備である。

後がない。

この突きで相手を倒さねば、自分が体勢をたてなおす前に、相手に斬られてしまう。

そういうかたちだ。

捨て身とも言える剣であった。

必殺、必勝の一手だ。

しかし、それで終わりではなかった。

剣は、まだ、その先へ伸びていた。

そのかたちのまま、宇津木文之丞は、さらに、柄から右手を放し、その柄頭を、右手から伸ばした人差し指の先で押していたのである。

どれほどの見切りの達人であろうと、ここまで、捨て身で伸ばされた剣を見切ることはできない。

だが――

机竜之助の魔性は、底が知れなかった。

その剣が、自分に届くと見えた時、机竜之助は、瞬時に腰を沈めながら、その顔を仰向かせていたのである。
机竜之助の顔は、天を仰ぎ、青い空に浮く白い雲を見ていた。
そのため、宇津木文之丞の剣は、机竜之助の眉と眉の間の肉を裂いて、その内《うち》にある頭蓋骨に、
かつん、
と、当たって音をたてていた。
音をたて、刃は、頭蓋骨を滑って、後ろへ抜けたのであった。
机竜之助が、刃を頭蓋骨に沿って滑らせ、なんと、その突きをかわしていたのである。
いや、かわしきれてはいない。宇津木文之丞の刃は、額の肉を割り、その下の鉢の骨に、深さ一分《いちぶ》、長さ一寸半の傷をつけ、そこを通っていったのである。
にいいっ、
と、宇津木文之丞が嗤った。
勝利を確信した笑みであった。
その笑みが、ふたつに割れた。
宇津木文之丞の額から、机竜之助の剣、武蔵太郎安国が潜り込み、顎から下へ、
ふうっ、
と、見えぬ神の吐く息のように、抜けていたのである。

ほとんど、音はしなかった。

机竜之助は、宇津木文之丞の刃を、額の骨に沿って滑らせ、そのままふわりと前へ動いて、優しく、宇津木文之丞の頭を撫でるようにして、その剣で触れたのである。

触れたら、斬れた。

そんな風に見えた。

ふたつに分かれた笑みを浮かべたまま、果実のように、その身体ごと、宇津木文之丞の頭部が地に落ちた。

宇津木文之丞は、倒れてなお、笑っていた。

ひと呼吸、
ふた呼吸、
遅れて、中村一心斎の声があがった。

「それまで!」

「それまで!」

中村一心斎は、同じ言葉を繰り返した。

何か、あり得ぬものを見たかのように静まりかえっていた試合場が、大きくどよめいた。

そもそも、この試合を観戦していた者たちは、机竜之助が敗れたと見たのである。

頭部を貫かれはしなかったものの、骨にまで達する傷を受けたのだ。

それだけの傷を受けながら、今の机竜之助のような動きを、人ができるものなのか。

傷は、間違いなく受けている。

それが証拠に、机竜之助の額からは、夥しい血が、無数の糸のようになって、顔に流れ落ちているのである。

「文之丞どの――」

「宇津木さま――」

試合場に、小谷一郎太と渋川宗助が飛び出していた。

逸見利恭は、立ちあがって、

「ぐむむ……」

低い唸り声をあげ続けている。

「文之丞どの――」

小谷一郎太が、宇津木文之丞を抱え起こした。

宇津木文之丞は、まだ、ふたつの顔で、笑みを浮かべている。

その中にあって、机竜之助は、血さえ付いていない剣をまだ手にして、幽鬼の如くそこに立っている。

この騒ぎの中で、机竜之助は、道に迷い、これからどちらへ向かって足を踏み出してよいかわからぬ者のように、そこに突っ立っていた。

机弾正が、静かに立ちあがっていた。

ゆっくりと、机竜之助に歩みよってゆく。

机竜之助の前に立った。

ちらり、と、逸見利恭に一瞥《いちべつ》をくれてから、弾正は、竜之助に視線をもどした。

「ようやった……」

弾正が言った。

「音無しの剣、おそるべし……」

弾正が、笑みを浮かべた。

しかし、机竜之助は、微笑しない。

剣を、ようやくそこで鞘に収め、

「父上……」

机竜之助は、低い声でつぶやいた。

「なんだ」

「次は、父上と……」

机竜之助は、その時、弾正に向かってそう言い放ったのであった。

その光景を、歳三は、見物人の後方から、幔幕を背にして眺めていた。

「おい、どうした、歳——」

近藤が声をかけてきた。

低いが、優しい声であった。

「おめえ、震えてるぜ……」

言われて、歳三は、ようやく気がついていた。

自分の身体が、小刻みに震えていることに。

巻の十二　秘剣の秘密

一

夏だというのに、歳三の身体からは湯気が立ち昇っている。

近藤と日野道場で打ち合って、今、面をとったところであった。

蟬《せみ》の声が、かしましく窓から入り込んでくる。身体からふき出した汗の粒のひとつずつに、その蟬の声が宿って、さらなる熱気をそこに生じさせているようであった。

「ひと皮剝《む》けやがったな、歳《とし》よ……」

やはり、面をとったばかりの近藤が、額の汗をぬぐいもせずに言った。

「なんだか別人みてえだぜ」

「本当かね、近藤さん」

「おめえの竹刀《しない》が当たるたびに、身体の芯《しん》に響きやがるのさ。それに、疾《はや》い。普通は、隙ができりゃあ自分でわかる。危ねえと思ったらそこへ打ち込まれている。そういうもんだ。おめえの場合には、危ねえと思った時には、もう、そこへ竹刀が当たっている。いや、むしろ、打たれてからそのことに気づくんだよ――」

「そんなもんですか」

歳三は言った。

近藤に言われても、自身にはそういう実感はない。

これまでと同じようにやっているだけなのだが、近藤にはそのように思えるのかもしれない。

近藤は、こういうことで、他人や知人に、べんちゃらを言うような人間ではない。それを、近藤がそう口にしたというのなら、そういうことなのかもしれないと、歳三は思う。

「ぼくも、早く土方さんとやりたいなぁ」

むこうから、沖田が声をかけてきた。

沖田は、まだ竹刀を握っての稽古《けいこ》はできないが、稽古着を着て、道場には顔を出している。

「やっぱり、人を斬らなくちゃだめですよね――」

沖田が近づいてきた。

沖田の表情には、もう、暗さは微塵《みじん》もない。

「どうだろうな」

「どうだろうなって、土方さん、ずるいですよ。自分だけ、ふたりも斬っちゃって——」

沖田が唇を尖《とが》らせた。

そこで、土方は、稽古を切り上げて、帰ることにした。

ひとりで、先に道場を出た。

がらり、
ごろり、
と、下駄《げた》を鳴らして、歳三は歩きはじめた。

御岳の社《やしろ》で、巽十三郎と闘って、すでに七日目だ。

そのおりの試合で、自分が勝利したのは、本当に偶然のようなものであったと、歳三は思っている。本来の実力を考えたら、とても勝てる相手ではなかった。

勝ったのは、たまたまである。

あれから、巽十三郎がどうなったか——馬庭念流の者たちではなく、甲源一刀流和田道場の者たちによって、下までおろされたとは、歳三も耳にしている。

甲源一刀流和田道場も、その日はたいへんであったはずだ。

当主の宇津木文之丞が、机竜之助に破れて死んだからである。

そう言えば、今日は、宇津木文之丞の初七日ではなかったか。

そんなことを考えながら、歳三は歩いている。

七兵衛は、今朝、石田村から発《た》っていった。

歳三が、ちょうど、稽古のため日野へ向かう時だ。

一緒に家を出て、日野まで共に歩いた。

「試合も終わりましたんで、また、外を回らせていただきます」

歩きながら、七兵衛は言った。

七兵衛が背にした葛籠《つづら》には、石田散薬がぎっしりと入っている。

七兵衛は、日野道場の佐久間一太郎を、たれが斬ったのか、それを探索していたのだが、犯人と覚《おぼ》しき宇津木文之丞が死んだことで、そのことはもうすんでしまった。

もうひとつ、個人的にまだ心にひっかかっているのが、お松の祖父を大菩薩峠で斬った人物のことである。やったのは、机竜之助であるとの確信がある。しかし、証拠がない。それだけが、まだ決着していないのだが、それをいつまでも引きずっているわけにもいかない。

このあたりで、七兵衛は七兵衛の日常にもどるつもりらしい。

それにしても、不思議な漢《おとこ》であった。

「なあ、七兵衛——」

日野道場までの道々に、歳三は、声をかけた。

「なんです」

「先《せん》にも言ったが、おまえさんも、つくづく、おもしろい人間だねえ——」

「あたしがですか？」

「見りゃあ、ただの薬屋だが、そのものごしや、妙に肚《はら》の据わったところなんざ、そこらの侠客《きょうかく》が逆立ちしたってかなわねえ――」

歳三は言った。

「ひやかさねえでくださいよ、歳三さん」

七兵衛が頭を掻《か》く。

それにかまわず、

「ひと月半ほども前だったかね」

歳三は続けた。

「何がです」

「上野原《うえのはら》の陣屋《じんや》にさ、盗っ人が入って、結構な金を盗んで逃げたって話があった……」

空を見あげながら、歳三が言う。

「そういえば、そんなことがあったようですね」

「身が軽くて、とにかく足の速《はえ》え奴だったたってえことだが――」

歳三は、ちらりと七兵衛を見た。

「あたしみたいにですか？」

七兵衛が言った。

「ははは」

と、歳三は笑った。

そこが、日野の陣屋の前だった。

ふたりは足を止めた。

「では、ごめんなすって――」

七兵衛が頭を下げる。

「気をつけるんだぜ」

「はい」

うなずいて、七兵衛は歩き出した。

今、七兵衛はどこまで行ったろうか。

その気になって歩けば、小菅《こすげ》村あたりまでは行っているかもしれない。

そんなことを考えながら、歳三は歩いている。

あとは、お浜だ。

あれからお浜がどうなったのか、歳三は知らない。

誰も騒いだりしていないので、あそこで机竜之助に斬られたわけではないとはわかるのだが、しかし、どうしたのか。

色々の想像はするが、所詮《しょせん》想像であり、確かなことはわかるはずもない。

机竜之助に問えば、わかるかもしれないが、そこまでするつもりはない。

苦い思いはあるが、このまま、もうお浜の姿を見ることもなく、噂を耳にすることもないのなら、それはそれでいい。

がらり、
ごろり、
と、下駄が鳴る。

その歳三の背へ、声が届いてきた。

「歳三さん……」

男の声だ。

足音が近づいてきて、

「歳三さん」

もう一度呼ばれて、歳三は足を止め、振り向いた。

すぐ後ろに、七兵衛が立っていた。

「どうしたい、七兵衛。甲州へ向かうんじゃなかったのかい」

「それが、歳三さん、なんだか、和田の方が妙に騒がしくなってるようで――」

七兵衛は言った。

「騒がしく？」

「ええ。それで、ちょっと、歳三さんのお耳に入れておいた方がいいんじゃねえかと思いましてね。それで、日野までもどってきたんですよ。道場の方に、まず、顔を出そうと思って行ってみたら、歳三さんの後ろ姿が見えたんで、こうやって追いかけてきたってわけなんですよ――」

「何があったんだい」

言いながら、歳三は歩き出した。

その後を追うように、七兵衛も歩き出して、歳三に並んだ。

「巽十三郎に会いやした」

「あの男に？」

「へえ」

「話してくれ」

歳三が言うと、

「それでは――」

と、声をあらためて、七兵衛は語り出した。

次のような話であった。

二

この日の朝、日野で歳三と別れて、七兵衛は歩き出した。

七兵衛の足は速い。

普通に歩いているように見えても、人が小走りに歩くくらいの速度がある。

最初は玉川を、左にしながら歩いて、川を渡って、今度は川が右になる。もうそろそろ和田に着くかというところで、道の左側——松の根元に石地蔵が立っているところがあって、そのすぐ横にうずくまるようにして座し、松に背を預けている者があった。

武士である。

頭を前にがくりと落としていて顔はわからないが、その着ているものに、覚えがあった。

左手と右手に、白い包帯を分厚く巻いている。

もしや——

歩み寄って、腰をかがめ、

「もし……」

声をかけた。

「もし、お侍《さむらい》さま……」

それで、その武士がもぞりと動いて顔をあげた。

「巽さま」

七兵衛は声をあげた。

御岳山で、歳三と真剣での奉納試合を行った、巽十三郎であった。

奉納試合の時、七兵衛は、幔幕《まんまく》の隙間から、歳三と巽十三郎との試合を見ている。

そして、この両手。

見間違えるはずはない。

「たれじゃ……」

巽十三郎が言った。

顔をあげはしたものの、眼の焦点が合っていない。

「七兵衛と申します。薬屋で――」

「ほう……？」

「どうなされました、巽さま？」

「おぬし、おれのことを知っておるのか」

巽十三郎の声は、細く、低い。

「先日の奉納試合、幔幕の隙間から覗《のぞ》かせていただきました」

「見ての通りの有様じゃ――」

「よき試合にござりました」

「ふふん……」

「剣が折れねば、いずれが勝つかはわからぬところ。巽さまの勝ちも十分あり得たかと――」

「負けは負けじゃ……」

巽十三郎は、両手を持ちあげた。

包帯を巻かれた両手を見つめ、

「これでは、剣も握れぬ。飯も、食わせてもらわねばならぬ。土方め、おれを殺しそこねやがった……」

「中村さまが、お止めなされました」

「かまわず、喉《のど》でも胸でも突いて、咄嗟《とっさ》に剣を止められなんだとでも、なんとでも、言いわけはできようものを……」

そこまで言って、巽十三郎は、七兵衛を見つめ、

「その口ぶり、その姿――土方の身内か？」

そう問うてきた。

「身内……？」

「ぬしの背負うた葛籠に、石田散薬の文字が見えておる。土方の家で、そんな薬を売っていたはずじゃ……」

「お察しの通りにござります。土方さまから、お薬を仕入れて、売り歩くのが手前の仕事で――」

七兵衛が、そこまで言った時――

「どうなされました？」

後ろから声をかけてきた者があった。

振り返ると、そこに、齢《とし》のころなら、五十歳あたりかと見える総髪の男が立っていて、

「見れば、御難儀の御様子。わたしは、鍼《はり》を専《もっぱ》らとしておりますが、これでも、川崎長庵《かわさきちょうあん》という上野原の漢方医にござります。何か、お助けできることはござりましょうか――」

――」

このように言ってきた。

しかし、七兵衛、すぐには声を発することができなかった。

男の後ろにいる女に、眼を奪われていたからである。

その女も、七兵衛に気づいて、言葉を失っている様子であった。

若い、巡礼姿の女――

「あなたは……」

と、女がつぶやいたところで、

「お浜さん……」

七兵衛は、やっと、女の名を口にした。

お浜が、そこにいる。

歳三が、御岳山の滝で、お浜と出合ったおりのことは、七兵衛も耳にしていた。

しかし、その後、お浜がどうなったかは、むろんのこと、七兵衛の知るはずのないところであった。

「どうしてここに？」

七兵衛が問う。

お浜が、何を言おうか迷っている隙に、

「おまえさんたち、知り合いかね――」

長庵が訊《たず》ねてきた。

「知り合いには知り合いなのだが……」

七兵衛は、どういう関係であるかを、口にするのを避けた。

話す内容によっては、お浜に迷惑の及ぶ可能性があるからだ。このことについては、お浜がどう語るかにまかせておけばいい。

そう思って、ここは、お浜に主導権を預けたのである。

しかし、お浜は言葉を発しない。

「わたしは、これから、この女《ひと》に連れられて、沢井の不動一刀流の道場までゆくところなのだが……」

長庵が言うと、

「机竜之助のところじゃな……」

巽十三郎が、ぎろりと眼球を動かして、お浜を見た。

「そっちは、机竜之助の身内かい。つくづく妙な縁だね……」

いったん眼を伏せ、その眼を再び持ちあげて、

「机竜之助の身内なら、教えといてやろう。あやつめ、命をねらわれてるぜ……」

やっとそう言った。

「どういうことですか、それは!?」

お浜が、ようやく口を開いた。

「どうもこうもない。詳しいことは、この薬屋に聴け。おれはな、これまで、和田の甲源一刀流の道場で厄介になっていたのだがな、今朝になって、追い出されたのさ——」

巽十三郎は言った。

「今朝？」

問うたのは、七兵衛である。

「そうよ。今日が、ちょうど、宇津木文之丞の初七日でな。こっちも、ごらんのありさまで、ほとんど身体を動かせなかったのだが、昨日あたりから、ようやく動けるようになったので、はした金を懐に突っ込まれて、追い出されたのだ……」

「お仲間では、なかったのですか——」

七兵衛が訊いた。

「文之丞が生きているうちはな。文之丞が死んで、こっちもこんなありさまじゃ、向こうだって邪魔だろう。それに机竜之助に文之丞が負けたのは、おれがつまらぬことを吹き込んだからだと奴らは思っているのでね——」

「つまらぬこと？」

「机竜之助の秘剣、音無しの構えの秘密を解いたつもりで、文之丞に教えたのさ。もっとも、おれが教えるまでもなく、そこまでは文之丞も気づいていたようだから、おれのせいばかりではないのだ。もっと、おそろしい秘密があったってことだろうな——」

「もっとおそろしい秘密？」

「ああ。それが何だかはわからないがね。だが、そんなことを奴らに言ったからって始まらねえ。おとなしく出てきたんだが、ここで動けなくなっちまったってえわけだ――」

途中、何度も息を継ぎながら、巽十三郎は言った。

すぐに手当てをしたとはいえ、傷口からは多くの血が流れ出ている。それがまだ回復していないのだ。

「机さまが、命をねらわれているというのは？」

お浜が、前に出てきてそう訊ねた。

「今日の初七日が終わったら、和田道場の連中が、机竜之助をどこかに呼び出して、闇討ちにしようって話だ――」

「いつ、どこでなのですか？」

「そこまでは知らないね。今日ってえことはなかろうが、それが、明日なのか、三日後なのか、おれにわかるものか――」

巽十三郎が言うと、お浜が、青い顔で唇を噛《か》んだ。

「参りましょう。長庵さま――」

お浜は言った。

「こちらは、診なくていいのかね……」

長庵が言った。

「心配は無用だよ。針を打ったからって、手が生えてきたり、傷口が急に塞《ふさ》がるもんじゃあない。かまわんでいい――」

巽十三郎は、もうゆけ、というように、小さく顎《あご》をしゃくってみせた。

「それでは、お先に失礼させていただきます。七兵衛さま、巽さま……」

お浜は頭を下げ、

「お大事に――」

と言い残して、もう歩き出そうとしている。

「では、ゆかせてもらうよ」

長庵は言った。

長庵が並ぶと、それを待っていたように、お浜は歩き出していた。

その背を見やっていた七兵衛に、

「あんたも、もう、行ったらどうかね」

巽十三郎が声をかけた。

七兵衛は、巽十三郎を見つめた後、何を思ったか、背から葛籠を下ろした。

中から石田散薬の包みを幾つか取り出し、

「巽さま、これを――」

それを、巽十三郎の懐の中へ入れた。

「何じゃ」

「石田散薬――酒に混ぜて飲めば、刀傷に効きます。塗り薬も入れておきました」

「放っておけばよいものを――」

「そういう性《たち》でございまして――」

「おせっかい者か――」

「よく言われます」

七兵衛は、葛籠を閉めて、また、それを背負った。

「ところで、何かあったか？」

巽十三郎が問うてきた。

「へえ……？」

「さきほど、おれが机竜之助の名前を出した時、顔色が変わったぜ。何かあったってえ顔だ……」

「ちょいとばかり――」

「それが何かとは、訊かないよ。しかし、薬の礼に、ひとつだけ教えとこう。それがそのちょいとばかりのことに、どれだけ役に立つかは知らねえがね――」

「へ、へえ――」

「甲源一刀流和田道場にね、この七日間、おれは転がされてたのだが、その間に、妙な話を耳にした……」

「どのような――」

「和田道場の奴らが、どうして、あの宇津木文之丞が机竜之助に負けたのかということについて話していたことなのだが──」

「巽さまのせいであると、言っていたと──」

「それは、直接言われたことじゃ。これから話すのは、おれの耳に、向こうから入ってきたことさ──」

「何でございます。それは──」

七兵衛は、身を乗り出した。

「机竜之助の母者《ははじゃ》だが、加絵どのと言うて、甲源一刀流鹿座間治郎兵衛の娘であったということは存じておるか──」

「はい」

それならば、試合前、和田や沢井で、あちこちを嗅《か》ぎまわっている時に知ったことであった。

「なれば、舌喰いという言葉を、耳にしたことは──」

「耳にしたことは、ござります。何でも自分の舌を喰ってしまう病《やまい》だそうで──」

「そうじゃ」

巽十三郎は、うなずき、しばらく喘《あえ》いで呼吸《いき》を整えてから、

「宇津木文之丞が敗れたは、この舌喰いによるものではないかと、和田の者が言うていたのさ──」

「と言いますと？」

「机竜之助が、母者の加絵どのと同じ、その舌喰いではないかとな」

「加絵さまが、舌喰いで、机竜之助さまも舌喰い——そこまでは、ようございまするが、どうして、机さまが舌喰いだと、宇津木さまが敗れることになるのでございましょう？」

「それは、おれにもわからぬ……」

「そもそも、舌喰いの病と言うは、自分の舌を自分で喰うてしまう病のことにございましょう。そのことが、どうして、剣の勝負に関わってくるのか……」

「だから、おれも、それがわからぬのさ。教えてやれるのは、そこまでだな。それが、ぬしらのちょいとばかりのことに、どこまで役に立つのかどうか、おれも見当がつかぬのだ——」

「左様でございますか……」

「ああ——」

巽十三郎はうなずき、立ちあがろうとした。

「巽さま」

七兵衛が肩を貸そうとするのを、

「かまうな」

巽十三郎が言った。

立ちあがれず、巽十三郎は、腰を落としたまま、石の地蔵に背を預けた。

「土方に、会うおりがあったら伝えておけ——」

巽十三郎は、七兵衛を眼だけで見あげて言った。

「何を、でござりましょう」

「敗れたおかげで、新しい工夫がなったとな――」

「新しい工夫？」

「この片手でも、振れる剣のじゃ――」

巽十三郎は、右手を持ちあげてみせた。

「いずれ、この手が治ったら、勝負を挑みにゆくとな――」

「必ずお伝え申しあげます」

「真剣でじゃ」

「はい」

七兵衛がうなずく。

巽十三郎は、地蔵の頭に右肘《ひじ》を乗せ、

「む……」

立ちあがろうとした。

その身体が震えた。

「巽さま――」

七兵衛が手を貸そうとすると、

「いらぬ世話じゃ」

巽十三郎は、自力で立ちあがった。

ふう、と息を吹き、

「ゆくか――」

そうつぶやいた。

「どちらへ？」

「沢井じゃ」

「沢井？」

「日野へと思うていたのだがな。気が変わった。あの女、沢井へ向かったのであろう。鍼生《はりしょう》を連れていたのも気になる。和田の連中が机竜之助を闇討ちしようと考えているのも心にかかっていたのじゃ。あるいは、舌喰いの謎も、そこで、わかるやもしれぬ。様子を見にゆく――」

一歩、二歩、沢井の方角へ、思いの外しっかりした足取りで歩き出し、

「何を見ている」

巽十三郎は七兵衛を振り返った。

「もう、ゆけ」

巽十三郎が言った。

「はい」

七兵衛は、頭を下げた。

そして、七兵衛は巽十三郎に背を向けて歩き出した。

和田の方角ではなかった。

今来た道を引き返す方向――日野宿に向かって――

三

「そういうことでござります」

語り終えて、七兵衛はそう言った。

「このまま、行っちまったら、ひと月あまりはもどらねえでしょうから、このこと、ぜひとも歳三さんにお話ししておかねばと――」

そう考えて、道を引き返してきたのだと七兵衛は言った。

「そういうことがあったのかい」

歳三は、歩きながらうなずいた。

和田道場の者たちが、机竜之助をねらっているということ。

お浜が、どうやら長庵という鍼生と一緒に沢井へ向かったらしいこと。

そして、巽十三郎のこと――いずれも、歳三にとっては気になるところであった。

歳三の決心は早かった。

「ならば、行かにゃあならねえだろうよ」

歳三は言った。

「行く？」

「沢井へだよう」

歳三は、きりっ、と唇を嚙み、

「お浜が行く。甲源一刀流が行く。巽十三郎が行く。そんなら、この土方歳三も行くってことだ。おもしろそうじゃねえか。舌喰いのことも、机竜之助のことも気になってたんだ。行かねえ手はねえだろう」

歳三の太い唇が嗤《わら》っていた。

四

歳三が、七兵衛と一緒に石田村を出たのは、翌日の朝であった。

途中、日野の天然理心流の道場へ顔を出し、

「近藤さん、ちょいと出かけてくる」

歳三はそう告げた。

「どこへだい」

まだ、稽古着に着替える前の近藤は、そう訊ねてきた。

本陣の、座敷であった。

近藤は、座して歳三と対面している。

七兵衛は、外で歳三を待っている。

「沢井だよ」

歳三は言った。

「沢井？」

「ああ」

歳三は、昨日のことを、短く近藤に語った。

「奉納試合の後もね、なんか、こう、もやもやしてたのさ。そこへ、七兵衛から話を聴いてさ、ちょっと様子を見に足を運んでみる気になったんだ」

「沢井で斬り合いになるなんてことはないだろうな」

「まさか――」

「そうか」

ちょっと、残念なような、ほっとしたような、そういう顔つきになった。

「おれも一緒に行こうかと思ったんだが……」

「そこまでのもんじゃあないよ」

「わかった」

近藤はうなずいた。

「おれも、そろそろ江戸の方へもどろうかと思ってるのさ。一日、二日でもどって来るならまだいるだろうが、三日となると、もう、ここにはいねえだろう——」

「沖田は……」

歳三が訊いた。

「もう、道場だよ。見つからねえように行きな。総司にゃ、おれの方から適当に言っといてやる。見つかると、また、人を斬りに行くのかと、うるせえからな——」

近藤のいかつい顔が、少し笑ったように見えた。

近藤も、いつも沖田に小言を言っているが、あの若者のことが好きなのであろう。

「じゃ、行くよ、近藤さん」

歳三は立ちあがった。

「うむ」

近藤も立ちあがる。

それで、歳三は、外で待っていた七兵衛と合流し、沢井へ向かって歩き出したのである。

途中、和田を通ることになる。

その和田の少し手前で、

「ここですよ、巽さまが休んでいらっしゃったのは——」

七兵衛は、あえて、休むという言い方をした。

その場所を過ぎ、しばらく行ったところで、人だかりがあった。

右手が玉川。
左手が、山で森になっている。
その森と道の境目あたりに、人が十数人、集まっているのである。
皆が皆、そこから、左手の森の中へ眼をやっている。
森の中に、四、五人の男たちがいる。
よく見れば、その男たちの足元に、人が倒れている。
屍体《したい》のようであった。
そこに立っている男の中に、知った顔があった。
十手持ちの、八五郎《はちごろう》であった。
丹波の赤犬の事件のおりに、やってきた男だった。
そして、その足元に倒れている男──武士のようであった。
両手に白い包帯が巻かれている。
巽十三郎⁉
「ちょいとごめんよ」
人だかりを掻き分けて、歳三は森の中へ入っていった。
七兵衛が、その後に続く。
「どうしたね」
歳三が近づいてゆくと、

「土方さま――」

屍体を見下ろしていた八五郎が顔をあげた。

歳三が、八五郎に並んでそこに立つ。

屍体を見下ろした。

間違いない。

巽十三郎であった。

眼を開いたまま、仰向けになって、巽十三郎が死んでいる。

その開かれた眼に、蠅《はえ》の産んだ卵がもう孵《かえ》っていて、蛆《うじ》が動いていた。

見れば、腰に差していたはずの、刀がない。

「その男、市兵衛《いちべえ》というのですがね。そいつが、ここでこのお屍《ろく》を見つけたんでさ――」

八五郎が言うと、屍体の横に立っていた、四十ほどの男が、

「へえ」

と、土方に頭を下げた。

こういうことらしい。

市兵衛、日野から和田へ、用事があって出かける途中、急にもよおしたというのである。

腹を下していて、朝から何度も厠《かわや》へ駆け込んでおり、出がけにもきちんと済ませてい

たのだが、このあたりにさしかかった時、急に下腹にさし込みがきて、排便したくなってしまったのだという。

街道筋でというわけにもいかないから、横手の森の中で用を足そうと考えて、入っていったら、

「ここに、このお侍さまが、倒れていたんですよ」

慌てて、八五郎を呼んで、今、ここで屍体をあらためている最中であるということのようであった。

「巽十三郎……」

歳三は、そうつぶやいた。

「御存じなのですか」

「この前の奉納試合で、おれと試合をした男さ――」

「なんと――」

八五郎は驚きの声をあげた。

「物盗りかと思《と》うのですが……」

「見立ては？」

八五郎が言った。

「物盗り？」

「博打《ばくち》か何かで、すってんてんになった野郎が、こちらの巽さま、でしたっけ、こちら

と出会った。見りゃあ、両手に怪我をしている。そんなら、相手が侍だろうと怖かあない。で、持っていた刃物で胸をひと突き――」

「胸を？」

歳三が訊くと、

「これでさ」

八五郎が、かがんで、巽十三郎の左の襟《えり》をめくってみせた。

八五郎の言った通り、巽十三郎の左胸に、刀傷があった。刀傷と言っても、斬られたものではない。

突かれた傷だ。

ただのひと突き――

それで、心の臓まで届いているとわかる。

「親分、こりゃあ、ただの刃物たあわけが違うぜ。ただの物盗りなら、いくら両手に怪我をしていたって、侍は侍だ。それに、こいつはただの侍じゃあない。凄腕《すごうで》だよ。刃物ひと突きで物盗りにやられるものか。刃物から身体を庇《かば》って、腕や、他の箇所に、幾つもの刀傷があるってえんなら話は別だが、いきなり心の臓を物盗りにひと突きにされるような、そんなたまじゃあないよ」

「なら、相手は――」

「侍だろう」

「侍？」

「手練《てだ》れだよ。かなりのな。そいつが、物盗りに見せかけようってわけで、二本差しを持っていったり、懐のものを持っていったりしたんだろう」

「懐？」

「懐に、財布はあったかい」

「何も入っちゃあおりませんでした」

「だろうよ」

「では、いったい誰が……」

「そこまでは、わからねえ」

いずれにしろ、相手は、七兵衛が入れた石田散薬ごと、懐のものを持っていったことになる。

歳三は、そこで、腕を組んで七兵衛を見た。

七兵衛は、小さく首を左右に振って、

「あたしだって、見当がつきやせん……」

そう言った。

「巽十三郎、どういうお方なんですか？」

八五郎が訊ねてきた。

「馬庭念流の人間だよ――」

「馬庭念流？」

「和田の甲源一刀流……」

と、そこまで言いかけて、歳三は首を左右に振り、

「いいや、江戸の馬庭念流神楽坂道場に、このことを伝えりゃあいい。屍体くれえは引き取ってくれるだろうさ」

そう言いかえた。

七兵衛を見やり、

「行くぜ」

歳三は言った。

「へえ」

と、七兵衛がうなずいた時には、もう、歳三は街道に向かって足を踏み出していた。

五

なんと、あっけない。

歳三は、歩きながら、巽十三郎のことを考えている。

立ち合いや、試合で死ぬのであれば、それは覚悟の上のことだ。

しかし、さきほどの巽十三郎の傷を見れば、試合のものとは思われない。そもそも、

右手は剣を握れない。試合をしたとは思われない。

て、ただの物盗りの仕業とも思えなかった。

そらく、こういったことがなければ、巽十三郎、なんとか生き残ることはできたであろう。

右手の傷は、やがて治るであろうし、治れば、いずれ、剣を握ることもできたであろう。

しかし――

あの腕前に至るまでの、気の遠くなるような修行の時間、それによって得たもの全てが、自身の死と共に、そのいっさいがこの世から消滅してしまったことになる。

その歳三の心を覗いたように、

「何だったのでございましょうねえ……」

横を歩いていた七兵衛が声をかけてきた。

「何のことだい」

歳三が問う。

「腕は失《な》くなったが、あらたな工夫がなったと、巽さま、昨日おっしゃっていました。そのことでござります」

「なんであったのかな……」

それは歳三にもわからない。

負け惜しみではなく、それは、おそらくは本当のことであったろう。

傷が癒《い》え、その工夫がなったおりには、再び真剣にて立ち合いたい――

そう言っていたはずだ。

「なんとも儚《はかな》きものにございますねえ――」

七兵衛が、溜《た》め息と共に言った。

「そんなもんだろうよ……」

歳三は言った。

七兵衛に向かってというよりは、自分に向かって言い聞かせるような言葉であった。

すでに、道は、和田に入っている。

「お待ち下さい」

七兵衛は言った。

「どうした?」

「沢井へ入る前に、ちょっと、甲源一刀流の様子を見てまいります。あちらに、ちょうど木陰がございます。そこでしばらく休んでいて下さい」

七兵衛が指差したところに、すっかり葉だけとなった桜の古木が生えていた。

その下に、小さな祠《ほこら》があって、手前にやはり小さな鳥居がある。

稲荷《いなり》の祠のようであった。

横に、座るのにちょうどよさそうな岩が、地面から顔を出している。

「歳三さんがうろうろするより、あたしひとりの方が動きやすいでしょう」

七兵衛の言う通りであった。

「わかった」

そうして、歳三は、その葉桜の下の岩に腰をおろすことにした。

七兵衛は、そこに葛籠を置き、

「では――」

すぐに姿を消した。

歳三の背に、蟬の声が、しきりと頭上から注いでくる。

半刻《はんとき》ほど過ぎたかと思える頃、七兵衛がもどってきた。

「何だか妙なことになってますぜ」

七兵衛は言った。

「妙なこと？」

「甲源一刀流の道場に、人影がほとんどございません」

「ほう……」

すでに朝稽古は終わっているはずであった。

道場に人影が少ないのは当然だが、

「小谷一郎太、渋川宗助、あたしの見知った顔もそこにございません」

「何かあったか？」

「あったようです」

「何だ？」

「近所の家に声をかけて、少しあたってみたんですが――」

「どうだったんだ」

「昨日、長庵というあの鍼生が、沢井からの帰りに、この和田の、知り合いの家に泊まっていったそうで――」

「ほう？」

長庵と言えば、お浜が連れていたあの鍼生のことであろう。

「で、その長庵が、机道場のことを、何か口にしたようで――」

「何と言ったんだい？」

「いや、何と言ったか、そこまで詳しくはわからねえんですが、たまたま、その家の若い者が、和田道場に通っていた人間で、それを耳にしたらしいんですよ。それを、和田道場に御注進に及んだようで――」

「なに⁉」

歳三が、岩から腰を浮かせ、立ちあがっていた。

「それが、昨夜のことです。どうやら、それで、今朝方、ほんのしばらく前、和田道場の者が十人ほど、何やら怖い顔をして出ていったっていうんですよ」

七兵衛は言った。

「むぅう……」

歳三が、唸《うな》る。

「沢井だな」

「あたしもそう思います」

「ゆこう」

歳三が言うと、

「どうも、剣呑《けんのん》なことになりそうですぜ。沢井へ出かけて行って、白刃のやりとりに巻き込まれるなんてえことがあるんじゃねえんでしょうか——」

七兵衛が言った。

「端《はな》っから、承知で日野を出てきたんだ。今さら、後にゃ退《ひ》けねえよ」

「なら、あたしも——」

七兵衛は、身をかがめ、葛籠を背負った。「まいりましょう」

七兵衛が言った時には、もう、歳三は歩き出していた。

六

水車小屋には、誰もいなかった。

「誰もいやせんぜ」

先に中をうかがった七兵衛がそう言うので、歳三も覗いたのだが、やはり人の姿はない。

与八という下僕の者がいるはずなのだが、その姿がどこにもないのである。もっとも、夜でも早朝でもないこの時間帯は、小屋にはおらず、屋敷の方で仕事をしているか、畑に出て草とりでもしている可能性が高い。

あちらに見える、屋敷の方へ向かった。

屋敷が近づいてくる。

「おかしいですね」

先にそれを口にしたのは七兵衛であった。

「そうだな」

歳三も、同様に考えていたところだった。

屋敷に近づいてゆけば、人の気配があるものである。

人の声がしたり、物音がしたり、煙があがっていたり、門を出入りする人の姿が見えたり——そういうものが、何ひとつないのである。

机家のものと思われる、周囲の田や畑にも、人の姿がない。

門の前に立った。

扉は、開け放たれている。

「御免《ごめん》——」

歳三は、声をかけた。

「どなたか、おいでじゃございませんか」

七兵衛も呼びかけたのだが、応答する者がなかった。

何度か声をかけ、応答する者がないのを確認して、

「御免——」

歳三は、門をくぐっていた。

七兵衛が、その後に続いた。

母屋が正面にあり、左に道場がある。

しかし、人の気配がない。

と——

何か、声が聴こえた。

人の声のようであった。

意味のある声ではない。

泣き声のようであった。

たれかが、低く、声をあげ、啜《すす》り泣いているのである。

時おり、何か言葉を発しているようなのだが、泣きながらであるので、その意味をよく聞きとることができない。

その声は、道場の方から聴こえてくる。

「あちらですね」

七兵衛が眼でうながした。

「うむ」

歳三は、道場に向かって、七兵衛と歩き出した。

戸は、開け放たれていた。

泣く声は、戸口の中から聴こえてくる。

男の声だ。

男が、嗚咽《おえつ》し、啜りあげ、そしておんおんと哭《な》いて、

「旦那《だんな》さま……」

と、時おり言葉を発しているのである。

「御免——」

歳三は、声をかけ、七兵衛と共に道場の中へ入っていった。

道場の中央に、ふたりの人間がいた。

ひとりは、あの与八という身体の大きな漢であった。

与八が、道場の中央で胡座《あぐら》をかき、太い腕で、時おり顔をこすりあげるようにして、泣いているのである。

そのすぐ前の板の上に、ひとりの人間が、仰向けに横たわっていた。

右手に、抜き身の剣を握っていた。

白髪の男――

机弾正であった。

机弾正は、喉を突かれ、そこから血を流し、仰向けになって死んでいたのである。

歳三と七兵衛は、道場にあがって、慟哭《どうこく》する与八の横に立った。

すでに、与八は、ふたりが入ってきたことに気づいているはずなのだが、顔をあげようともしなかった。

見下ろせば、眼を開いたまま、仰向けになって、弾正は死んでいる。

喉の中央に突かれた傷があり、そこから流れ出した血が床に溜まっていた。

剣で突かれたのであろうが、その傷は頭の後ろまで突き抜けたであろう。そこで、斬られた。

血の一部は、すでに固まりかけている。

すると、だいぶ長い間、与八はここで泣いていたことになる。

「何があったのだ……」

歳三が訊《き》いた。

与八は、答えずに泣き続けている。

「何があったのだ？」

もう一度問われて、ようやく与八はのろのろと顔をあげた。

歳三と七兵衛を見、また、顔を弾正の方にもどした。

「誰にやられたのだ？」

歳三が訊ねた。

「今朝、若先生と、大先生が、立ち合われて……」

そこまでつぶやいて、また、与八は泣き声をあげた。

「なんじゃと⁉」

歳三は、上から、与八の襟を摑《つか》んで、その顔を上へ向けさせた。

「弾正と机竜之助、仮にも親子ではないか。それが、どうして？」

「わかりません。わたしにはわかりません」

与八は、泣き叫び、首を左右に振った。

「いたのだろう。ぬしはこの場にいたのであろう。わからぬことがあるか」

「わかりません」

与八は、首を振るばかりであった。

この時——

歳三の脳裏に、閃《ひらめ》くものがあった。

「舌喰いだな」

歳三は言った。

左右に動いていた与八の首が止まった。

「竜之助どのの母上、加絵どのは舌喰いであったのであろう」

与八が、顔をあげて、歳三を見た。

「竜之助どのもまた、舌喰いだったのであろう。それが原因で、ふたりが試合《しあ》うことになったのだな？」

「ど、どうしてそれを――」

与八が、驚きの声をあげた。

「やはり、そうか――」

歳三はうなずいた。

直感であった。

直感であったが、そうであるとの確信があった。

それで、歳三は与八に問うたのである。

それが、的中したのだ。

しかし、まだわからないことがあった。

「教えてくれ。舌喰いとは何なのだ。舌喰いの病とは、どういう病なのだ――」

「し、舌喰いとは……」

「何だ」

しゃべりかけて、与八は口を閉じ、顔を左右に振って、

「い、痛みを感じられぬ病のことにござります」

与八は、つかえていたものを吐き出すように言った。

「加絵さまも、若先生も、生まれつき、そのお身体が、痛みを感じられない性《たち》なのです。加絵さまの血を引いたのか、若先生もまた、そのように生まれついてしまわれたのです……」

与八は、苦しげに身をよじりながら言った。

「ですから、ものを食べる時に痛みを感じぬため、自らの舌を嚙み、御自分の舌を喰《た》べてしまうのです。それが舌喰いの病でござります」

「なんと……」

歳三は、そこから先の言葉を失った。

そうか。

それが、机竜之助の秘密であったのか。

痛みを感じぬからこそ、剣が怖くない。

剣が怖くないからこそ、ぎりぎりの見切りができる。

痛みを感じぬからこそ、宇津木文之丞の突きを額に受けて、それを滑らせ、宇津木文之丞の頭を斬り割ることもできたのである。痛みを感じていたら、とても、額に傷を受けて、あのように動けるものではない。

それでは、確かに舌も傷だらけであったろう。

背に、あれだけの刀傷があったのも、あの晩、御岳の滝で自らの肩に傷をつけたのも、痛みを知るためであったのであろう。

「与八、痛みとは、いかなるものじゃ……」

与八は、机竜之助の口調を真似るようにそう言った。

「よく、若先生には、そう訊ねられました。どう説明しても、どうお話ししても、わからぬ……と――」

それで、幾夜となく、何度となく、竜之助は自分の身体の、人に見えぬところを自ら傷つけて、

「痛みを知ろうとしていたのでござります。そういう時の若先生は、とてもおそろしゅうござりました」

与八は言った。

なんとも凄《すさ》まじい、怖ろしい話であった。

「加絵どのと竜之助どのが、舌喰いの病であると知っていた者は？」

歳三は訊ねた。

「おそらく、大先生ただおひとり――」

「加絵さまの父上、鹿座間さまは、加絵さまが舌喰いの病であり、痛みを感ずることのできぬ身体であるとはわかっていたものの、その御子《おこ》である竜之助さままでが同じ病とは知らなかったのではないかと……」

「しかし、和田道場の者、たとえば宇津木文之丞は、舌喰いの病のことは知っていたの

ではないか――」

「いえ、宇津木さまや、他の方々は、加絵さまが舌喰いであるとはわかっていても、それが、痛みを感ずることができぬ病とまでは御存じなかったと思います。鹿座間さまが、おそらく皆には、そのことを上手に隠しておられたのではないかと……」

「そういうことかい――」

なるほど、宇津木文之丞が、竜之助が痛みを感ずることのない身体であるとわかっていなかったというのは、その通りであろう。

知っていれば、あのような負け方はしなかったであろう。

「もう、おひと方、若先生のお身体のことを知っていた者がござります」

「誰なんだい？」

「江戸、神楽坂の――」

与八がそこまで言った時、

「蘭方医《らんぽうい》の杉村久庵《すぎむらきゅうあん》だな」

七兵衛が言った。

「どうしてそれを？」

「その舌喰いの病のことで、時々、久庵先生のところへ足を運んでいた――そうだろう？」

七兵衛の言葉で、与八の中に張りつめていたものの全てが、消え去ったようであった。

「その通りで──」

与八は言った。

「与八だったな」

歳三は言った。

「へえ」

「あんた自身は、いつ、そのことを知ったんだい……」

「そ、それは……」

「二十年前だろう?」

歳三は、上から与八の眼を見つめながら言った。

「場所は、ちょうど、この屋敷の離れだ」

歳三は、静かにその言葉を口にした。

「生田小文吾が、和田からここへやってきた時、そこには、三人の人間がいた。机弾正、死んだ加絵どの、そして、与八、おまえがそこにいたのではなかったか──」

「その通りでござります……」

与八は、こくんと小さく頭を下げて、うなだれた。

「教えてくれ、どうして、ふたりはここで闘うこととなったのだ」

歳三が問うと、

「全て、お話し申しあげます」

覚悟したようにうなずき、

「それには、まず、若先生と宇津木さまが御岳の社で試合われたその、前の晩のことからお話し申しあげねばなりません……」

そう前置きして、与八は語りはじめたのであった。

七

机竜之助、机弾正が御岳山で宿としたのは、こがね屋という、古い宿坊であった。

与八が、一緒である。

といっても、与八は、母屋に寝たわけではない。宿の裏手にある、炭小屋を兼ねた物置の隅に場所を作り、そこに茣蓙《ござ》を敷いてその上で眠った。宿坊には、他の流儀の者たちも宿泊しており、母屋の方には、与八の眠る場所が確保できなかったからである。

その晩——

与八は、宿の前で、ずっと竜之助の帰りを待っていた。竜之助が、ここから少し下ったところにある滝までゆき、そこで水に打たれていることを知っていたからである。

そのような行に入ると、竜之助は時に、倒れるまでやってしまうことがあることを、与八はよくわかっていた。

「一緒にまいりましょう」

八は竜之助に言ったのだが、

」

そう言われてしまった。

それで残りはしたものの、帰るまでは心配で眠るわけにはいかなかったのである。

父である弾正は——

「好きにさせよ」

常々、そのように言っている。

だからと言って、与八としては、竜之助をそのままにして休んでしまうわけにもいかなかったのだ。

だが——

それにしても竜之助の帰りが遅かった。

それで、与八は滝まで様子を見にゆく決心をして、夜道を歩き出したのである。

そして、与八が滝で見たのは、倒れている竜之助に、月明かりの中で懸命に着物を着せているお浜の姿であった。

「あんた……」

お浜とは、以前、水車小屋で会っている。

誰であるかはわかったが、どうしてここにいるのか。

与八は駆けより、

「若先生――」

竜之助を抱え起こそうとしたのだが、

「よい……」

竜之助は、自ら立ちあがって、着物の乱れを直し、刀を腰に差して歩き出したのである。

宿にもどり、竜之助は母屋の方へ帰っていった。

「世話になった……」

去り際、竜之助はお浜にそう言った。

そして、お浜は、炭小屋で与八と夜を明かしたのである。

そのおりに、お浜は、与八から竜之助の身体の秘密を聴いたのである。

与八は与八で、その晩、滝で何があったのかをお浜から聴かされたのであった。

翌日――

お浜は、与八と共に、幔幕の透き間から、竜之助と宇津木文之丞との試合を見ている。

宇津木文之丞が、竜之助に斬られて死ぬのを、お浜はその眼で見たことになる。

しかし、お浜は、文之丞の死については、何も口にしなかった。

「それにだ、幔幕の外で、竜之助さまは、その病を治したいと思っていらっしゃるのですか?」

に問うた。

「そりゃあ、そうです。もちろんです」

「それならば、わたしに考えがあります」

「どのようなお考えで？」

「お医者さまを、ひとり、知っております」

「お医者さま？」

「川崎長庵さまという、上野原の鍼の先生です――」

「その先生なら、若先生を治すことができると？」

「わかりません。でも、長庵先生は、特別なお方で、不思議な鍼を打つと評判で、わたしも、一度、打っていただいたことがございます」

「不思議な鍼？」

与八は訊いた。

「鍼を打って、人を、誰でも竜之助さまのように、痛みを感じぬ身体にしてしまうことができるのです……」

お浜は言った。

「本当かね!?」

「それは、本当です。長庵先生が、竜之助さまを治せるかどうかはわかりませんが、相談してみることはできると思います――」

「それは、つまり、鍼を打って、逆に痛みを感ずることができるような身体にするということかね」

「わかりません」

お浜は、唇を噛んでから、

「わたくしは、これから山を下り、上野原へ行って、先生に相談してまいります――」

「若先生には?」

「何もおっしゃらないで下さい。もし、よいお話をうかがえれば、沢井まで先生と一緒に参りますので、それまでは内密に――」

「わ、わかった……」

与八がうなずくと、

「それでは――」

と、お浜は、竜之助の顔も見ずに、山を下りていってしまったというのである。

それから七日が過ぎ、あれはどうなったのかと与八が思っているところへ、ふいにお浜が姿を現したのである。

それが昨日のことであった。

畑仕事をした後、水車小屋で、与八が休んでいる時であった。

「与八さん――」

と、外から声があったので、外へ出ると、そこに、お浜が立っていた。

その横に、五十歳ほどの、総髪の男が立っている。

「遅くなりました。川崎長庵先生です」

お浜は言った。

「長庵でござります」

長庵は、そう言って頭を下げた。

ここに至るまで、どういう流れがあったのか。

話を聴いた時――

長庵は、お浜の言ったことに興味を持った。

痛みを感じない男がこの世に本当にいるのかと――

すぐに信じられることではない。しかし、知らない人間がそう言っているのではない。過去に鍼を打ったことのある人間、お浜がそう言っているのである。

長庵も、お浜のことは覚えている。

八王子――横川にある旅籠《はたご》、かつら屋の娘だ。八王子から上野原まで、わざわざ足を運んで治療に来たことが何度かある。

お浜は、嘘やでたらめを言うために、ここまでやってくるような娘ではない。

もしも本当なら――

それならば、ぜひ会ってみたい。

治るか治らぬか、それはわからぬことであり、治療費などはとるつもりはない。痛みを感じられぬということが、どういうことであるのか、それを、自分の眼で確認してみたい——そう考えたのである。

しかし、それが本当としても、どうして、お浜はひとりでやってきたのか。

どのような事情があるのか。

その事情について、長庵は訊かなかった。

「かつら屋の方には、何とぞこのこと御内密に——」

お浜がそう言ったためばかりではない。

好奇心の方が強かったからだ。

行くとは決めたものの、すでに、治療の約束をしている患者が何人かいる。

その患者の治療をすませ、身体を自由にしてから、長庵は、お浜と共に上野原を出てきたのである。

遅くなったのは、そのためであった。

「こちらでお待ちいたしますので、ぜひ竜之助さまにこのことお話ししていただけますか——」

「しかし……」

と、与八が迷ったのも無理はない。

内密に、と言われていたこともあって、お浜が、鍼生の長庵を沢井へ連れてくることなど、竜之助に話をしていたわけではない。

与八自身は、そのことを聴いてはいるが、あの時はあの時、今は、話をしても竜之助がここへやってくるかどうか。

竜之助が幼い頃から身近にいたとはいえ、与八にも竜之助のことがよくわかっているわけではない。

竜之助には、いまだに得体の知れぬところがあるのである。

「伝えるだけは伝えてみますが……」

与八は、心もとない様子で、水車小屋を出たのであった。

竜之助は、道場にいた。

ひとりではなかった。

父の机弾正と、道場の中央で、座して向かいあっていたのである。

すぐに、与八が声をかけることができなかったのは、そこの空気が張りつめていたからである。手で触れれば、その張りつめた空気に、指先を斬りつけられてしまうのではないかと、与八は思った。

「わかった」

弾正がうなずいた。

「何をどう弁解しても、それは詮《せん》ないことじゃ。ぬしの言う通りにしようではないか——

——」

弾正の声は、低く、抑揚がない。

どこか、淡々とした響きがある。

「明日は、人払いをしておこう。昼過ぎるまで、たれも、屋敷内に立ち入らぬようにな……」

「はい」

竜之助はうなずき、するりと立ちあがった。

そこで、ようやく竜之助と与八は眼を合わせた。

そこで、初めて竜之助は与八の存在に気づいたのか、もっと以前から気づいていたのか、それは、眼の色からはわからなかった。

竜之助が、表情を変えなかったからである。

下駄を履き、竜之助が外へ出てきた。

──大先生と、何をお話しなされていたのですか。

与八はそれを問いたかったのだが、問うことができなかった。

与八の前を、竜之助が無言で通り過ぎてゆく。

弾正は、道場の中央に座したまま、動かない。

与八は、母屋の方へ歩いてゆく竜之助を追った。

「若先生……」

その背へ声をかけると、竜之助が足を止めた。

「なんじゃ……」

「お浜さまが、お見えでござります」

与八は、弾正に聴こえぬよう、声を潜めて言った。

「お浜が……」

「実は——」

と、与八は、短く、これまでのいきさつを語った。

聴き終えて、

「では、その長庵なる鍼生もそこにいるのか——」

そう問うてきた。

「はい——」

与八がうなずくと、少し間を置いて、

「ゆこう……」

低い、感情のない声で、竜之助は言った。

「しかし、今日でよかったな——」

「何のことでござりましょう」

「明日であったら、もう、おれはここにはおらぬ……」

竜之助は、ぽつりとつぶやいた。

「どうしてです。何故、明日は、ここにいらっしゃらないのです?」

与八の問いに、竜之助は答えなかった。

「ゆこう。水車小屋だな……」

竜之助が歩き出す。

与八が後を追う。

おきゃあああ……

どこかで、あの、青い猿が哭いた。

八

「むううう……」

と、長庵が唸ったのは、ひと通り、竜之助を診てからであった。

さすがに、刃物で傷つけたりはしなかったものの、身体のあちこちに鍼を刺しては、

「痛うはござりませぬか？」

「ここは？」

などと問うた。

しかし――

「いいや」

いずれへ鍼を刺しても、竜之助は静かに首を左右に振るばかりであった。

そして、ついに、長庵が、

「無痛症のこと、話には聴いたことはござりましたが、真実《まこと》にかような病がこの世にあ

ると は——」

感に堪えぬといった声を洩《も》らしたのである。

次に長庵が口にしたのは、

「よくぞ、今日《こんにち》まで生きてこられましたなあ——」

という感慨の言葉であった。

「この病を生まれつき持った者は、いずれも幼少の頃に生命を落としてしまうものにござります。しかも、剣の達人とは、いかなる精進をなされたのでござりましょうか——」

長庵の言ったことには、もちろんきちんとした意味がある。

痛みを知らぬ身体に生まれついた者は、多くはその生命をまっとうできない。若くして死んでしまう者が多い。

そもそも、痛みとは何か。

それは、人が——いや、生命体がその命を長らえるための機構である。石が当たって痛いと感ずるからこそ、石が飛んでくれば、それを避《よ》ける。痛みを感じなければ、逃げずに傷を負う。骨がその可動域よりよけいに曲げられれば、痛い。痛いからこそ、それから逃げるように身体が動く。逃げねば折れる。

痛みが、その人の身体を守るのだ。

その痛みを感じられぬ生き物は、それが理由で結局死ぬことになる。

つまり、常識で考えれば、痛みを感じられぬ肉体を持った者が、剣の道で達人となることなど、まずあり得ないことと言っていい。

剣を避ける——というのは、斬られれば死ぬ、という感覚よりも、まず、斬られれば痛いからだ。その痛みを味わわぬために、反射的に人の身体が動いて剣を避けるのである。

斬られて、痛みも感じないというのに、剣を避ける修行をするというのでは、腕が上達するはずもないのである。

が——

机竜之助、剣の達人であり、先日も、御岳山の奉納試合で、勝利したという。

いったい、どれほどの才と、どれほどの精進が、それを可能にするのか。

それを思って、思わず長庵は、深い感慨の声を洩らしてしまったのである。

「女子《おなご》の肉体《からだ》に欲情を覚えるということはござりまするか——」

長庵は、そういうことも問うた。

「ある」

竜之助は答えた。

「お持ちのものがお勃《た》ちになることは？」

「ある」

「どのような時に？」

長庵が言うと、お浜の眸《め》が光った。

「わからぬ」

「わからない？」

「ある時、そうなる」

「ある時？」

「寝ている時、起きている時、おれは、それを選べぬ……」

「そういう時は……」

「聴き覚えたことじゃ。我が手をもちて握り、さすり、しごく……」

しかし、どうしても、どうやっても、精を放つことがないのだという。

気をやることも、少しでも気持ちのよくなるということもないのだという。

時に、石で叩き、岩で擦《こす》ろうとも、悦《よろこ》びの生ずることがない。やがて、皮がむけ、肉が傷つき、血が流れる。

狂おしい。

身を押し揉《も》む。

しかし、精を放つということがない。

「そういうことじゃ……」

お浜と与八のいるところで、竜之助は、自らの肉について、他人事のようにそう語った。

「もう、よかろう……」

机竜之助が、醒《さ》めた声で言った。

「そなたの鍼、試してもらおうか……」

抑揚のない、低い声であった。

「しかし、試すのは、ただの一度じゃ。そのただ一度、我が身体、好きにせよ……」

「承知……」

答えて、長庵はぶるりと身体を震わせた。

長庵は、竜之助を見つめ、

「机さま」

口調をあらためた。

「何じゃ」

「この長庵、無策でここまで来たわけではござりませぬ」

「ほう……」

「もしも、お浜の言うことが真実《まこと》であれば、どのような鍼を打つのがよいか、あれこれ思いをめぐらせながら、こちらまでやってまいりました」

「で？」

「幾つかの方法があろうかと思い至りましたが、ひとつしか試せぬということであれば、心に決めたものがござります」

「それは？」

「五黒《ごこく》の法にございます」

「五黒の法？」

「机さまには、華佗《かだ》という唐人の名に覚えはございましょうか――」

「漢《かん》の終わりの頃、たしか、そのような名の漢方医がいたのではなかったか――」

「それだけ御存じであれば、充分でございます」

「その華佗がどうしたのじゃ……」

竜之助が問うた。

華佗――

支那《しな》の史書『三国志』にも書かれている伝説の医師である。千八百年ほど昔に実在した人物であり、呼吸しながら身体を動かし、天地の気を体内に取り込む導引《どういん》の法を作りあげたのも、この華佗である。

民からは神医《しんい》と呼ばれ、魏《ぎ》の曹操《そうそう》の典医《てんい》となったのだが、行き違いから、曹操はこの華佗を拷問《ごうもん》にかけて殺してしまうのである。

鍼、灸《きゅう》、および外科的な手術の達人でもあり、世界に先がけて、麻酔による手術を行った人物でもあった。

「この華佗でござりまするが、『青嚢書《せいのうしょ》』なる書を著し、そこに已れの知る限りの医術について書き残しております……」

言って、長庵は自らうなずいた。

「この書を、死ぬ前にひとりの獄吏《ごくり》に預けたのですが、その妻が、それを焼き捨ててしまいました。しかし、焼け残ったところがあり、それが拾われて、今もその一部が残って伝えられているということでございます」

「それがどうしたと？」

「その焼け残ったもの、残っているとはいえ、人の手から手へ伝えられて分散し、今はどこのたれがそれを持っているのかわからぬようになっております」

長庵は言った。

「五黒の法、その焼け残った『青嚢書』の一部に記されていたもの――」

「どのような法なのじゃ」

「人には、古来より五感というものがございます――」

「うむ」

「皮膚には触覚、鼻には臭覚、耳には聴覚、舌には味覚、眼には視覚――これらを鍼を打つことによって、無きものにしてしまう法のことにございます。痛みを感ずることがない鍼を打つというのも、どうやらその一種のようで。言うなれば、五黒の法の六番目、六黒――」

「あるのか、そのような法が……」

「あると、伝えられております」

「試したことは？」

「ご[illegible]見てくだされ。触れてもわからず、臭いも感じず、聴こえもせず、味もわからない。目も見えず、痛みも感じない。これはつまり――」

「つまり？」

「屍体ということにござりましょう」

「――」

「この鍼、単に人を死者にする法のことではござりませぬか。この長庵、治療のためとあらば、患者も納得ずくなら、どのような鍼も打ちましょう。しかし、好奇のために、この鍼は打てませぬ――」

「おれにならば打つと？」

「杋さまがお望みとあらば――」

「打つのはかまわぬ。おれは、もうすでに、生きながら死者の如《ごと》きものだからな……」

そう言われて、長庵も答えるべき言葉を失ってしまった。

「で、どうするのじゃ」

「杋さまに、五黒の法をなし、次に六黒目の鍼を打って、その後、五黒の鍼を次々に抜いて、五感を蘇《よみがえ》らせ、最後に、六黒目の麻酔鍼を抜きます。蘇ってゆく五感に引きずられて、これで痛覚が蘇るのではないかと……」

長庵は、考えていることを口にした。

「なれば、ぬしの思うところを試せばよい。しかし、ただ一度じゃ……」

竜之助は言った。

長庵は、ごくりと唾を飲み込み、

「では、机さま、お召しものをお脱ぎになり、北を背にして、そこにお座りくだされませ」

そう言った。

「わかった」

うなずいて、竜之助は、そこで身につけたものを脱ぎはじめた。

与八とお浜は、そこで顔を見合わせた。

「わ、若先生——」

与八が、おそるおそる声をかけた。

「なんじゃ」

「わたしとお浜さま、ここにいてよろしいのでございましょうか。なんなら、鍼のことが済むまで外へ——」

よい」

助は、言いながら、着ていたものをはらりと足元へ脱ぎ捨てた。

ぬしらが見たものを、また、その眼に晒《さら》すだけのことじゃ……」

竜之助の、青白い、細い裸身が露《あら》わになった。

その上半身に、数えきれぬほどの刃物傷があった。もの心ついてから今日まで、竜之助が自らの身体を傷つけてきたその跡である。

「南無……」

思わず、与八は眼を閉じ、竜之助の裸身に向かって手を合わせていた。

お浜は、逆に眼を見開き、睨《にら》むようにその傷を見つめている。

気のせいか、お浜の頬は赤く染まり、呼吸もわずかに早くなっているようであった。

下帯姿となって、

「北は、こちらか——」

そうつぶやいて、藁《わら》の上に胡座《こざ》した。

長庵は、懐から、六寸ほどの長さの桐箱を取り出した。

その指が、微かに震えている。

数度、深い呼吸をして、長庵は、息を整えた。

手の震えが止まった。

「お浜どの、これを——」

その桐箱を、長庵はお浜に向かって差し出した。

歩み寄って、お浜が、両手でその桐箱を受け取った。

「そこで、そうやって、その箱を持っておいてはくれぬか——」

「はい」

お浜がうなずく。

長庵が、桐箱の蓋《ふた》を開いた。

取った蓋を、長庵は自分の懐へ入れた。

箱の中には、無数の鍼が入っていた。

鍼の長さが、それぞれに違っている。長いものでは、五寸ほどのものもあれば、二寸ほどのものもあり、その中間ほどの長さのものもあった。

まず、長庵が手に取ったのは、長さ二寸の鍼であった。

「では——」

長庵は、右手に鍼をつまみ、座した竜之助の背後に立った。

左手を竜之助の頭に当て、その指先で、髪の中をさぐった。

「人の身体の中には、経絡《けいらく》という気の通り道がござります。その経絡中に、経穴《つぼ》がござりまして、通常、鍼はその経穴に打つのでござりまするが、その経穴の中には、通常使われる十四経に属さない奇穴《きけつ》というものがござります。これより打つ鍼は、その奇穴中の、四神総《ししんそう》というところへ刺すものにござります」

長庵の左手が止まった。

人差し指が、頭頂部の一点に触れている。

「ここが、人の人たる中心、百会《びゃくえ》にござります。まず、これに……」

長庵が、そこに鍼を垂直に刺した。

「この百会を中心に、四方に四神の経穴がございます。古来〝天子は南面す〟とある通り、机さまには北を背にして南を向いていただきました。百会の左、これが東の青龍《せいりゆう》——」

そう言って、長庵は、お浜が手にした箱より鍼を取り出し、それを百会に打った鍼の左側一寸ほどのところに刺した。

「続いて西の白虎《びやっこ》——」

次の鍼を百会の右側に刺した。

「次が、南の朱雀《すざく》——」

「最後が、北の玄武《げんぶ》——」

言いながら、長庵が鍼を打ってゆく。

「次は、瘂門《あもん》……」

長庵は、長い鍼を取って、竜之助の首の後ろにそれを刺した。そこから、斜め上へ向かって鍼をさらに押し、その長い鍼のほとんどを、頭の中へ差し込んでしまった。

「この鍼、首の骨の透き間を抜けて、脳まで届いております……」

言っている長庵の額に、小さく汗が浮きはじめていた。

大きな緊張が、長庵を襲っているらしい。

しかし、長庵の動作に迷いはない。

「これよりは、華佗の隠し経絡の経穴になります——」

長庵は、次の鍼を、竜之助の背骨の下方、尾てい骨の少し上に打った。

「これが、尾呂《びろ》」

言って、長庵は、竜之助の前に回った。

長い鍼を、右手に持っている。

「次は、左右の鼻の奥にある、左涼天《きりようてん》と右涼天……」

低くつぶやいて、腰をかがめ、長庵は、長い鍼を竜之助の右の鼻の穴と左の鼻の穴に刺した。

斜め下から、斜め上へ。

「うまくゆきました……」

長庵は言った。

腰を伸ばし、

「今、机さまの脳の中で、鼻から刺した二本の鍼と、首の後ろ、瘂門から刺した鍼——三本の鍼の先が、ちょうど触れあっております——」

長庵は、額の汗をぬぐった。

「では、これより、五黒の法に入りまするぞ……」

そして、長庵は、鍼を取り出し、

「まず、眼から……」

そう言った。

「目蓋《まぶた》をお閉じ下されませ、机さま――」

竜之助が、目蓋を閉じる。

長庵が、閉じた目蓋の上から、眼窩《がんか》と眼球との間に鍼を差し込んでゆく。

打ち終えて、

「眼をお開け下され……」

長庵が言った。

竜之助が眼を開く。

「見えぬ……」

竜之助は、そう言って、また目を閉じた。

そして、次々に長庵は、鍼を打っていった。

鼻の両側から一本ずつ。

左右の耳の穴に一本ずつ。

胸の中心に一本。

舌に三本。

「これで、五黒の法がすみましたぞ……」

言っても、竜之助は、もう答えない。

舌に鍼が刺さっているためではない。

竜之助の耳は、すでにどのような声も音も聴こえなくなっていたからである。

竜之助の肉体からは、全ての感覚が失われていた。

竜之助は今、人のかたちをした虚《うつろ》であった。

「では、最後、六黒、麻酔鍼を合谷《ごうこく》に打ちまするぞ……」

もう、竜之助に声が届いていないのを承知で、長庵は言った。

自分に言い聞かせるつもりの言葉であった。

合谷——

左右の手に、ひとつずつある経穴である。

人差し指と親指の付け根——二本の指の合わさる場所——その谷の奥、人差し指の付け根よりのところに、この合谷があるのである。

長庵は、竜之助の左の手を取り、鍼を打った。

次が右手であった。

全ての鍼を、長庵は打ち終えた。

額の汗をぬぐい、長庵は小さく息を吐いた。

「済みましたぞ——」

ずっと、なりゆきを見守っていたお浜と与八も、これまで息をするのを忘れていたかのように、ほっと息を吐き出し、大きく息を吸った。

「これから、どうなさるので?」

与八が訊いた。

「合谷を残し、刺したのと、逆の順で、鍼を抜いてゆきます──」

長庵が言った。

「それで、竜之助さまの病、治りましょうか？」

お浜が問う。

「わかりませぬ。わたしとしては、思うところをやりました。これで治らねば、これはもう、わたしの手に負えるものではないということです……」

竜之助は、座したまま、虚としてそこにある。

すべての感覚が失われているはずなのに、竜之助はその姿勢を崩さなかった。眼を閉じ、座した姿のまま、動かない。

それから、数度、長庵は呼吸し、息を整え、

「では、抜きまするぞ──」

そう言った。

そして、長庵は、先ほど刺したのとは逆の順で、竜之助の身体から鍼を抜いていったのである。

尾呂、
瘂門、
四神総、

次々に鍼を抜いてゆき、左右の合谷のみが残った。

「眼をお開け下され。わたくしの声が聴こえまするか、机さま……」

「聴こえる……」

竜之助は眼を開き、

「見える……」

そうつぶやいた。

「では、机さま、手をそろえて、これへ——」

言われた竜之助、手をそろえて前へ差し出した。

合谷に打たれた二本の鍼を、長庵は、左右の手の指でつまみ、

「抜きまするぞ」

呼吸を整え、同時に引き抜いていた。

長庵の左右の手に、鍼が光っている。

お浜と与八も、息を止めて竜之助を見つめている。

「いかが……？」

長庵が問う。

「わからぬ……」

竜之助は、細い息と共に言った。

長庵は、鍼を、お浜が持っている箱の中にもどし、懐から、細い竹筒を出した。

中から右手で取り出したのは、錐のように細い小刀《ちいさがたな》のようなものであった。

「これは、人の身体より、汚血を抜く時に使うものでございまするが……」

言いながら、長庵は、左手に持った竹筒をお浜に預け、空いたその手で竜之助の右手を取った。

「御免――」

言って、長庵は、竜之助の右手の甲に、その小刀の鋭い先を浅く潜り込ませた。

長庵は、竜之助の顔を見、

「いかが⁉」

そう問うた。

竜之助は、小さく頭《かぶり》を振った。

「何も感ぜられぬ……」

長庵は、そのまま、竜之助の顔を無言で見つめている。

竜之助が、また、小さく首を左右に振った。

長庵は、小刀を抜き、

「申しわけござりませぬ。お役に立てませなんだ……」

竹筒を取って、中に小刀をしまい、懐から布を取り出して、竜之助の手の甲に小さく膨らんできた血の玉をぬぐった。

「よい……」

竜之助は言った。

「そなたのせいではない……」

竜之助は立ちあがり、脱ぎ捨ててあったものを手に取り、それを身につけてゆく。

お浜も、与八も、言葉もなくそこに立っている。

「机さま——」

と、長庵は、地に膝《ひざ》をつき、両手をその先へ置いた。

「何じゃ……」

「これは、言いわけではございませぬが、鍼というものには、陰鍼《かげばり》というものがございます——」

「陰鍼？」

「はい。どのように効く鍼を打ちましても、まったく効かぬということがございます。そういう時に、この陰の鍼を打つことで、初めてこの効《こう》が現れるということがあるのでございます……」

「ほう……」

竜之助は、帯を締めながら、長庵を見下ろした。

「しかし、その陰鍼、どこに打つのか、それまでに打った鍼によっても、人によっても、それぞれ違うと言われております。また、言われているだけで、これは、わたくし自身が見聞したり体験したりしたものではありませぬ。そのような陰鍼が、机さまの御病気と、わたくしの打った鍼にあるのかどうかもわかりませぬが、その最後の鍼のひと打ちによって、病の癒えることも、もしや、あるやもしれませぬ……」

「もう、よい……」

竜之助は、首を左右に振った。

「よいのじゃ、長庵、お浜、与八……」

竜之助は、ひとりずつに視線をめぐらせた。

「最後に、華佗の法を試すことができたのじゃ。心残りは、ない……」

「最後？」

と、声を発したのは、お浜であった。

「それは、どういうことでござりましょう」

「おれは、明日、出てゆく……」

「出て……？」

「そうじゃ。この沢井を出て、もう、帰らぬ……」

「何故でござりまするか。どうして——」

問われて、竜之助は押し黙った。

刀を腰に差し、

「興味がない……」

そう言った。

「興味？」

「甲源一刀流にも、不動一刀流にも……」

「出て、いずれへ？」

「江戸へでもゆこうか……」

「江戸？」

「うむ」

「そ、それは……」

「それがどうした」

「お危のうござります」

「危ない？」

「途中、和田を通ります」

「和田を通ると、何故危ないのじゃ」

「今日、こちらへ来る時に耳にしたのでござりまするが、甲源一刀流和田道場の者たちが、竜之助さまを闇討ちしようと考えているとの噂にござります」

「心配はいらぬ……」

「それは、何故でござりましょう」

「和田は、通らぬ。通れば厄介ごとがありそうな気がしてな——」

「では、どうやって？」

お浜は問うた。

「峠越えじゃ」

竜之助は言った。

「峠を？」

「大菩薩峠を越えて、甲州へ抜け、甲州より江戸へ向かうつもりじゃ……」

大菩薩峠を越えるというのは、甲州裏街道を、いったん江戸とは反対方向に向かうということになる。これなら、和田を通るということはない。

「でも……」

と、お浜が言いかけたところへ、

「机さま、お浜さん……」

長庵が声をかけてきた。

見れば、もう、帰り支度を整えている。

「明日には、また、患者がやってまいります。わたくしは、もう、ゆかねばなりません。途中、知り合いの家に宿を借りて、翌日の昼には、もう、上野原へ着いていなければならないのです。わたくしの腕がつたなかったばかりに、皆さまのお役にたてなかったこと、もうしわけございませんでした……」

長庵が、頭を下げた。

「そんな……」

お浜が言えば、

「わたくしは、これにて失礼いたしまするが、何かござりましたら、いつでも、上野原のこの長庵をお訪ね下されませ――」

長庵は、そこで、丁寧に頭を下げ、水車小屋を出ていったのである。

机竜之助、与八、お浜の三人が、そこに残った。

「お浜、おまえはどうするのじゃ。長庵と共にゆかぬでよいのか――」

竜之助が言った。

お浜は、そこで、固く押し黙ったまま、唇を嚙んでいる。

「お浜……」

竜之助が、再度声をかけた時、

「竜之助さま――」

覚悟を決めたように、お浜が顔をあげた。

「明日、江戸へ発つと言われるのなら、どうぞ、このお浜もお連れ下されませ」

聴きまちがわれぬよう、はっきりと、その言葉をお浜は口にした。

「なんと……」

「お浜は、もう、家には帰れませぬ。このまま、わたくしを一緒に江戸までお連れ下されませ――」

「できぬ相談じゃ……」

竜之助は言った。

「何故？」

「このおれは、それがどのような女子《おなご》であれ、一緒に暮らしてゆける人間ではない……」

「一緒に暮らして欲しいと言うてはおりませぬ。江戸まで、共に……」

「できぬ」

竜之助の言葉は、低く、強い口調ではないが、他の答えのありようのない響きがあった。

「それにな、おれは、明日、死ぬやもしれぬ身じゃ……」

竜之助は言った。

「い、今、何と申されました？」

お浜の声が大きくなった。

「明日、死ぬやもしれぬと言うた」

「それは、いったいどういうことでござりますか」

「明日、おれは、父上と立ち合うこととなった……」

その時、

「ひえっ」

と、声をあげたのは与八であった。

「お、大先生と!?」

「そうじゃ。明朝、真剣にて立ち合う……」

「で、では、さきほど道場で大先生と若先生がお話しされていたのは――」

「そのことじゃ。負ければ死ぬ。勝っても出てゆく。いずれにしろ、明日ある身ではない――」

「何故――どうしてそのようなことに?」

お浜が問うた。

「言うても詮ないことじゃ……」

「それは、先日、ここでこの与八めが言うたことが原因でござりましょうか――」

与八が言った。

竜之助は、小さく首を左右に振り、

「運命じゃ……」

そう言って、水車小屋の外に出た。

それを追うように、お浜と与八が外へ出た。

その時――

「おげえええっ」

という声が聴こえてきた。

人の叫び声――それも、断末魔の時に、人があげる声であった。

竜之助の屋敷の方角から、その叫び声は聴こえてきた。

「い、今のは⁉」

与八が、竜之助に言った。

竜之助は答えずに、屋敷の方に向かって歩き出していた。

それに、お浜と与八が続いた。

門をくぐり、そして、道場に入った。

そこで、三人が見たのは、胸を朱《あけ》にそめて仰向けに倒れている巽十三郎と、その横で、血に濡《ぬ》れた剣を持って立っている、机弾正の姿であった。

九

「ということは、つまり、巽十三郎を斬ったのは、机弾正であったということか――」

歳三は、与八に訊ねた。

「左様でござります」

涙が半乾きになった眼を、右手の甲でこすり、与八はそう言った。

前後のことから考えるに、お浜と長庵より遅れて沢井に着いた巽十三郎は、長庵が竜之助の治療をしている最中に水車小屋の前を通り過ぎ、屋敷の方へ、単身たどりついたのであろう。

「しかし、何故、机弾正が巽十三郎を殺したのだ」

歳三が訊くと、与八が答えた。

「大先生は、こう言われました。自分と、巽十三郎は、立ち合ったのであると。その結果として、巽十三郎は死んだのであると——」

「しかし、巽十三郎は、剣はおろか、木刀、竹刀すら持てぬような状態であったはずだ。まさか、そんな状態で立ち合う必要があったのかい」

これは、七兵衛が訊ねた。

「それが、違うのでござります」

「何が違うと?」

「巽十三郎さまと立ち合うたのは、慈悲であったのだと——」

「机弾正が言ったのかい」

「ええ」

与八がうなずく。

「どういうことなんだ」

「こういうことで——」

それで、与八は、机弾正から聴いたという、試合のいきさつについて、語りはじめたのであった。

十

そう言って、巽十三郎が道場に入ってきた時、机弾正は、まだそこに座していた。

「たれじゃ——」

と弾正が見やれば、道場の戸口に巽十三郎が立っていたというのである。

「ぬしか」

弾正は言った。

巽十三郎とは、奉納試合より前に、御岳の社で顔を合わせている。

斬らせてもらう——

巽十三郎は、その時、そう言っていたはずだ。

その巽十三郎が、血の気のない、青白い肌をして、そこに立っているのである。

すがるものがなければ、倒れてしまいそうな様子であった。

「何の用じゃ」

弾正が問えば、

「見物に来たのじゃ……」

巽十三郎は言った。

「御免……」

「甲源一刀流和田道場の者たちが、机竜之助を闇討ちしようとしておる……」

しゃべりながら吐く息が荒い。

「見物？」

「ほう？」

「放っておこうと思ったのだがな、気が変わった……」

「どういうことかな」

「見物したくなったのさ」

「見物？」

「そうだ、あの机竜之助が、どう剣を操るのか、見たくなったのだ」

巽十三郎は、そこで、よろけた。

半分開けられた引き戸に手をあてて、それで、やっと倒れるのを支えた。

「机竜之助も、あんたも、いずれおれが斬らねばならぬのでな。剣捌《さば》きを見ておきたいと思うたのさ――」

「その身体でか？」

「よき工夫がなったのでな……」

巽十三郎は、そう言って、道場の内部を見回した。

「よい道場ではないか――」

「ふふん」

「この道場、手に入れ損なった……」

「なに⁉」

「おれが、土方に勝ち、宇津木文之丞が竜之助に勝つ。残るのは、おいぼれのあんたひとり。おれがここへ乗り込んであんたと試合うて勝てば、この道場、もとの甲源一刀流にもどし、おれがもらうつもりでいたのさ……」

「夢物語じゃな」

「まあな。我らのような浪人者は、夢でも喰《くら》わねば、生きてゆけぬからな」

「欲しければ、この道場、ぬしにくれてやろうか」

「なんじゃと⁉」

「欲しくば、この道場、ぬしにくれてやろうと言うたのさ」

机弾正は言った。

「本気で言うておるのか」

「本気さ」

「このおれをたぶらかすなよ」

「明朝、儂《わし》は、我が息子と真剣にて立ち合うことになっておる……」

「なに⁉」

と、巽十三郎は、弾正を見つめ、

「嘘ではないらしいな……」

そうつぶやいた。

「嘘なものか。明日、儂が勝てば、この道場を継ぐ者がいなくなる。竜之助が勝てば、もはや、竜之助を止める者がいなくなる。竜之助は出てゆき、この道場はそれで終《しま》いじゃ――」

「終い、とな……」

「この儂は、これまで思うがままに生きてきた。それなのに、倅《せがれ》が思うままに生きようとするのを止めようとしている。親とは、馬鹿な生き物じゃ……」

「親だけではない。人が、皆、馬鹿なのじゃ……」

「おい」

「なんじゃ」

言って、弾正は立ちあがった。

「ぬしの顔、死相があらわれておる」

「死相……？」

「そういう相が顔に出ている者は、もう長くない。今夜ひと晩はもつまいよ」

「――」

「せっかく見物に来たのじゃ。これから我らに起こることを見せてやりたいが、それは叶うまい……」

「わかっておるさ、自分の身体のことだからな」

巽十三郎が、しぼりだすように言った。

「あがれ」

弾正が言った。

「あがる」

「道場に」

「どういうことだ？」

「立合え」

「あんたとか――」

「そうだ」

うなずいて、弾正は、巽十三郎を見た。

「浪人とは言え、武士は武士じゃ。道端でのたれ死にさせるわけにもゆくまいよ。儂に斬られて死ね――」

「ありがたい申し出じゃな――」

「死にに来たのであろう、ぬし……」

「ふん」

巽十三郎が、道場にあがってきた。

「よいところへ来た。明日の試合前に、誰ぞひとりくらい、斬っておきたいと思うていたのじゃ――」

「そこへ、おれが来たというわけか……」

「もしも、儂に勝ったら、明日、儂の代わりに竜之助と立ち合え。竜之助に勝てば、この道場、ぬしのものにすればよい」

「おもしろい」

巽十三郎は、嗤った。

強烈な笑みが、その口元に浮いた。

「わが工夫、まだ試したことはないが、見せておこう……」

凄みのある声で、巽十三郎は言った。

「ぜひ」

机弾正が、低い声で言う。

「これが、およぶかおよばぬかは、もはや、我の気にするところではない。これを見せる相手あって、よかったと、今は天に感謝しておこうよ……」

「おも[illegible]し、おもしろし……」

机弾正[illegible]うなずく。

「剣は？」

「抜いてく[illegible]」

巽十三郎に[illegible]れて、

「御免」

机弾正が、巽十三郎の腰から、ぎらりと刀を抜き放った。

巽十三郎は、右手に巻かれた包帯を、歯で嚙み、ほどいてゆく。

はらり、と包帯が落ちた。

その下から現れたのは、不気味な手であった。全体が、紫色に膨れあがっている。

親指がかろうじて繫がっているのだが、もう、そこに血が通っていないのは明らかだった。そこからは、腐臭が漂っている。

そして、膿《うみ》。

肉と肉が荒っぽく縫い合わされているが、その親指側の肉が死んでいるのは明らかだ。骨も、繫がってはいまい。

なんとか、人差し指、中指、薬指、小指の四本は、血が通っているらしい。

「剣を……」

その右手を、巽十三郎が伸ばした。

「すまぬが、落ちている包帯で、おれの手を、剣に縛りつけてくれぬか——」

「わかった」

机弾正が、血と膿で汚れた包帯を拾って、歯で嚙み、口にぶら下げた。

巽十三郎が、右手を剣の柄に当てる。

「指を——」

巽十三郎が言った。

「うむ」

机弾正が、巽十三郎の指を、剣の柄に巻きつけ、その上から包帯で縛りつけてゆく。

巽十三郎が、歯を嚙んで、痛みをこらえている。

不思議なことに、この間に、巽十三郎の顔に、生気がもどってきた。

「すまぬ。それでよい……」

巽十三郎が言った。

剣を縛りつけられた腕を持ちあげる。

「なんとか、ひと振りくらいはできよう……」

巽十三郎は、剣をひと睨みした。

「弾正どの、一度しかできぬ……」

巽十三郎が言った。

「どのような手で参られようとかまわぬが、我が身体に気力の残るうちに、頼む――」

「承知――」

うなずいて、弾正が、つつつ、と退《さ》がって剣を抜いた。

青眼《せいがん》に構えた。

巽十三郎はと言えば、弾正の正面に立って、浅く腰を落とし、左足を軽く前に踏み出した。

刃先は、剣先を下にして、切先を道場の床に立てた。

刃先は、弾正の方へ向いている。

手のない、包帯の巻かれた左手首を、軽く柄頭《つかがしら》にそえた。

「なんと……」

弾正が、賛嘆の声をあげた。

なんとも奇怪なる構えであった。

「いつでも参られよ」

巽十三郎は、そう言って、唇を閉じた。

もう、言葉はない。

巽十三郎は、静かに鼻で呼吸するばかりである。

つうっ、
と、机弾正が、左へ動いた。

巽十三郎から見た場合、右方向である。

つつ、
と、巽十三郎が、左へ動く。

剣の刃は、机弾正に向いている。

机弾正は、小さく息を吸い、小さく吐いた。

その呼吸がどんどん小さくなり、しまいには、呼吸をしているのかいないのか、わからなくなった。

弾正が動いた。

「けええっ！」
だん、
と、足で床を蹴《け》って前に出る。
前に出ながら、剣を振り下ろす。
「ていっ！」
ほとんど同時に、巽十三郎が動いていた。
前に出ながら、こちらを向いている剣の峰を、右足の中足《ちゅうそく》で蹴りあげたのである。
切先が蹴りあげられて、弾正の方に向いていた。
その切先が、弾正の胸に届くかと見えた時、
きいん、
巽十三郎の剣が、弾正の剣によって、横にはじかれていた。
そして、そのまま弾正は剣をもどして突いてきた。
一連の動作であった。
弾正の剣が、巽十三郎の胸へ潜り込んでいた。
「おげええええっ」
という巽十三郎の声が、ふいに止んだ。
弾正の剣の先が、心の臓に届いたのである。
弾正と、巽十三郎が、動きを止めて、見合った。

「おみごと」

巽十三郎が、笑った。

その眼が、くるりと裏返って、巽十三郎は仰向けに倒れていた。

もう、呼吸をやめていた。

道場の床に仰向けになって、巽十三郎は死んでいたのである。

「おそるべし、巽十三郎……」

剣を下ろしながら、弾正はつぶやいた。

もはや、剣が持てぬその状態から、どうやって剣を操るか。そればかりを、手を失くしてからずっと考えていたのであろう。

それが、剣を蹴ることであったのだ。

剣を蹴りあげ、切先を相手に向け、前に踏み込む。そのまま、突きの攻撃になる。

しかも、足は手よりも力が強い。

蹴りながら、柄頭を左手首で引けば、より速く剣が持ちあがることになる。

しかし、守らぬ剣だ。

敵の攻撃を剣で受けようがない。敵が間合いに入った時、守らずにただ突くだけの剣である。それだけに、おそろしい。

もしも、巽十三郎が、どこにも怪我を負っていない通常の状態でこの技を使っていたら——

おそらく、自分は、向かってきた剣をはじききれなかったのではないか。

まともに突かれることはないにしても、身体のどこかに、切先が届いて、傷を負っていたかもしれない。

そうなったら、勝負の行方はわからないところだ。

しかし——

勝ち、生き残ったのは、机弾正であった。

「凄まじい男であった……」

弾正がつぶやいた時、人の気配があった。

道場に、三人の人間が入ってきた。

机竜之助、与八、お浜であった。

十一

「それで、夜、わたしが巽さまの屍体を菰《こも》にくるみ運んで捨てました。大先生からは、山の中へでも埋めよと言われていたのでございますが、おそろしゅうておそろしゅうて、埋めずにそのまま置いてきたのでございます……」

与八は、身を震わせながら、歳三と七兵衛にそう言ったのである。

その晩、与八は、水車小屋でお浜と眠った。

お浜が板の間で、与八は土間の方へ藁を敷いて横になったのだが、眠れなかった。同様に、眠れぬお浜が声をかけてきて、明け方近くまで、与八は、机竜之助と、その母加絵について、自分の知るところを語ったのだという。

「この前聴いた話では、加絵どのが亡くなられた時、おまえは、そこにいたということだったが――」

歳三が言う。

「は、はい……」

「その時、何があったのか教えてくれ……」

言われた与八は、倒れている弾正を見、そして、

「いま、これを話したからといって、もはや、ならぬと言う方はおられません……」

まるで、弾正に許しを乞《こ》うような口調でつぶやいた。

「よろしゅうございます。何もかもお話し申しあげましょう……」

「うむ」

歳三がうなずく。

「加絵さまが、こちらへお輿《こし》入れなされた当初、大先生は、おそらく加絵さまが舌喰いであることを、御存じなかったと思われます」

「ほう……」

「わたしも、幼くて、男と女の機微やら何やら、想像もできぬ頃でございましたので…

……」

「だろうな」

「ですから、これから申しあげることは、後になって見聞きしたことや、他の者の話などを小耳に挟んだりしながら、こういうことであったろうと、わたしが推察したことなどが多く交ざっております。それを、お含みおきの上、わたしの話を聞いていただければと思います……」

そう前置きをして、与八は語りはじめたのであった。

十二

弾正が、加絵が舌喰いであることに気づいたのは、竜之助が生まれてしばらくしてからであった。

弾正は、人一倍、精の強い男であった。

全身から精気を滴らせ、歩いたその後に、弾正の身体からこぼれ落ちた精気の汁が跡を残すかと思われるほどであった。

弾正は、夜毎《ごと》、身重《みおも》の加絵を抱いた。

毎夜抱きながら、奇妙であったのは、加絵が声をあげぬことであった。

最初は、男と女のことに、まだ慣れてはいないからであろうと思っていたのだが、それにしてもおかしい――そう思うようになったのである。

やがて、加絵は子を産んだ。

男の子であった。

竜之助と名づけられた。

泣かぬ子であった。

泣くとすれば、乳を欲しがる時くらいであった。

いつも静かだ。

不思議な幼児であった。

泣かぬかわりに、笑うこともしない。

弾正にしても、初めての子である。子とはそういうものかと思った。弾正が理解している世間の子とは違うが、子とは子それぞれで、長ずるに従って、普通の子になってゆくのであろうと。

弾正にしてみれば、普通であるよりは、普通でない方がよいと思っていたので、それほど気になることではなかった。

子のことよりは、己れの剣の腕を磨くことの方に関心があったのである。

ただ、加絵のことは気になった。

竜之助が生まれて、五日目には、もう、弾正は加絵を抱いた。加絵はいやがったが、弾正は容赦しなかった。弾正にとって、女とは、ものであった。男を産ませるための機能として存在し、自分の肉の裡《うち》から湧きあがってくる精力の捌《は》け口として存在するものであった。

女として、加絵に惚れたというよりは、師である鹿座間治郎兵衛の娘であったから、自分のものにしたというところが大きい。

あとは、女であればよい。

が——

一年たっても、加絵の反応がない。

当初は、男と女のことに、まだ身体が慣れていないからであると思い、孕《はら》んでからは、腹の中に、子があるからであろうと思っていた。

竜之助が生まれてからは、子を産んだばかりの女は、まだ、身体が男から悦《よろこ》びを受ける準備が整うておらぬからであろうと考えてきた。しかし、さすがに、竜之助が生まれて一年にもなるというのに、加絵に女の反応がないことを、不思議に思いはじめていた。

もちろん、弾正は、加絵以外にも女を知っている。

弾正の知っている女は、男に貫かれれば、全身で悦びを表現する。もちろん、女によって、反応はそれぞれだ。悦びを控え目に表わす女もいれば、耐える女もいる。

それこそ、貫かれて、狂ったようにのたうちまわる女もいる。

下半身を、生きながら獣に貪《むさぼ》り喰われているように、呻《うめ》き、悶《もだ》え、泣き叫ぶ。

そういうのを女と言うのであれば、加絵は女ではない。

ある時――

竜之助が、二歳くらいの頃であったか。

道場で稽古をしていて、何かの用事を思い出し、母屋にもどったことがあった。

その時、弾正は、奇怪な光景を見た。

加絵が、座している竜之助の前に正座して、何かをしているのである。

何か、動作が奇妙であった。

竜之助は、全裸であった。

加絵の右手に、光るものがあった。

それが、針であるとわかった時には、弾正も驚いた。

加絵は、その針で、竜之助の身体を突いていたのである。

「何をしている？」

弾正が声をかけた時、加絵は慌てて竜之助を抱いて、袖《そで》でその身体を隠した。

「見せよ」

いやがる加絵から、無理やり竜之助を引きはがしてみれば、その全身に、無数の、小さな刃物傷があったのである。

「何じゃ、これは？」

「掻き傷にござります。この子は、身体が痒《かゆ》いのか、自分で自分の身体を掻いて、爪で、このような傷を作ってしまうのです……」

自分の爪で、そのような傷がつくものなのか。

第一、傷は、その背にまで及んでいるではないか。それに、今、確かに加絵は、竜之助の肌を、針で突いていたはずだ。

しかし、弾正は、それ以上の追及をしなかった。

まさか、痛みを感ずることのない病がこの世にあるとは思っていなかったし、子の竜之助が、自分と同様の病に侵されているのかどうかを確認するために、母の加絵が我が子を針で突いていようとは、夢にも考えていなかったのである。

しかし、その疑惑がだんだん大きくなっていったのは、竜之助に怪我が多いことに気づいてからであった。

五歳の時から木刀を持たせていたのだが、その頃、竜之助が、外から傷だらけになって帰ってきたことがあった。顔に切り傷が幾つもあり、頭には瘤《こぶ》を作り、顔と言わず、手足と言わず、青痣《あおあざ》だらけであった。

近所の子供と、竹の棒で遊んで打ち合っていたら、そうなってしまったというのである。

異様な光景と言えた。

「痛くないのか」

弾正が問うた。

「痛い？」

「なに!?」

竜之助が言った。

無垢《むく》な眸《め》で、竜之助が弾正を見ている。

「おまえ、痛みを知らぬのか⁉」

「痛みって、何⁉」

その言葉には、人をぞっとさせる響きがあった。

この時も、まだ、弾正は半信半疑であった。

痛みの感覚がないのだとは思わなかった。

痛みは感じているのだが、それを、痛みと呼ぶことを知らないのだと思っていた。

六歳の時、竜之助が庭で遊んでいた。

独りである。

手に、小刀《ちいさがたな》を持って、何かしているのである。

近づいて、後ろから、弾正はそれを覗き込んだ。竜之助は、右手に持った小刀で、左手をほじっていたのである。

肉が見え、血が溢《あふ》れ出している。

左手は血だらけだ。

見ていると、小刀を持った手から、人差し指を突き出して、その指先を、その傷口に突っ込み、その肉を、みりみりとつまみ出した。

竜之助は、そこでようやく、弾正に気がついた。

「父上……」

弾正を見あげ、

「綺麗ですよ、紅《あか》くて、本当に綺麗ですよ……」

おそらく、父弾正にその時初めて、竜之助は微笑してみせたのである。

そして、ようやく、弾正は、自分の息子の体質に気づいたのであった。

「気づいていたのだな」

弾正は、加絵を呼び、そう言った。

加絵はうなずいた。

それで、弾正は、加絵がどうして、竜之助の身体を針で突いたりしていたのか、その理由を知ったのである。

竜之助の身体の異常に、母である加絵は早くから気づいていて、それで、針で突いて、確認していたのだ。

「どうして黙っていた……」

「言えませんでした」

加絵は言った。

「いつか、齢がゆけば治るかもしれぬと思っておりました……」

それで、これまで、このことがたれにも知られぬよう、竜之助を庇いながら育ててきたというのである。

「言うなよ」

弾正は言った。

「このこと、たれにも言うでないぞ。この机弾正の跡とりが、このような子であること、たれにも知られてはならぬ」

そして、ふたりは、竜之助の病のことを、人に知られぬようにして、竜之助を育ててきたのである。

痛みばかりではない。

竜之助は、熱さについても、感覚がなかった。

教えたのは、手で火に触れぬことであり、触れた場合は、他のたれもがするように、

「熱い」

そう言って、手をすぐにそれから放すこと。

湯などは、一度、煮えた湯を飲んで、口と喉をただれさせてしまったことがある。

以来、湯は、たれかが周囲にいれば、そのたれかが飲むのを待ち、そのたれかが飲むようにして飲めと。

何かに、強く身体をぶつけたり、怪我をした時は、

「痛い」

そう言わねばならぬと。

そして、剣も教わった。

木刀を当てられて、痛いということがなかったので、平気で踏み込むことができる。そのかわりに、打たれた。

剣が怖くなかったからだ。

その分、上達もしたが、勝負はいつもきわどい紙ひと重の差で決着することが多かった。

子供ながら、おそろしく、異様な剣であった。

七歳の頃には、以前から道場に通っている十歳、十二歳の子供でも、すぐに竜之助にはかなわなくなった。

竜之助が、八歳の時——

弾正は、知った。

竜之助だけでなく、その母である自分の妻、加絵もまた、竜之助と同様の病の持ち主ではないのかと。

本来であれば、竜之助の様子がおかしいとわかった時に気づくべきことであった。

それがわからなかったのは、抱いて、自分が精を放てばそれでよいという、弾正の性癖にもよるが、剣のこと——つまり、強くなることに、心を奪われていたからである。

逆に、加絵を疑うようになったのは、剣を学んでいた弾正であるからこそのことであった。弾正が気づいたことというのは、それは、形であった。

煮えている鍋《なべ》に指先で触れた時、いつも、加絵は同じ動作をする。

指先で鍋にいったん触れ、驚いたように指先を放し、その指先で自分の耳たぶをつまむのだ。熱いものに触れた時、まだ、その温度が残っている指先を冷やすため、人間は自分の身体でも温度が低い場所——耳たぶをつまむのだ。

その動作が、いつも同じであること——つまり形があることに弾正は気づいたのである。

幾ら熱いとはいえ、煮たっている時とそうでない時、鍋の温度はその時その時違うはずなのに、加絵の動作はいつも同じなのだ。その時の温度に応じて、手を引っ込める動作は速くもなるし、大きくもなる。それが、いつも同じ速さで、動作の大きさも同じなのだ。

試しに、それに気づく度に、それとなく、加絵の触れた鍋や鉄瓶《てつびん》などに指で触れてみた。それでわかったのは、確かに湯気はあげているものの、それほど慌てて指先を放さなくともよい温度の時もあったことであった。

もしや、加絵も、竜之助と同じ病なのではないか。

しかし、弾正は、それを直接加絵に問うたりはしなかった。

疑念が深まった時、弾正は、加絵を試すことにした。

離れの火鉢に炭をおこし、それが充分赤くなった時、五徳《ごとく》を置いて、その上に鉄瓶を載せたのである。

湯が沸いて、鉄瓶から激しく湯気があがるようにしてから、加絵を呼んだ。

しばらく話をして、

「湯が飲みたい」

そう言って、加絵に、湯呑みを取りにやらせ、その間に、懐に隠しておいた、水の入った瓢箪《ひょうたん》から鉄瓶に水を入れて、湯の温度を下げた。しかし、鉄瓶の口からほどよく湯気があがるようにはした。

加絵がもどってくる頃あいを見はからって、懐から手ぬぐいを出し、それを瓢箪の水で濡らした。その濡れた手ぬぐいで、鉄瓶の取手を包み、そこの温度を下げた。

加絵がもどってくる前に、弾正はその手ぬぐいを懐に隠した。

加絵が湯呑みをふたつ、盆に載せてもどってきた。

「湯を――」

弾正が言うと、

「はい」

まず指先を、鉄瓶の取手に伸ばし、右手の指先で触れた。

「あ……」

と小さく声をあげ、弾正の知っている型通りに、加絵は右手の人差し指と親指で、右の耳たぶをつまんだ。

次に、着ていたものの袖を持ちあげ、その袖を右手に載せ、その袖で鉄瓶の取手を包むようにして持ちあげようとした。

その時――

「待て――」

静かに、弾正が声をかけた。

「儂がやろう……」

弾正は、ゆっくりと鉄瓶の取手に右手を伸ばした。

取手を握り、鉄瓶を持ちあげ、盆の上のふたつの湯呑みに、湯を注いだ。

五徳の上に、鉄瓶をもどし、

「飲みなさい……」

弾正は言った。

加絵は、動かなかった。

座したまま、五徳の上の鉄瓶を睨んでいた。

その顔が蒼白になっている。

身体が震えていた。

歯が小さくかちかちと鳴っていた。

「どうした、飲みなさい」

弾正が言った。

加絵は、答えない。

「加絵――」

弾正が言った時、加絵は、ようやく口を開いた。

「御存じだったのですね……」

加絵は、震える声で言った。

「今、確信をした……」

弾正は、静かにそう言った。

「いつわかるか、いつわかるかと、この二年、ずっと、びくびくして過ごしておりました……」

「これで、飲み込めた」

弾正は言った。

何もかも——

抱いた時、女としての反応が、ほとんどなかったこと。

どうして、加絵が、舌を嚙んで傷つけてしまうのか。

どうして、あのように、皆から隠すようにして、鹿座間治郎兵衛が加絵を育ててきたか。

嫁いだ加絵に、こうも度々、鹿座間治郎兵衛のところから、何かにつけて生田小文吾が顔を出すのか。

おそらく、加絵のことが、心配であったからだ。これまで、上手に、上手に、鹿座間治郎兵衛は、加絵の病のことを隠してきた。それが、他家へ嫁ぎ、知られてしまうことを恐れたのだ。

生まれた竜之助に、どうして加絵が、針などを刺していたのか。

それは、竜之助が自分と同じ病かどうかを知るためであったのだ。わかってからも、長じてゆくうち、いつか、痛みを知る者となるかもしれぬと思い、それで、ことあるごとに、加絵は竜之助に針を刺してきたのだ。

想像するだに、鬼気迫るおそろしい光景であることか。

「なるほど、竜之助がそういう病であったことに、すぐに儂が気づかなかったわけじゃ……」

どうやって、自分が、痛みを知らぬ身体であることを、他人《ひと》に知られぬようにするか──それは、加絵が、これまでずっとやってきたことであった。それを、加絵が、竜之助に教えたのだ。

「炭を手に取ってみよ──」

弾正は言った。

加絵は、弾正を見なかった。

その眼から、ほろほろと、涙がこぼれている。

「手に取ってみよ」

弾正が言う。

加絵は、右手を伸ばした。

指を、鉄瓶の下に入れ、そこで、真っ赤になっている炭をつかんだ。

それを、のろのろと持ってくる。

「左手に載せよ」

言われた通り、その、赤い炭を、加絵は左手の上に載せた。

とうに、右手の指先はただれ、水ぶくれができ、それも破れて焦げ目さえできていた。

左手が焼けて、いやな音をたてている。

「やはりな……」

弾正は、つぶやいた。

「親子で、儂を騙したな……」

弾正は、立ちあがっていた。

加絵は、言葉もない。

次に弾正の口から洩れたのは、加絵をいたわる言葉ではなかった。

「人の皮を着た、化け物め」

加絵はうつむいたままだ。

加絵は、黙って、炭を火鉢にもどし、顔をあげた。

「殺して下さい……」

加絵は言った。

「もう、疲れました。どうぞ、わたしを楽にしてください。この化け物を、御成敗《ごせいばい》下さいまし……」

「それが望みか？」

「はい」

加絵はうなずいた。

弾正は、腰を落とし、片膝をつき、

「本気か——」

加絵の眸《め》を覗き込んだ。

加絵は、弾正の視線を受けて、眼をそらさなかった。

「わたしを、楽に……」

そう言った。

「あなたが殺してくださらないのなら、自分で喉を突いて死にます——」

「本気のようじゃな」

弾正は立ちあがった。

床の間の刀掛けから、太刀を持ってもどってきた。

すらりと抜くと、刃がぎらりと光った。

弾正が、加絵の前に膝を突いた。

「何か、言うことはあるか？」

「わたくしの心残りは、あの子、竜之助にございます。母なきあとの、あの子の行く末が気にかかるばかりでござります。ずっと、傍《そば》にいてやれずに、済まなかったと――」

加絵は、両手を合わせ、眼を閉じた。

「どうぞ、この弱き母のかわりに、竜之助を強き子に――」

「安心せよ。このおれが、竜之助を、この世のたれよりも強き化け物に育ててやろう」

弾正は、にっ、と笑った。

加絵の白い喉に、
ずくり、
と、剣の先が潜り込んだ。

剣を抜くと、血が噴いた。

うつ伏せに、加絵は倒れた。

もう、死んでいた。

その時、悲鳴があがった。

土間に、九歳の与八が、手に水の入った桶《おけ》を持って立っていた。

「見たな……」

弾正は言った。

「お、奥さまに、井戸から水を汲《く》んでくるように言われて――」

与八の手が震えていた。

その手から、桶が落ちて、そこに水が広がった。

「何も見なかった、そうじゃな」

弾正は、言いながら、剣を鞘《さや》に収め、懐から小刀を出して、その先をこぼれた血に浸けて、柄を加絵の手に握らせた。

「は、はい、大先生——」

与八は、後方に尻餅をつき、両手で、上体が後ろに倒れぬようにした。

その時、

「御免！」

と声がして、入ってきたのが、生田小文吾であったのである。

十三

「わ、わたくしは、その時、水を持ってくるようにと加絵さまに言われ、それで水を持っていったのでございます。おそらく、鉄瓶に水を足すおつもりだったのでございましょう……」

与八は、歳三と、七兵衛にそう言った。

「鹿座間治郎兵衛の方は、それで済んだのか？」

歳三が訊いた。

「加絵さまが、御自害なされたという話を聞いて、そうか、と。それについて、ことさら責め立てたり、いきさつを詮議《せんぎ》したりというようなことはございませんでした……」

「さもあろうよ――」

歳三がうなずいたのも、そういうことであろうと心の中で思っていたからだ。

加絵の死の知らせを受けた時、治郎兵衛の胸に浮かんだ思いは、それが、自害であれ、弾正に何かされたのであれ、原因は加絵の舌喰いに関わることであろうというものであったはずだ。治郎兵衛は、加絵と共謀して、机弾正を騙《だま》していたことになる。それに対する後ろめたさもあって、娘の自害という報告を、そのまま受け入れたのであろう。事を荒だてれば、鹿座間の家の秘事を人前にさらすことになる。弾正の言うことをそのまま受け入れれば、このことはこのまま隠される。

哀れな……

歳三の心に浮かんだのは、その思いであった。

もちろん、治郎兵衛は、竜之助も同じ舌喰いであったことは、加絵から伝え聞いていたことであろう。

このことを、このまま秘す――それは、そのまま孫竜之助のためでもあると考えたのであろうか。

「実は、わたしが見ていたのは、加絵さまが手で赤くなった炭をつまみ取り、掌《てのひら》の上へお載せになるところからでした――」

つまり、その時、与八は加絵の病――舌喰いのことを知ってしまったのだという。

それを、与八は戸の陰から見ていたのだが、加絵が弾正に喉を刺されるに及んで、思わず戸の陰から出て、桶を取り落としてしまったのであると。

「それからの大先生は、まるで鬼神が憑《の》りうつったかのように、若先生を鍛えられました……」

そして、あの奇剣、音無しの剣が生み出されたのである。

「なんとも奇態な……」

唸ったのは、七兵衛であった。

まさに、それは、机竜之助ならではの剣であった。

音がしない――

剣を人の肉体にたとえるなら、それは剣のたてる声無き声だ。

人の肉体と肉体、人と人とがぶつかり、からみあい、受け合い、こすれあってたてる音――それは、そのまま人としての喜怒哀楽の声だ。

その、元となるのは、人としての痛みである。

痛みあればこそ、それにともなう快があり、悦びがあり、哀しみがあり、それに応じて人は声を放つ。

それが無い。

音無しの剣とは、まさに竜之助そのもののような剣ではないか。

「むううう……」

底の知れぬものを見させられた思いに、歳三は唸った。

「先日、土方さまたちが沢井へいらしてお帰りになりましたが、その後、わたくしは、今、おふたりにしたような話を、若先生にしたのでござります……」

「竜之助どのは、何と?」

「そうか、と……」

「それだけか?」

「わかったと。涙を流さず、怒りもせず、激することもなく、ただうなずき――」

静かにそうつぶやいたのだと、与八は言ったのである。

次は父上じゃな……

「では、昨日、ここで……」

「はい。大先生と若先生は、立ち合うお約束をなされたのだと思います。おそらく、若先生の方から、申し込んだのではないかと――」

その時、どのような話がなされたのか、与八は知らないという。

ただ、

〝わかった〟

と、弾正がうなずいた言葉と、

〝何をどう弁解しても、それは詮ないことじゃ〟

そう言った言葉は耳にしている。

自分が勝つにしろ、負けるにしろ、不動一刀流がこの世から消えねばならぬことを、その時、机弾正は覚悟していたことになる。

歳三は、床に、朱《あけ》に染まって倒れている机弾正を見下ろした。

「それで、今朝、大先生と若先生は、ここで立ち合われたのでござります……」

与八は言った。

それを見たのは、与八とお浜であった。

十四

朝——

机弾正と机竜之助は、道場の中央で、端座《たんざ》して向かいあっていた。

ふたりの左側には、剣が置かれている。

武者窓から、斜めに朝の陽差しが入り込んでいる。

静かな朝であった。

まだ、暑くなる前の、心地よい風が吹き込んでくる。

すでに、蟬が鳴き出していた。

道場の壁に、背をつけるようにして、ふたりを眺めているのは、与八とお浜であった。

向かいあっているふたりには、もう、たれの言葉も届かない。

蟬の声が、むしろ静けさを深めている。

おきゃあああ……

どこかで、あの、青い猿が哭いている。

「竜之助よ――」

弾正が、ぼそりと小石を吐き出すように言った。

「儂は、ひとりの剣士として、いつか、おまえとは真剣で立ち合うてみたいと思うていた……」

低いけれども、確かな響きを持って、その言葉は弾正の唇から洩れた。

「おまえが幼うてもそれはならず、逆にこの儂が老いてからでは遅い。しかし、どうやらそれが、間に合うたようじゃ……」

けれど、竜之助は答えない。

静かに、弾正の前に端座しているばかりである。

「竜之助よ、この儂を越えよ。それが、父としての儂の悦びである。しかし、おまえをここで斬る、それが、剣士としてのこの儂の悦びである。結果は問うまい――」

竜之助は、やはり答えない。

かわりに、

きゃあああん……

と、猿が哭いた。

竜之助の眸《め》には、炎が点《とも》っている。

冷たく、青い炎だ。

それが、音もなく静かに燃えている。

「ぬしの剣は、魔性の剣じゃ。おそらく、この地上の何人《なんぴと》たりとも、ぬしの剣はかわし得まい。この儂をのぞいては――」

弾正は、竜之助を見つめている。

「そうしたぬしの姿を見ていると、時に哀れにさえ、思うことがある。心を動かさぬ。しかし、それによって、ぬしは、その強さを手に入れた……」

弾正は、竜之助に語りかけることによって、最後の対話をしているかのようであった。

「おまえが、心を動かす時があるとすれば、それは、ぬしの母者、加絵のことのみであろう……」

竜之助の、青い影のある目蓋が、この時、ほんの一瞬震えたようにも見えたが、それは、錯覚であったかもしれない。

「ぬしは、この世にあってはならぬ化け物じゃ。しかし、その化け物は、そなたの母者と、この儂が作ったものじゃ……」

もちろん、竜之助はうなずいたりしない。

ただ、弾正を見つめている。

「そなたの使う剣、それは、全てこの儂が教えたものじゃ。そなたのやっていること、それは全て、この机弾正から学んだもの——」

「——」

「そなたのやっていることで、この弾正の知らぬことはない。そなたもまた、己れの剣、音無しの構えが、この儂に通用するのかどうか、それを知りたいであろう——」

問われても、竜之助は返事をしなかった。

「答えぬでよい。儂にはわかっている。加絵亡き今、ぬしが、そなたがすがるものはその剣のみだ。剣にすがることでしか、ぬしは生きられぬ。それが、わしにはわかっている……」

弾正は言葉をいったん切り、

「少し、しゃべりすぎたか——」

一瞬、目を伏せ、すぐに視線をあげた。

左手で剣を握り、ゆるりと立ちあがった。

「もはや、言葉はいらぬか……」

弾正は、剣を左腰に差しながら言った。

竜之助もまた、左に置かれていた剣——武蔵太郎安国を左手で握り、
ゆらり、

と、立ちあがった。

武蔵太郎安国が、竜之助の腰に差し込まれた。

机弾正——

机竜之助——

親子は、向きあった。

まだ、間合いの外である。

「抜け……」

すらり、
と、弾正が剣を抜いた。

合わせるように、竜之助も剣を抜いていた。

相青眼——

両名共に、青眼の構えである。

きょおん……

と、猿が哭いた。

そして、ふたりの勝負は、蝉の声の中で静かに始まったのであった。

机弾正の剣の握り方は、常とは違っている。

右手が握っているのは、鍔元《つばもと》である。柄を握った右手の人差し指と親指が、鍔に触れているのである。

そして、左手を右手に押しつけるようにして、柄を握っているのである。つまり、まだ握られていない柄の部分が、柄を握った左手の小指の下から柄頭まで、長く残っているのである。

御岳の社の奉納試合の前、弾正と竜之助は、この道場で試合いかけたことがあったが、そのおりの、弾正の剣の持ち方が、まさしくこの握り方であった。

じわり、

と、弾正の身体が前に出る。

まだ、間合いの外だ。

それなのに、弾正の身体が、ぬうっと大きくなったように見える。

威圧感が、半端でない。

位《くらい》勝ち、位負け、という言葉がある。

裡に秘めた気魂が、剣を持って向きあった時、肉に満ちる。

力でない力。

物理力こそともなわないが、対戦者として相手と向きあった時、その肉を満たす力の大きい方が位勝ちをし、少ない方が位負けをする。

そういう意味で言えば、弾正の身体に満たされた力は、圧倒的だ。山の量感に近いものが、弾正の肉の中に満ちている。

それに比べて竜之助の方は、どういう気魂も、その肉の裡に満たされているようには見えなかった。
ただ、静かにそこに立っているばかりなのである。弾正と比べるような気魂が、存在しないのだ。
竜之助は、透明な風のようなものだ。その風が、人の姿をして、たまたま静止しているだけ——そのように見える。
「これまでの相手、皆、ぬしのそれに騙されてきた……」
弾正が言う。
「だが、儂は騙されぬ」
言い終えた弾正の身体が、
とん、
と、軽く前に出た。
剣が、すっ、と前に伸びてゆく。
それを、竜之助が、自分の剣を当てて、横へ滑らせる。
しゃりん、
と、音がした。
ちん、
ちん、
と、剣先と剣先が触れ合い、

しゃりん、
と、流される。
きゃ、
剣が擦れ合い、
ちゃあん、
と、跳ねる。
まるで、弾正と竜之助が、剣で会話をしているようにも見えた。
きいん、
と、高い音をたて、
ぢゃっ、
ぢゃっ、
と、刃と刃が嚙み合う。
「むっ」
と、弾正が剣を打ち下ろす。
ひゅん、
と、竜之助の鼻先を、その剣先が過ぎてゆく。

与八とお浜も、剣のことはわからないながら、弾正の方が、竜之助を押しているように見える。

そして、弾正の剣の握り方が、いつの間にか変化をしていた。

両手が、最初は鍔に近いところを握っていたはずなのだが、気がつくと、柄頭に近いところを握っており、また、ある時は、柄の真ん中あたりを握っている。

そう思っていると、また、いつの間にか、その両手は、鍔に近い場所を握っているのである。

これは、どういうことか。

それは、対戦相手である竜之助にとって、弾正の握っている剣の長さが、その都度変化しているということなのである。鍔元を握った時には短くなり、柄頭に近いところを握った時には、長くなる。

そして、剣を振る時、踏み出す足の距離も、その都度違っているのである。

「竜之助よ、音無しの剣、出してみよ……」

弾正がつぶやいた。

「音無しの構えはどうした？」

しかし、剣と剣は、あいかわらず、触れ合い、ぶつかりあって音をたてているのである。

「できまい。儂の剣の見切り、できまい――」

弾正が言った。
弾正が動くその都度、剣の長さと間合いが変化をする。
これでは、確かに、剣が届く範囲を見切るのは難しくなる。
弾正の剣の動きが、どんどん速くなってゆく。そして、力強くなってゆく。
竜之助の剣は、ただ、それを受けているだけだ。
と――
竜之助が、大きく後方へ退がり、腰を落として剣を構えた。
奇妙な構えだ。
腰が、深く落ちすぎている。
青眼の構えに似ているが、左右の肘が深く曲がっている。
「父上……」
竜之助が、初めて、言葉を発した。
「机弾正どの、我が音無しの剣、受けてみらるるか――」
「応《おう》」
と答えて、弾正は、剣を上段に構えた。
ここで、初めて、弾正の右手と左手が離れていた。
右手が鍔元を握り、左手が柄頭に近いところを握っている。
そのまま、ふたりは動きを止めた。

呼吸を[illegible]るのかどうかすらわからない。

時が[illegible]ゆく。

蝉の[illegible]しきりである。

と[illegible]

ふ[illegible]弾正の肉の裡に満ちていた張りつめたものが、消えた。

そ[illegible]一瞬、弾正は、竜之助と同じ、透明な存在となった。

気配を消したのだ。

気配の消えたその一瞬──

「ちゃあああっ！」

弾正の剣が、まっすぐに斬り下げられていた。

竜之助もまた、その剣を煌《きら》めかせている。

きいん、
と、刃と刃のぶつかる音がした。

初めて──

竜之助が、音無しの構えに入ってから、初めて、剣と剣のぶつかる音がした。

弾正に向かって、下から斜めに斬りあげてきた竜之助の剣を、弾正の剣が、斬り下ろしながら、力ではじいたのだ。

「音無しの剣、破れたり……」

言った弾正の言葉が、途中で止まっていた。

弾正の喉に、竜之助の剣、武蔵太郎安国の切先が入り込んでいたのである。

何が起こったのか。

斜め下にはじき落とされたはずの竜之助の剣が宙で翻って、その切先が弾正の顎の下に潜り込んできたのであった。

竜之助の左手の人差し指が、武蔵太郎安国の柄頭を押していた。御岳の社で、宇津木文之丞が出してきた必殺の突きであった。それを、竜之助が使ったのである。

それでも、弾正は、動きを止めなかった。

「むん」

喉に剣を突き立てられたまま、机竜之助に向かって、剣で下から斬り上げてきたのである。

竜之助は、右に跳んで、その剣をかわしていた。かわす時に、弾正の喉に入り込んだ武蔵太郎安国の柄を右手で握りなおし、横に寝かせながら右に振っていたのである。

弾正の左半分を断ち斬って、剣が肉の外へ飛び出していた。

「みごと」

言った弾正の口と喉から、血が噴き出した。

弾正が、に倒れていた。

竜之助が近ゆくと、弾正の眼が、ぎろりと動いて、下から竜之助を睨んだ。

無言で見つめあった。

「竜之助……」

血の泡とともに、弾正は言った。

「好きに生きよ。加絵の影を、もう、追うでない……」

弾正を見下ろし、

「父上……」

竜之助は言った。

「勘違いでござりましたな。わたしが見切っていたのは、剣の長さでも、間合いでもなかったのですよ……」

その声が、届いたのかどうか。

弾正は、眼を開いたまま、死んでいたのである。

十五

歳三の歯が、かちかちと鳴っていた。

歳三の身体が細かく震えているのである。しかし、歳三は、自分の体の震えに気づいていない。

凄まじい話であった。

凄まじい、父と子であった。

与八は、大きな拳《こぶし》で、何度も、幾度も涙をぬぐいながら、この話を終えたのであった。

与八にしてみれば、幼き頃、山中に捨てられて泣いていた時に、拾って育ててくれたのが弾正であった。

父同然、いや、父親以上の存在が弾正であった。

その弾正が、息子の竜之助と闘い、敗れて死んだのである。

実の子が、実の父を斬り殺したのだ。

「竜之助どのは？」

歳三が訊ねた。

「もう帰らぬ。後の始末は頼む——と、そう言い残されて……」

「出て行ったのか？」

「はい」

与八がうなずく。

「お浜は？」

「お浜さんは、一緒に連れていってくれと……」

「竜之助どのに頼んだのか？」

「はい」

「竜之助どのは何と？」

「一緒には連れてゆけぬと――」

一緒にはゆけぬ、付いてくるな、追ってくるなら……

斬る――

机竜之助はそう言ったというのである。

それで、竜之助は、

「独りで出てゆかれたのでござります」

与八は言った。

「お浜は？」

歳三は、周囲を見回した。

お浜の姿はどこにもない。

もしもその話が本当なら、お浜がこの場にいなくてはならない。

「どうしたのだ」

「それが……」

「ですから、それが……」

「竜之助どのの後を追ったのだな」

「はい」

竜之助が姿を消し、しばらくしたところで、

「やはり、まいります」

お浜は覚悟した顔でそう言った。

「なりませぬ。若先生は、付いてきたら斬ると言われました。あれは本気です。若先生は、脅しや、方便で、あのようなことを言う方ではござりません――」

与八は止めた。

「ですから、竜之助さまに、斬られにゆくのでござります――」

そう言って、お浜は、竜之助の後を追ったというのである。

お浜の別れ際の言葉は、

「お世話になりました」

というものであったという。

「むぅう……」

歳三は、唸った。

そして――

「行くぜ、七兵衛――」

歳三は胡座をかいて与八の話を訊いていたのだが、そこで立ちあがっていた。

「どこへです、歳三さん――」

七兵衛も立ちあがっていた。

「ふたりの後を追うんだよ」

「ふたりって――」

「机竜之助と、お浜の後をさ」

「いけねえ。そりゃあいけませんぜ、歳三さん――」

「何故だい」

「何故って、もう、歳三さんにゃ、関わりのねえことだからですよ……」

「関わり？」

「はい」

「関わりなら、ある」

歳三は言った。

お浜と知り合った。

お浜に惚《ほ》れた。

机竜之助のことに、ここまで踏み込んでしまった。

何よりも、今、ここにいるこのことこそがその関わりではないか。

「歳三さん、ここまでだ」

七兵衛は言った。

「ここから先は、もう、あたしたちにゃあ、関われねえ」

「何故だい？」

「何故って、歳三さんこそ、どうして行くんです？　お浜さんが、机さまに斬り殺されちまうからですか。お浜さんは、承知で、後を追ったんですよ。ふたりの間に割って入って、どうしようってんです？」

「――」

「和田道場の連中が、机さまを追っているからですか。追いついて、机さまにお味方して、和田道場の連中と斬り結ぶおつもりですか。それとも、和田道場の味方をして、机さまと闘う覚悟なんですか？」

言われて、歳三は言葉に詰まった。

「歳三さん、歳三さんは、今、普通じゃない。机さまと机さまの剣に憑《とりつ》かれておいでだ。行ったら、そのまま、とり殺されちまいますぜ」

「七兵衛」

歳三は言った。

「理屈じゃあねえ」

歳三は、七兵衛を睨んだ。

「おれは、行く」

もう、道場の床を踏んで、歳三は歩き出していた。

外へ出た。

蟬時雨《せみしぐれ》の中だった。

大菩薩峠

一

陽は、中天にあった。

道は、雑木林の中を、うねりながら続いていた。

そこを、深編笠《ふかあみがさ》の机竜之助が歩いていた。

すでに、大菩薩峠への登りにかかっている。

机竜之助の背に、木洩れ陽と蝉の声が注いでいる。

甲州裏街道——

道をゆく者は少ない。

たまに、前から歩いてくる旅の者とすれ違うくらいだ。

竜之助が足に履いた草鞋《わらじ》が、木の根や、石を踏んでゆく。その間から、すみれが生え、小さな紫の花を咲かせている。釣舟草《つりふねそう》や、苧環《おだまき》が、道の脇に生えている。

足取りは、ゆっくりとしている。

急いでいる様子はない。

坂が、だんだんと急になってゆく。

途中、大きな杉の樹が右手にそびえていた。

その根元に稲荷の祠があり、その少し横に石の地蔵がある。

祠の前の小さな鳥居と、地蔵の前掛けの赤が鮮やかだった。

その前で、竜之助は足を止めていた。

後ろを振り返った。

そこに、巡礼姿のお浜が立っていた。

竜之助が、無言でお浜を見つめた。

お浜は、眼をそらさなかった。

「何故、追うてきた……」

竜之助が問うた。

お浜は答えない。

「付いてきたら、殺すと言うたはずじゃ……」

竜之助さまに、殺されるために来たのです——」

言った。

もとより、ここへやってきた八人は、和田道場の手練れである。

それが、あっという間に半分に減ってしまった。

構えた四人も、すぐには踏み込めない。

あらかじめ、何らかの策はあったのであろうが、こうなっては、その策も使える状態ではない。誰かが斬られるのを覚悟で踏み込み、そちらに竜之助が気をとられている間に、同時に複数名が斬りかかるしかない。しかし、それをどういう間でやるか、それを相談している状況ではなかった。

杉とお浜を背にして、竜之助は武蔵太郎安国を青眼に構えている。

それを、半円を描くようにして、和田道場の者たちが、囲んでいる。

「おれがゆく」

竜之助の正面で剣を構えている男が言った。

「奴が、おれの剣を受けるか、おれを斬っている間に、三人で斬りかかれ」

死を覚悟して、肚を据えた声であった。

「応」

と、男たちがうなずいて唾《つば》を呑み込んだ。

おきゃあああ……

頭上のどこかで、青い猿が哭いた。

ひと呼吸、ふた呼吸、間《ま》をはかって、

「きええぇっ！」
男は、踏み込み、剣を打ち下ろした。
ばかり、
と、深編笠が斜めに割れて、竜之助の顔が覗いた。
澄んだ、深い水の面《おもて》のような顔であった。
その顔を見た時、男の額に竜之助の剣が潜り込んでいた。
竜之助の左右から、男たちが斬りかかってきた。
きいん、
と、高い金属音が蟬時雨の中にあがった。

二

最初に、それに気づいたのは、七兵衛であった。
小菅村を過ぎて、どれほどのところであったろうか。
歳三と七兵衛は、無言で歩いている。
互いに、相手の心の裡は知る術がない。
道はすでに大菩薩峠への登りに入っていて、山道になっている。

坂道を、木の根を踏んで歩いてゆくと、先がわずかながら、平《たいら》になっている場所がある。そこに、土地の者が千年杉と呼んでいる大きな杉の古木がある。

その根の近くに、地蔵が立っていて、稲荷の祠がある。

じきに、そこへさしかかろうかという時、七兵衛が、ふいに立ち止まったのである。

「どうした?」

並んで歩いていた歳三が、足を止めて声をかけた。

七兵衛は、犬のように風の中へ鼻を差し込んで、何かの臭いを嗅いでいるようであった。

「気がつきませんか、歳三さん……」

七兵衛は、声を低めた。

「血の臭いですぜ……」

七兵衛は、小さく眉《まゆ》をひそめてみせた。

「なに⁉」

歳三も、七兵衛を真似て鼻をひくつかせて——

「む……」

気がついた。

風の中に薫るのは、森の樹の匂いである。その匂いの中に、何やら生臭い臭いが溶けている。

「たしかに血の臭いだ」

歳三がうなずく。

「急ぎやしょう」

七兵衛がそう言った時には、もう、歳三は走り出していた。

千年杉のところまでやってくると、さらに血の臭いが濃くなった。

そこで、歳三は再び足を止めていた。

「むう……」

唸って、息を呑み込んだ。

千年杉の周囲に、何人もの人間が血にまみれて転がっていたのである。

和田道場の人間たちであった。

「こいつはまた、ひでえ――」

額を割られた者。

頸《くび》を斬られた者。

腕を落とされた者。

いずれも、手に剣を握った屍体であった。

屍体は、全部で八人。

机竜之助の屍体はその中にない。

「ということは、つまり、これは皆、机さまがお独りで――」

「そういうことになるな」

うなずきながら、歳三は、周囲を見回した。

どこかに、机竜之助の屍体があるかと思ったのだが、どこにもない。

ここで、和田道場の者たちが、机竜之助を待ち伏せたのであろう。そして、敗れたのだ。和田道場の者がひとりでも生き残っていれば、竜之助と闘おうとするはずだ。竜之助を行かせはしない。つまり、竜之助は、待ち伏せた和田道場の者のことごとくを、ここで斬ってのけたのだ。

ただ、一人で――

尋常のことではない。

魔性のものの仕業としか思えない。

いずれも、腕に覚えのあった者たちであろう。

一対八――

一人対二人でも、同時に向きあっての勝負となれば、圧倒的に一人の方が不利である。

それを一人で八人も――いったいどのように闘えばそのようなことができるのか。

そこで、ようやく歳三はあることに気がついた。

「お浜は!?」

歳三は、あたりを見回した。

お浜の姿はない。

後にここを通りかかったのだとしても、この光景は見たのに違いない。
闘っている時にここへやってきたか。たとえ、全てが終わって、机竜之助の姿が消えた
竜之助に追いつき、その後で、待ち伏せにあったか、あるいは、竜之助とこの八人が
お浜は、歳三よりも先に、竜之助を追って沢井を出ている。
その時、お浜は、何を思うたのであろうか。
お浜は、どうしたのか――
歳三がそこまで考えた時、
「こちらは、小谷さまのようで――」
屍体を検分していた七兵衛が言った。
小谷一郎太の頭部が、その鼻のあたりまでみごとにふたつに割られていた。
「こちらは、渋川宗助さま――」
と言った七兵衛が、そこにしゃがみ込み、
「歳三さん、まだ息がありますぜ……」
そう言った。
歳三は、七兵衛がしゃがんでいるところまでゆき、そこに倒れている男を見下ろした。
確かに、渋川宗助であった。
沢井の水車小屋の前でその顔を見ている。
歳三とは、あまり齢もかわらぬように見える。

右腕の、肘のあたりから先が無い。

その斬り口のあたりに、白い布が血止めとして巻かれていた。

「渋川さま、渋川さま――」

七兵衛が声をかけると、薄く、渋川宗助が眼を開いた。

顔が、青白い。

よほど、血が流れ出したのであろう。

「あんたらか……」

力のない声で言った。

「何があったのです？」

七兵衛が問う。

「机さまと、ここで試合われたのですね」

七兵衛は、敢《あ》えて、〝試合われた〟という言い方をした。

「おそろしや……」

渋川宗助は言った。

「こちらは、八人いて、まるで歯が立たなかった。あれは、人ではない。あれは、魔物じゃ……」

渋川宗助の身体が、小刻みに震えはじめた。机竜之助と刃を交えた時の恐怖が蘇《よみがえ》ったのか、血を失いすぎて、寒気を覚えているのか、それはわからない。

その時、歳三はあることに気づいた。渋川宗助の右腕を縛っている血に染まった白い布についてであった。

「これは⁉」

歳三が、渋川宗助の右腕に巻きつけられた白い布に眼をやって言った。

「それは、女が巻いてくれたものじゃ……」

「女？」

「お浜どのじゃ……」

渋川宗助は、宇津木文之丞の許嫁者《いいなずけ》であったお浜のことは、むろん、わかっている。

「お浜が、ここにいたのか？」

歳三が訊く。

「ああ……」

渋川宗助は、うなずき、

「おれたちが、ここで待っていたら、まず、机竜之助がやってきたのじゃ。出てゆこうとしたら、そこへ、お浜どのがやってきた。ふたりは、何か話をしていたようだった。何の話かはわからないが、急に、机竜之助が刀を抜いて、お浜どのを突き殺そうとした。どういう事情あってのことかは知らぬが、黙って見ているわけにもゆかず、潜んでいるのを見破られたこともあって、我らが出ていったのじゃ——」

歯をかちかち鳴らしながらそう言った。

「お、おれは見た……」

「何を見た？」

「つ、机竜之助は、おれたち八人を斬り伏せ、剣を収めて立ち去ろうとした。それを、お浜どのが、追おうとした……」

「うむ」

「机竜之助は、お浜どのに向かって、付いてくるなと言った。付いてくれば、殺すと……」

「で、お浜は？」

「そこで、おれは、立ちあがったのだ。おれだけ生き残るわけにもゆくまい。勝負せよ、おれを殺してゆけと、机竜之助に言ったのだが、やつは、おれをちらりと見ただけで、そのまま行ってしまったのだ——」

「お浜は？」

「お浜どのは、おれがまだ生きているのを知って、おれのところまでやってきて、自分の着ているものの袖を裂いて、血止めをしてくれたのじゃ……」

——渋川さま、申しわけございませぬ。わたくしがしてさしあげられるのは、このくらいでございます。

お浜は、そう言い残し、机竜之助を追って、この場を去っていったのだという。

「机竜之助——あやつの剣に勝てる者なぞ、この世におらぬ……」

そう言った渋川宗助の顔が、眼を開いたまま、ことりと曲がった。

もう、動かなかった。

身体の震えも、止まっていた。

七兵衛が、渋川宗助の頸に、右手の指先をあて、小さく左右に首を振った。

顔を持ちあげ、

「どういたしやす？」

七兵衛が問うてきた。

「追うさ」

歳三は言った。

「追う？」

「ああ」

「何のために？」

「さあ……」

歳三は、ゆっくりと立ちあがっていた。

「お浜さんを、連れもどすためですか？」

「わからん」

歳三は、首を左右に振った。

わからない。

いが、ゆかねばならない、そう思った。

出会ったら？」

兵衛が問うた。

七兵衛が問うているのは、もう、お浜とのことではない。机竜之助を追って、机竜之助と出会ったら、どうするのかと問うているのである。

「わからん」

歳三は言った。

嘘ではなかった。

机竜之助と出会って、どうするかなどと考えてはいない。

しかし——

わからないと口にはしたが、わかっていることがあった。

それは、出会ったら始まってしまうということであった。

何が始まってしまうのか——

それを、歳三は口にしなかった。

「歳三さん、あの漢はだめだ。あの漢は危ねえ。人を人ならぬ世界へ引き込んじまう」

七兵衛は言った。

「歳三さん、正直に申しあげておきやす。あたしゃ、裏の名前がございます。あたしは、裏宿《うらやど》の七兵衛と呼ばれる盗《ぬす》っ人《と》です。人を殺したこたあないが、子供《がき》の頃から手癖が悪くて、人さまのものを盗まずにゃいられねえ。銭が欲しいんじゃねえ、これはもう病気だ。どうしようもねえ」

七兵衛の、初めての告白であった。

七兵衛は続けた。

「やめようったって、やめられねえ。まあ、人ってなあ、そんなもんです。だから歳三さんの、その気持ちもわからなくはねえ。しかし、あいつはいけねえ、あいつだけは――――」

「――――」

「あたしは、逃げ足だけは疾い。あたしがいったん逃げようと決めたら、相手がどんな侍《さむれえ》だろうと逃げおおせる自信はあります。しかし、あいつだけは別だ。机竜之助にだけは近づきたくねえ。あいつは、人のかたちをした黒い穴だ。近づく者たちを、みんなその穴に吸い込もうとしている。わかっていても、人は、自分からその穴に落ちてゆく……」

「いいんだよ、七兵衛」

歳三は言った。

妙に、優しい声だった。

「おれは、試しに行くのさ」

?」

「運だとか、自分の技とかじゃあない。おれを、おれ自身を試しに行きてえのさ」

「──」

「それが、どういうことだか、おれにだってよくわかっちゃあいねえんだ。おれは、まるごとおれとして、あの机竜之助の前に立ってみてえんだよ。その結果がどうなるかなんて、おれだって、わかっちゃあいねえのさ……」

お浜の名前は、出さなかった。

お浜を助けたいとか、お浜に惚れただとか、もう、そういうことではないと承知している。

七兵衛は、歳三を見つめた。

うなずいた。

何か、見えぬものを、胆《はら》の中に呑み込んだようであった。

「ここを、少し先に行ったところで、左へゆく喜八郎道《きはちろうみち》という細い道があります。小菅村の、喜八郎という猟師が、ひとりで開いた道です。そこをゆけば、道は険しいが、近道です。体力さえあれば、机さまより先に、大菩薩峠へ出るでしょう──」

七兵衛は言った。

「その分かれ道まで、あたしが御一緒いたします。あたしは、そこから、真っ直《す》ぐ進んで、お浜さんと、机さまの後を追いましょう。もしも……」

そこまで言って、七兵衛は言葉を止め、首を左右に振った。

もしも、机竜之助に殺されたお浜の屍体があったら、それを見届けて、大菩薩峠へ向かいますという、その言葉を呑み込んだのであった。

「頼む——」

歳三は言った。

三

歳三は、道を急いでいる。

坂は急で、岩や木の根があちこちに顔を出している。それを踏みながら、歳三は懸命になって登っている。

脳裏には、様々のことが去来していた。

脳裏に浮かぶことの多くは、竜之助のことだ。

机竜之助——

なんという過酷な運命を背負って、この世に生まれたのか。

痛みを感ずることのない身体——そういう肉体を持って生まれた人間が、どうしてここまで生きることができたのか。どうしてここまで技を磨くことができたのか。

いや、そういう肉体を持って生まれたからこそ、あそこまでの境地に達することができたのかもしれない。

そして——

竜之助は、本当にお浜を殺そうとしていたのであろうか。

渋川宗助の話では、今まさに竜之助の刀がお浜の喉を貫こうとしていた時、自分たちが、隠れていた場所から出ていったのだという。

お浜が、殺されまいと抵抗していた様子はなかったという。

ああ、だが。

だから、どうだというのか——

竜之助を追っていったお浜が、これからどうなろうと、もはや自分の関わるべき領域のことではない。

それは、歳三もよくわかっている。

七兵衛の言う通りであった。

しかし、それを承知で、自分は今、竜之助を追っているのである。

何故、追うのか。

それは、自分でもわからない。

もはや、ここに至っては、お浜を助けるだとか、お浜に惚れているだとか、そのような感情の外のことである。

ただ、得体の知れぬものが、体内でざわめいている。肉の中で、何かが猛《たけ》っている。

それは、言葉に出して説明できることではない。わかっているのは、放っておけば、竜之助はこのまま、行ってしまうということだ。行ってしまったら、もう、竜之助に自分の手は届かない。手の届くうちに、竜之助と対峙《たいじ》せねばならない。

自分は、竜之助の前に、もう一度立たねばならない。

その時、何が起こるかは、もはや、自分の考えることではない。

歳三は、そう思っていた。

登ってゆくうちに、周囲の樹の相が、少しずつ変化している。

雑木が多かったのが、白檜曾《しらびそ》や岳樺《だけかんば》が多くなってきている。所どころに生える山桜は、すっかり葉桜になっていた。

大菩薩峠が、近づいてきているのだ。

歳三の頭上で、樹々の緑を揺すりたて、風が騒いでいる。

自分は、今、引き返せぬ道を歩いているのだと、歳三は思っている。

悪くはなかった。

石田村での、あの生活——家族があり、漢気《おとこぎ》のある義兄《あにき》がいて、仕事もある。そこで、女を見つけ、子を作り、あそこで死ぬ。

血は、飼い慣らせばよい。

道場に通って、騒ぐ血をなだめながら、なんとか、あそこで一生を終えることもできるかもしれない。

それも、ひとつの生き方だ。

それを、今、自分は捨てようとしている。
捨てるために、登ってゆく。
こういう時、漢は、己れの命を賭けるものだ。
だから、ゆくのである。
机竜之助の前に立つというのは、おそらくそういうことなのだろう。
登りが、急になった。
息が切れた。
道の先、樅《もみ》と栂《つが》の間に、青い空が見えている。
大菩薩峠の空だ。
そこを、白い雲が動いている。
その天の雲を睨みながら、歳三は、岩を攀《よ》じ登る。
着いた。
歳三は、峠の風の中に立っていた。
正面に、雪を頂いた富士が見えていた。
あちらが、甲斐の国だ。
なんという巨大な風景の中に、自分という人間が立っているのか。
すぐ向こうの地面に、木の杭《くい》が打ち込まれているのが見える。
近づいてゆくと、そこに、

〝大菩薩峠〟

と、ある。

妙見《みょうけん》菩薩の祀《まつ》られている堂の前であった。

堂の横に、大きな栗《くり》の樹があって、堂の屋根の上に、何本もの枝を張り出している。

右手を見れば、そこに、下から登ってくる道があった。

小菅村からの道だ。

富士を背にして歳三は風の中に立ち、その道を睨むようにして腕を組んだ。

四

堂の上の栗の枝の一本が、しきりと揺れていた。

風のためではない。

風は、梢《こずえ》の先を揺らしはするが、そのうちの一本の枝を、あのように大きく揺すりはしない。

見れば、その枝に、一頭の大きな猿が摑まっていて、その枝を静かに揺すっているのである。

その猿が、

きゃあああん……

いた。

して、その漢は、やってきたのであった。

最初は、深編笠が見えた。

次が、眼だ。

深編笠の前が大きく割れていて、そこから眼が見えるのだ。

眼から、鼻、口と見えてきて顎が見え、頭部の全部が見えた。

さらに登ってくるにつれて、だんだんと、その漢の全身が見えてきた。

机竜之助であった。

竜之助は、峠に立ち、富士を背にして自分を見ている歳三を眼にとめ、一瞬、いぶかしげな眼をして、そこで足を止めていた。

「そなたは――」

深編笠をとって、

「天然理心流の……」

そうつぶやいた。

「土方歳三だよ、机さん――」

歳三は言った。

微笑した。

「何の用です?」

机竜之助が問う。

「それが、何の用なんだか、自分でもよくわからねえのさ――」

歳三は、右手の指で、頭を掻いた。

「わからない？」

「ああ――」

歳三はうなずき、

「机さん、よう……」

歳三は、ちょっとはにかんだような顔をした。

「ことによったら、おれは、あんたのことを好きになったのかもしれねえな……」

そう告白した。

その言葉を口にしてから、

〝ああ、そうなのだ〟

と思った。

おれは、この漢が好きなのだ。

「だがね、好きだからと言ったって、あんたに別れの挨拶をするために、ここで待っていたわけじゃあ、ねえんだよ――」

「では、何のために？」

あ、何だろうねえ」

言いながら、歳三は、左手で鯉口近くを握り、鞘を軽く引き出して浅く腰を落とした。
馬鹿、
という声が、心の中に響く。
おまえは、いったい何をしようとしているのか。
このままでは、始まってしまうではないか。
始まる？
いったい、何が始まってしまうというのか。
うるせえな、わかってるくせに。
心の中で、歳三はつぶやく。
かまうものか。
もう、息は乱れていない。
体力はもどっている。
お浜のことは、敢えて問わなかった。
お浜をどうしたのかと――
問うて、その答えが何であれ、やることは同じなのだ。
〝人は、たれでも、何事かをなさんとするために、この世に生を受けたのである〟
義兄、佐藤彦五郎の言った言葉が、胸の内に蘇った。
〝そのために、人の生はあるのだ〟

佐藤彦五郎はそう言った。

〝おまえが、何を志すにせよ、その途上で死ぬ。それが、人の死なのである。そういう生が美しいのである〟

そうだな……

と、歳三は心の中でうなずく。

〝その時、おまえがその志《こころざし》をはたさんとする時、その女がおまえの傍にいることを思え。思えば、答えはある。その女が、おまえにとって必要な女かどうか〟

だが――

わからなかったよ、義兄……

歳三は、口に出さずにつぶやく。

しかし、わかっていることがある。

これから、自分が何をするのか――

わかっているのはそれだけだ。

「悪いな、机さん……」

歳三は、申しわけなさそうに言って、腰の、和泉守兼定の柄に右手を掛けていた。

「漢には、やむにやまれぬことがあるんだよ――」

「愚かな……」

「あんたの言う通りだよ」

歳三は、すらりと剣を抜いていた。

刀身が、陽光を受けてぎらりと眩《まぶ》しく光る。

「おれは、馬鹿だ」

歳三は言った。

愚か者でいい。

その唇に、もう、笑みはない。

しかし、まだ、竜之助はとまどっている。

「何のために、あなたは剣を抜いたのです?」

目の前にいるこの漢が、どうして自分に向かって剣を抜いてくるのか、それが竜之助にはわからないらしい。

歳三自身だって、わかってはいないのだ。

お浜のことを言って何になる。

弾正の屍体を見たことを言って何になる。

八人の屍体を見たことを言って何になる。

おまえの過去のことも、舌喰いのことも、みんな知ったぞと言って何になる。

もう、それはどうでもよいことだ。

「俺試《おれだめ》しだよう」

歳三は言った。

言ってから、思う。

やはり、こうなったか。

これまで、机竜之助の前に剣を抜いて立った者は、みんなそうだった。

馬庭念流の石垣宗右衛門も、才賀新太郎も、甲源一刀流の宇津木文之丞も、そして、この漢の父である机弾正も——みんな、自分から剣を抜き竜之助に迫ったのだ。

おれと闘えと——

さっき、斬られて死んだ和田道場の八人もそうだ。

そして、このおれも——

では、このおれも、ここで机竜之助に斬られて死ぬのか。

馬鹿だな、おれは——

と、歳三は思う。

今は、生き死にを考える時ではない。

「いやなら、逃げるかい？」

歳三は問うた。

逃げるのなら、追うつもりはない。

しかし——

「あんたは逃げないね」

それを確信しているように、歳三は言った。

言われて、机竜之助は一瞬息を止め、そのことに気づいたように、

「そうだな……」

自分に言い聞かせるかの如くにつぶやいた。

こういう時、机竜之助は、逃げない。

それを、歳三も、竜之助本人も、よくわかっていた。

机竜之助は、右手に持っていた深編笠を捨てた。

抜いた。

やっと、女がその気になった……

それを喜ぶ男のように、歳三の太い唇に笑みが浮いた。

さっきまで浮かべていた笑みではない。犬歯の覗く、獰猛《どうもう》な、切れるような笑みだった。むろん、歳三本人は、自分がそのような笑みを浮かべていることに気づいていない。

歳三は、青眼に構えている。

机竜之助も青眼に構えている。

相青眼。

どちらも動かない。

いずれも、間合いの外だ。

和泉守兼定と武蔵太郎安国——ふた振りの剣の先が、そこにある間合いの中《うち》の空間に触れているだけだ。

始まってしまった。

ついに――

歳三は、肉の中に猛っているものを抑えている。肉の底で吼《ほ》え、暴れて外へ出ようとしているものに、耐えている。

待つ。

それが、歳三の戦略であった。

音無しの構えから繰り出される音無しの剣――

これまでに知り得たことから考えれば、それはいきなり始まるものではない。

剣を交え、互いに打ち合ってゆく中で、竜之助が、相手の太刀を見切る。どういう動きの時、どこまで太刀が届くか。それを見切って、はじめて音無しの構えをとる。

ただ、わからぬことがある。

それは、音無しの構えに、決まった形が無いらしいということだ。

馬庭念流神楽坂道場で、石垣宗右衛門と試合った時は無構え。

日野の渡しで才賀新太郎と戦った時は、上段の構え。

いずれも、わずかに違いはあるものの、相手の構えを真似ているようにも見える。

が、必ずしもそうではないことを、歳三は知っている。

宇津木文之丞と、御岳の社で試合った時、宇津木文之丞は、左右の手の握りの前後を逆にしていたのに対し、竜之助は通常通りの青眼の構えをしていた。

音無しの構え、どの時も似ているようで、いずれの時も、わずかに違う。

その正体は、わかっていない。

見切りについて言えば、父弾正を斬った時——

〝わたしが見切っていたのは、剣の長さでも、間合いでもなかったのですよ……〟

竜之助は、父の屍体に向かってそう言ったという。

では、竜之助はいったい何を見切っていたのであろうか。

それも謎であった。

謎のままでいい。

わかったつもりになって、皆、竜之助と立ち合い、敗れて死んでいるのである。宇津木文之丞も、そして、机弾正も。

わかったつもりになって、戦略をたて、それが失敗して死ぬことになる。ならば、わからぬまま竜之助の前に立つしかない。

しかし、歳三も、戦略がないわけではない。

それは、竜之助に、こちらの剣を見切らせない、というものであった。

太刀筋を見せない。

剣を合わせない。

できるだけ剣を合わせずに、竜之助の隙をうかがう。隙が見えたその時、ただ一度だけ動いて、一刀のもとに竜之助を斬る——頭の中では、そう考えている。

しかし、頭の中で思い描いた通りに、勝負が進むわけでもないし、決着がつくわけでもない。それはわかっている。そんなことで竜之助を斬ることなどできるものではない。実際には、竜之助とは何度か剣を交《まじ》え、刃《やいば》をかわすことになる。ただその剣を交える回数を減らせばよい。その回数が少なければ少ないほど、見切られる可能性は減ることになる。

しかし、そのようなことができるのか。

できるかできないか——それは、もう、今考えることではない。すでに、自分は、剣を抜いて、竜之助と向きあっているのである。

「ちゃ」

「ちゃ」

「ちゃ」

歳三は、小刻みに剣先を揺らしながら、身体を上下させて膝で間合いを測る。

竜之助は動かない。

歳三の動きに合わせて、小さく、ゆるりゆるりと竜之助の剣先が動いたり止まったりしている。その先だけ見れば、蝶のように自在で、次の瞬間どう動くかわからない。

不思議な立ち姿であった。

見えているのに、見えていない。

向きあっていると、そこにいるはずの竜之助が、そこにいないようにも思えてくる。

竜之助は、虚《うつろ》であった。

そこにいるのにいない。

人のかたちをした虚《きょ》。

竜之助は、宙に浮いた穴であった。

人が、はたして、虚《きょ》を斬ることができるのか。

虚《うつろ》という穴を斬ることができるのか。

どのようなよく切れる刃物でも、穴を斬ることはできない。

穴を作っている枠《わく》を斬ったり破壊したりすることはできる。しかし、穴そのもの、虚《うつろ》そのものを斬ることは、人にはできない。

それを、歳三は覚《さと》っていた。

そう思った時——

どきり、とした。

知らぬ間に、間合いが詰まっていたのである。

ぞくり、
と、首筋の毛が立ちあがった。

拳ひとつ分、竜之助が近づいている。

虚《うつろ》が、気がつかぬうちに、自分に寄り添ってきていたのである。

半歩、歳三は退がった。

間違いなく退がったはずであった。

が、しかし——

竜之助と自分との距離は、変化をしていなかった。いや、むしろ竜之助と自分との距離は、詰まったのではないか。

歳三が退がった分以上に、竜之助が前に出ているのである。

歳三の中に、小さな焦りが生まれた。

さらに退がらねばならない。

退がる。

しかし、ふわりと、竜之助の身体が前に動いてきた。

歳三の身体に、恐怖が噴きあがった。

突然、焦りが、一瞬にして、圧倒的な恐怖に変化していたのである。黒い獣のように、その恐怖が襲いかかってきたのである。

「おちゃあっ！」

歳三は、前に出ていた。

逃げるつもりだった。

退がるつもりだった。

本当は。

それが、身体が勝手に前に動いていたのである。

退がるつもりが、たまたま前に出た。
偶然だ。
そうとしか思えない。
前に出て、竜之助の剣を、和泉守兼定ではじいた。
おもいきり。
ぎいん、
と、金属音があがった。
ぎちゃっ、
きいんっ、
自分の剣で、竜之助の剣を跳ねあげる。
きいん、
きいん、
振り回した。
どのような剣技の中にもない動きだ。
まるで、子供が両手を振り回して、かなわぬ相手に叫びながら向かってゆく——歳三の姿はそれであった。
ある意味では、それが歳三を救ったと言っていい。
子供が、その動きで、自身の心を解放させてゆくように、歳三もまたその動きの中で、自身の肉を解放させていった。

それは、悦び、と呼んでもいいものであった。

剣と剣が、音をたてている。

見ろ。

おれは、今、打ち合っている。

あの、机竜之助と斬り結んでいる。

俺の剣と竜之助の剣がぶつかり、火花をあげ、時に蛇のようにからみあっている。まるで、剣と剣が睦言《むつごと》を交わしあうように、互いの身体をいやらしくこすりつけあっている。剣と剣が、愉悦の声をあげている。

生と死の間《はざま》にいながら、今、歳三はそれを忘れていた。

男と女が、互いに肉体《からだ》を貪《むさぼ》りあっている時に、自分たちがどういう場所で、どのような状況で、何をしているかなど考えていないのと同じである。

どのような剣の流儀にもない、歳三の動きだった。これは、旅先での多くの出稽古から生まれた歳三流の動きと言ってもいい。

机竜之助が、歳三の勢いに押されたように退がってゆく。

見よ。

宇津木文之丞。

見たか。

机弾正。
あの机竜之助が、今、退がってゆくのを。
虚《うつろ》が、退がってゆく。
追う。
退がる。
追う。
どうじゃ、近藤、沖田、これを見たか。
その時、歳三は、竜之助を追いながら、気がついていた。
ある思いが、自分の裡に生じていることに——
それは、
〝これでよいのか〟
という思いであった。
これでよいのか。
おまえは、望んでいたのではなかったか。
音無しの剣と闘うことを——
ただ、音無しの構えが、どういうものであるのか、それを知りたかったのではないか。
ただ、机竜之助という人間と、刀を交えたかっただけではないはずだ。音無しの構え
——ある意味では、机竜之助そのものと言っていい音無しの剣と対峙し、それを破るこ

とによって、机竜之助という人間と生死を賭して闘ってみたかったのではないか。

歳三が、そんなことを思ったその時――

追う歳三から逃げるように、大きく竜之助が退がって、腰を落としていた。

さらに追おうとした歳三は、そこで、びくりと身体をすくませて、動きを止めていた。

そこに、これまで以上に深い、虚《うつろ》の穽《あな》が、黒い淵《ふち》となって歳三を待っていたからである。

ついに――

ついに、見切られたか。

歳三は、そう思った。

深く息を吸い込み、それを静かに吐き出しながら、

「それは、おれを見切ったということかい……」

歳三は言った。

竜之助は、答えない。

その答えないことが、答えであった。

竜之助は、見切ったのだ。

このおれを。

このおれは、見切られたのだ。

しかし、何を見切られたのか。

をか。

うではない。

自分という存在そのものを見切られてしまったように思えた。

ああ、そうか。

歳三は、心の中でうなずく。

見切るというのはそういうことか。

わかった。

謎が解けていた。

見切るというのは、つまりそういうことなのだ。

人間を見切るということなのだ。

剣が届く、その距離だけのことではない。

その剣を振る拍子、間《ま》、呼吸——そういうものまで全て含めて、見切る、ということなのだ。

見切ったというのは、つまり、この土方歳三を見切ったということなのだ。

なるほど……

そう思った時、

ふっ、

と、身体が楽になった。

見切られたのなら、それはそれでいい。
ならば、言わねばならない。
これまで、何人もの人間がそうしてきたように。
才賀新太郎も、それを口にした。
宇津木文之丞も、それを口にした。
机弾正も、それを口にした。
ならば——
この自分も、それを口にしなければならない。
あの、生と死を分ける言葉を——
それを口にした者のことごとくが死んでいったあの言葉を——
歳三は、深く息を吸い込んだ。
風を感じている。
下界のように熱くない、涼やかな風だ。
なんと気持ちのよい——
横手で、富士が美しい。
天が青い。
雲が動いてゆく。
を全身に感じながら、歳三は、その言葉を口にした。

「ならば、見せてくれるのだな……」

歳三は、静かに言った。

「音無しの構え、ぜひ見たいと思っていた……」

後へ引き返せない言葉であった。

すうっと、竜之助の腰が、やや浮いた。

それでも、腰の位置はまだ低い。

青眼に構えられていた竜之助の剣が動いた。

柄頭がこちらを向き、剣先が後方に向けられた。

左足が前。

右足が後《あと》。

剣は、竜之助の左側にあって、地面に対して水平になっているとも見えたが、そうではなかった。剣先が後方で下がっている。

馬庭念流の無構え!?

いや、違う。

似てはいる。

しかし、似て、非なるものであった。

これまで、近藤と互いに攻めと受けを替わりながら、道場でこの無構えについては稽古をしたことがある。その時、自分たちが理解したはずの無構えと、竜之助のこの無構えとは違う。

何が、違うのか。

それは、ただ一点——竜之助の構えた武蔵太郎安国の切先が、鍔と手に隠れて見えぬということであった。

歳三の視線と、竜之助の構えた剣の刀身とが平行になって、刀身が見えないのだ。

自分にとって、竜之助の剣が見えなくなってしまったことになる。

すうっ、と、歳三は腰を低くした。

歳三が腰を落とすのに合わせて、竜之助が剣先を持ちあげる。

歳三が、横へ動く。

竜之助の身体が、歳三の動きに合わせて回る。

どのような動きをしても、刀身は鍔に隠れて見えぬままだ。

竜之助が、常に、刀身を相手の視線と平行にして刃《やいば》を見えぬようにしているのである。

これか。

これが、音無しの構えであったのか。

刀の長さが見えない。

受け手にとって、斬りかかられる時、あらかじめ刀身が見えているのといないのとでは、大きく違う。

相手の構え方によっては、その時その時で、見かけ上の刀の長さが違って見えるというのは、通常にあることだ。それでも、刀身が見えていれば、間合いや相手との距離を、無意識に調整できるのである。しかし、肝心のその刀身が見えないのでは、調整をしきれない。

さらには、どういう間と呼吸で斬ってくるのか、それもわからなくなる。

そうすると、どうなるか。

受ける側は、勘で距離を調整し、間合いを測るのだが、刀身が見えているのといないのとでは、その精度に差が出てくる。そして、その差が生死を分けるのである。

竜之助は、無構えに近いかたちで、腰を沈めたまま動かない。

深い、虚《うつろ》の淵だ。

刀身が隠されたことによって、その虚の淵がさらに大きく、さらに深くなったようであった。

これまで竜之助と立ち合ってきた者たちは、いずれも、その虚に向かって足を踏み出し、淵に呑み込まれて斬られている。

石垣宗右衛門も、才賀新太郎も、宇津木文之丞も、机弾正も、皆、これを見たのであろうか。

睨みあっていると、迷いが出てくる。

いつまで、自分はこうして竜之助と対峙を続けなければならないのか。この状態を続けていると、眼の前に口を開けた、人形《ひとがた》の中に吸い込まれそうになる。

吸い込まれたら――

斬られる。

歳三は、大きく退がった。

と――

退がった分だけ、竜之助が前に出て来た。

その動きの中で、竜之助の構えが変化していた。

前に出ながら、竜之助は、剣を青眼に構えていたのである。

む!?

歳三は、唇を噛んでいた。

見えない。

竜之助がこちらに向けた剣の切先だけは見えているのに、見えているのはその切先だけで、刀身が見えないのだ。

ぬ!?

ぬ!?

歳三は、身体を移動させ、頭部を上下させて、なんとか刀身を見ようとするのだが、それに合わせて、竜之助が切先の高さを変化させるのだ。切先だけではない。握っている柄の高さも一緒に変化させる。それが、上下、左右、歳三の動きに合わせて自在に変化するのである。

したがって、常に、歳三は刀身の長さを視認できぬ状態が続いてしまうのである。

——これが音無しの構えか。

机竜之助と向き合い、闘った者にしかこれはわからない。横から見ている者には、そこまでの機微がわかるはずもない。ただ、ふたりが、青眼に構えて向きあっているようにしか見えぬであろう。ただひとり、そのことを知る相手は、闘いが終わった時には死んでいるから、このことを他の者に伝えようがない。かといって、刀身を見ることに心を奪われてしまっては、その隙を突かれて竜之助に斬られてしまう。

おそるべき執念と稽古が、この技を可能にしたのであろう。

凄い。

人は、どうしたらその境地にまでゆけるのか。

見当もつかなかった。

歳三は、心の中で、賛嘆の呻き声を洩らし、同時に恐怖していた。

竜之助の握る剣の長さがわからない。

長さの記憶をさぐろうとしても、その記憶が定《さだ》かでない。

どれほどの長さであったか。

三尺四寸？

三尺六寸？

いや、どっちだっていいが、三尺四寸というのは、どれほどの長さであったか。

そういうことまでがわからなくなってきている。

危ない。

このままでは、大きな虚《うつろ》に自分は呑み込まれてしまうであろう。

どうすればよいのか。

歳三は、進退窮《きわ》まっていた。

さっきまで、自在に動いていたあの肉体は、どこに行ってしまったのか。

これでは、蛇に睨まれて動けなくなった蛙ではないか。動かない蛙を斬ることなど、造作もないことだ。前へ出て、剣を振り下ろす。それだけのことだ。

おそろしいのは、今、自分が、この状態に耐えていることが、できなくなってきていることだ。このままでは、死ぬのを承知で斬りかかっていってしまいそうであった。これまで竜之助と闘ってきた者たちは、皆そうであったのだろう。我慢できずに、耐えきれなくなって、身体を強《こわ》ばらせたまま、自ら竜之助に斬られにいってしまうのだ。

じわり、
じわり、
と、竜之助が前に出てきているような気がした。

おかしい。

竜之助は、足を使っていない。

それなのに、竜之助の剣が近づいてきているのである。

竜之助の細い眸《め》が、歳三を見つめている。

どこか眠そうな、何を考えているのかわからない幽鬼のような眸——

どうする。

どうすればよい。

歳三は考える。

何か、よい法はあるか。

あった。

それは、狂うことだ。

狂ってしまえばいい。

狂った人間には、どのような呪《まじ》であろうと、恐怖であろうと、それが剣の間合いであろうと、効かなくなる。わからなくなる。

そうだ。

狂え。

歳三よ、狂え。

「ちゃあああああああっ!!」

歳三は叫んだ。

全身の力を込めろ。

はらわたをひり出すようなつもりで、声をあげろ。

狂え。
狂え。
狂え。
声に、ありったけの気魂を込める。
眼を吊《つ》りあげよ。
眼を剝《む》け。
目だまが転げ落ちてしまったっていい。
「かああああああああっ!!」
死ね。
歳三。
跳び込め。
何も考えるな。
跳び込んで、ただおもいきり、竜之助目がけて剣を打ち下ろせ。間合いのことなども
う考えなくていい。見切りのことなど知ったことか。
魂が、これで、擦り切れてしまうのなら、それでよい。
もう、人にもどれなくてよい。
「おわああああああああっ!!」
「があああああああああっ!!」

狂った――

そう思った。

しかし、狂えなかった。

歳三は、寸前のところで、踏みとどまっていた。

それが、歳三の命をながらえさせた。

全身が汗をかいていた。

身体が、汗でずぶ濡れだ。

全部、出てしまった。

身体中の気力、力という力、そういうものが根こそぎ、全て今ので出ていってしまった。今にも、そこにへたり込んでしまいそうだった。

力が抜けた。

剣を持っているのもやっとだ。

さあ、斬れ――

竜之助よ、おれを斬るなら今だ。

しかし、竜之助は、斬りかかってこなかった。

「不思議ですね……」

机竜之助が、怪訝《けげん》そうにつぶやいた。

「あなたが初めてですよ。あれで跳び込んでこなかったのは……」

何だ。
何のことだ。
竜之助は何を言っているのだ。
「では、わたしの方からゆきますよ……」
ふわりと、羽毛のように、机竜之助が前に出てきた。
軽い。
空気のようであった。
重さがない。
はじかれたように、歳三は跳んで退がった。
すううっ、と竜之助が追ってくる。
追いつかれる。
退がるより、前へ出る方が速い。
斬られる。
前へ出てくる竜之助を止めねば、斬られる。
歳三は思った。
どうすればよいか——それを思考するより疾く、もう、身体が動いていた。
「むわっ」
後ろへ退がりながら、歳三は和泉守兼定を地面に突き立てていた。

同時に、退がりながら右手で小刀《しょうとう》を抜いていた。

竜之助が、足を止めていた。

竜之助の、すぐ眼の前の地面に、和泉守兼定が突き立っている。

刃を、竜之助に向けて――

その刃を挟んで、反対側に歳三が小刀を抜いて立っている。

もしも、竜之助が追ってくるのなら、和泉守兼定を跳び越えるか、右か左か、どちらかに回り込むか、そのいずれかしかない。

が、そのどれを選んでも、歳三に斬りつけられるおそれがある。

歳三を斬るための動きに入る前に、和泉守兼定を越えるための動きをしなければならないからだ。

それで、歳三は、和泉守兼定を地に突き立てたのである。

深く考えてのことではない。

竜之助の動きを、一瞬でも止めることができるのなら、それでよいと思ってのことであった。

地面に突き立てられた剣を挟んで、歳三と竜之助は対峙していた。

もう、すでに、歳三の胸に戦略など無い。そもそも、戦略などというものは、強い人間が弱い人間と闘う時に考えるものである。

弱い方が、腕の未熟なる者が、いくら戦略をたてても、それは無いのと同じである。

弱き方に戦略があるとするなら、それは、死力を尽くす——それ以外にない。

勝敗を問わない。

生き死にのことを考えない。

それを、神に預けてしまう。自分のやることは、ただひたすらに己れの技をまっとうすることだけでいい。

竜之助は、変形の上段に構えている。右肩の上に、刀を担ぐような形。

その刀身は地面とほぼ水平になっていて、切先は自分の後方へ向いている。刀身は見えない。

音無しの構えだ。

なるほど——

風景を眺めるような眼で、歳三はその立ち姿を見た。

いい風景だ。

静かな山のようだ。

その山の中へ、これからおれは分け入ってゆく。

それでいい。

それはいつか。

いつでもいい。

今、おれの頬をなぶっているこの気持ちのいい風が、次におれの背を押した時だ。

どうやって、この山の中へ入ってゆくか。

奇《く》しくも、これは、あの巽十三郎が、机弾正と対峙した時の形に似ている。違っているのは、その時巽十三郎が剣を握っていたのに対し、自分は地面に突き立った剣を握っていないことだ。

かわりに、小刀を持っている。

そこが違いだ。

巽十三郎が、最後に残した技を、自分も試してみようか。

前に足を踏み出し、地に突き立てられた和泉守兼定を蹴りあげる。切先を前にして、和泉守兼定は、机竜之助に向かって飛ぶ。

竜之助がそれを受ける。

その時すかさず、踏み込んで小刀で斬りつける。

それが、巽十三郎の技の変形だ。

いや、それは考えないでいい。

勝負というのは、常にその場その場で千変万化する。決めてしまったら、その技の幅を狭くするだけだ。

歳三は、静かに風景を呼吸していた。

風景を吸い、風景を風景の中へ吐き出す。

その風景の中に、机竜之助が立っている。

歳三は、待った。
風を——
そして、風は吹いたのであった。

五

頭上で、木の梢を揺すっていた風が、ふいに方向を変え、歳三の背を押したのである。
歳三は、前に出た。
風に乗って。
滑らかな動きであった。
前に出ながら、その風に乗せるように、手にしていた小刀を投げた。
切先を竜之助に向けて、風と共に、小刀が宙を疾《はし》った。
きいん、
と、竜之助が、その小刀を跳ねあげる。
この時には、もう、歳三は地に突き立てていた和泉守兼定の柄を握っていた。
「ひゅっ」
と、歳三の唇から、呼気が洩れる。
歳三は、下から斬りあげるように剣を持ちあげ、前に大きく足を踏み出して、突いた。

下げようと武蔵太郎安えた先へ、

その切先が吸い込まれ

歳三の剣の先が、竜之助の空いた[illegible]から胸を突いていた。

喉の下五寸——

こつん、と、切先が胸の骨に触れ触があ

浅い。

切先が肉に潜ったのは、半寸——

相手が、通常の人間であれば、これ勝負になっている。

致命傷を与えるほどのものではない、剣でその痛みのため、突かれた方は、次の動きに入るのが遅くなる。

しかし、竜之助は痛みを感ずることがない。

宇津木文之丞は、竜之助の額の骨まで削って、次の一瞬、竜之助の剣によて屠《ほふ》られている。

歳三の身体は伸びきっていた。

突いた剣を引き、上から斬り下げてくる竜之けねばならない。あるいは、飛ぶか、地に転がるかして、竜之助の剣を避ない。

それが、できなかった。

死ぬ。

斬られた――

そう思った。

しかし、竜之[illegible]助の剣が斬り下げられ[illegible]った。竜之助が、剣を斬り下げる形のまま、そこで[illegible]動きを止めていたのであ[illegible]

「じゃっ！」

歳三は、体[illegible]勢をたてなおしざま、斜め上へ向かって、斬りあげようとした。

そこへ、声[illegible]がかかった。

「竜之助さま[illegible]っ!!」

女の声で[illegible]あった。

知った女[illegible]の声だ。

歳三が、[illegible]そこで動きを止めたのは、お浜であったからではない。

剣を構え[illegible]たまま、そこに突っ立って[illegible]を見たからである。

竜之助[illegible]、口を開き、眼を見開き[illegible]だ。

苦痛の[illegible]表情にも、驚きの表情に[illegible]

その両[illegible]力が混じっているように[illegible]

しか[illegible]、歳三の印象で言えば、[illegible]に近い。

竜之[illegible]は、そこで、喜悦の表情[illegible]ある。

「[illegible]さまっ！」

駆け寄ってきたお浜が、歳三の横に並んだ。

その時——

つううっ、と、竜之助の唇の左端から垂れてきたものがあった。

涎《よだれ》であった。

転の巻　大乗の剣

一

びくん、
と身体を震わせ、

「ああ――」

竜之助は、焦点の定まらぬうつろな眼を、歳三と、お浜に向けた。

何が、今、自分の身に起こっているのか。

それを問うような眼だ。

しかし、その眼には、何も映ってはいないようであった。

半開きになったその口から、大量の涎が流れ、顎を伝い、喉を伝い、襟の中に入り込んで、胸から出ている血と混ざり合う。

「歳三さん、これは……」

いつの間にか、歳三の横に並んでいた七兵衛が言った。

途中、お浜に追いつき、お浜と一緒に登ってきて、今、ここにたどりついたのであろう。

「わからねえ……」

歳三はつぶやいた。

その歳三の前で、

「い、痛い……⁉」

竜之助は、左手で胸の傷に触れた。

その指先が、血と涎で濡れる。

「痛い……」

右手に握った武蔵太郎安国を杖《つえ》がわりにして、喘ぐ。

「こ、これが、痛みか。これが、痛いということか……」

ぶつぶつと、竜之助はつぶやく。

「陰鍼《かげばり》か……」

歳三が、その言葉を口にした。

川崎長庵が、四神総、華佗の隠し経絡を突く五黒の法を、竜之助に試している。

それでも、竜之助の身体に、痛みの感覚が生ずることはなかった。

その時、長庵は言っている。

〝鍼というものには、陰鍼というものがござります〟

〝どのように効く鍼を打ちましても、まったく効かぬということがございます。そういう時に、この陰の鍼を打つことで、初めてこの効が現れるということがあるのでございます〟

〝しかし、その陰鍼、どこに打つのか、それまでに打った鍼によっても、人によっても、それぞれ違うと言われております〟

〝その最後の鍼のひと打ちによって、病の癒えることも、もしや、あるやもしれませぬ〟

この世に存在するかどうかもわからぬ陰鍼。

「おれの、今のひと突きが、偶然に、その陰鍼の経絡《つぼ》を突いたのかもしれねえ……」

しかし、それは、今、わかることではない。

わかっているのは、今、眼の前で、竜之助は痛みに悶《もだ》えているということであった。

竜之助は、天を仰いだ。

「母上……」

「母上……」

天に向かって、竜之助がつぶやく。

「わかりましたぞ、わかりましたぞ……」

竜之助は、右手に握った刀を持ちあげて、自分の左腕を突いた。

「おきゃあっ」

竜之助が、幼児のような声をあげる。

おきゃあっ！

樹上で、青猿が哭きあげる。

竜之助が、刀で、自分の左脚を突く。

「おきゃあっ!!」

竜之助が叫ぶ。

おきゃあっ!!

青猿が吠える。

竜之助は泣いていた。

「痛や……」

「痛や……」

眼から、涙が溢れ出ている。

鼻からも、鼻汁が流れ出している。

小便の臭いまでした。

竜之助は、自身の肉の穴という穴から、液体を垂れ流していた。

「おう」

竜之助が、びくん、びくんと背を突っ張らせて、呻いた。

股間のものを勃起《ぼっき》させ、そこから精を放ったらしい。

「おうっ」

「おうっ」

たて続けに、竜之助は放っていた。

竜之助は、恍惚《こうこつ》となっている。

竜之助は、歓喜していた。

これまで、竜之助が味わうはずであった過去の痛みが、今、まとめて竜之助に襲いかかっているのである。

それを、歳三は見つめるしかなかった。

竜之助は、天地の間の風の中で、舞うように、喜悦しながら悶えていた。

二

「なんとも、申しあげる言葉もござりませぬ……」

お浜は、そう言って、

「ありがとうござりました」

頭を下げた。

その横に、お浜に支えられるようにして立っているのは、机竜之助であった。

竜之助は、幼児のような、あどけない顔をしていた。

その眸《め》は、ただ風を追っている。

ふたりは、富士を背にして立っている。

「江戸までは、長いですぜ……」

優しい声で言ったのは、七兵衛であった。

「気をつけて、お行きなさい」

思えば、ここ、この場所でお松の祖父を殺したのは竜之助である。お松の仇《かたき》だ。

しかし、それも、もう、これで過去のことになってしまった。

これほど人が死んだ後で、今さら机竜之助を仇よばわりしたところで、何ものをも生み出さぬであろう。

お松に、これを何と伝えようか――

七兵衛は、そんなことを考えている。

歳三は、無言だった。

黙ったまま、お浜と竜之助を眺めている。

風が吹いている。

その風の中に、歳三は立っている。

竜之助は、天真爛漫《てんしんらんまん》といってもいい顔で、山を眺め、木々を眺め、そして、歳三を、七兵衛を、風を眺めている。

まるで、初めてものを見る赤子のように。

「それでは……」

お浜が、頭を下げた。

風の中で背を向けた。

ゆっくりと、足を踏み出した。

熊笹の間の道を、甲州へ向かって、お浜と竜之助は、下りはじめた。

七兵衛と歳三は、それを眺めている。

ふたりの上に、富士がある。

ふたりの姿が小さくなってゆく。

その時、背後に人の気配があった。

振り向くと、そこに、近藤勇と沖田総司が立っていた。

「歳よ、無事だったかい」

近藤が、近づいてきた。

「いや、巽十三郎の屍体が見つかったっていうんでな、沢井へ行ってみたら、机弾正が死んでいる。おめえたちは、大菩薩峠へ向かったらしいって、与八ってえのが言うもんだから、追ってきたら、和田道場の奴らが八人も斬り殺されて倒れてやがるじゃねえか
——」

近藤の声は、道を急いできたのか、はずんでいる。

「ねえ、まさか、土方さんが、あの八人を斬ったんですか。だとしたら、いいなあ、う

らやましいなあ……」

沖田が、明るい声で言った。

「ねえ、ねえ、いったい、あの八人、誰が斬ったんです?」

「うるせえぞ、総司。少し黙ってろ」

近藤は言った。

「竜之助は?」

近藤が訊いた。

「あそこですよ」

歳三は、視線を、甲州側の斜面へ向けた。

竜之助と、お浜の背が、熊笹の中から、その下の林の中へ消えてゆくところであった。

「あ、こんなところに、猿が死んでますよ」

沖田が言った。

見やれば、いつ、落ちたのか、さっきまで頭上の樹の上にいた、あの青い猿が、竜之助が捨てた、深編笠の横に倒れて死んでいる。

歳三は、視線を富士に向け、

「近藤さん……」

そう言った。

「なんでえ、歳……」

「江戸へ、出るよ」

「江戸へ？」

「ああ」

歳三は、うなずき、

「おれは、死んだよ」

そう言った。

「死んだ？」

近藤が問う。

「もう、これでいい」

「何がいいんだい」

「ふたりで、剣を抜いて向きあって、おれが強い、おまえが強い、そういうのは、もうこれでいい――」

「だから、何だってえんだね」

「江戸さ」

「江戸？」

「江戸へ出て、剣で、俺試《おれだめ》しをするんだ。剣で、仕事をしてえのさ」

「へえ」

「江戸へ行こう、近藤さん」

「ふうん……」

まんざらでもなさそうに近藤はうなずき、

「そうだな」

と、つぶやいた。

「江戸ですか」

沖田が寄ってきた。

沖田も近藤も、すでに江戸にいるのだが、ふたりは、江戸へ出る、という歳三の言葉が気に入ったらしい。

「江戸へ出れば、人が斬れますか」

嬉しそうに、沖田が言う。

「うるせえぞ、総司、黙ってろと言ったろう」

「江戸へ行って……」

歳三は、顔をあげた。

その頬に、風が吹く。

「風を斬ってみてえのさ——」

歳三は、そう言った。


（完）

あとがき　「机竜之助は民衆である」って、しびれましたぜ!!

1

学芸通信社で新聞連載を始めるにあたって、それを時代劇にしようとは、早くから心の中で決めていたことであった。

どういう物語にするかも、心づもりはあった。

剣豪小説――

強い剣士が、強い剣士と、必殺技を駆使して闘う。素手の格闘については、ぼくは世界で一番書いてきた自信がある。世界一だ。

次は剣の世界――剣豪ものでいこうと。

もうひとつ、腹にあったのは、映画『シェーン』である。

ある町のある家族のところへ、ふと転がり込んで、仕事を手伝うことになった優しい男、シェーン。

弱い男と見えていたのが、実はとてつもない腕ききのガンマンで、この一家や町の人々をいじめていた悪人どもをやっつけて、去ってゆく。

「シェーン、カムバック！」

一家の子ども、ジョーイ少年のこのラストの言葉は、今もみんなの心に残っている。

この『シェーン』を、時代劇でやろうと考えていたのである。

タイトルはとりあえず、「紫煙」。

煙草好きの浪人が、ある時、我が小田原《おだわら》を流れる川、酒匂川《さかわ》の堤防の普請現場にやってきて、そこで働いているある家族の家に住みついて、色々と仕事を手伝うことになる。

悪徳手配師だの、現場をあずかる腕の立つ武士だの、謎の隠密《おんみつ》だのが現場にまぎれ込んでいて、ついに、嵐の晩にクライマックスをむかえてしまう話――

基本的には映画『シェーン』と似た展開をベースにこれを書こうと思っていたのだ。

これでいけるんじゃないの、と思っていたのである。

そういう時に、スタジオジブリの鈴木敏夫《すずきとしお》さんと対談があったんですね。

鈴木さんとは、鈴木さんが、その昔徳間《とくま》書店で『アニメージュ』の編集者をやっていた頃からの知りあいで、対談はなごやかに終了したのだが、この後に事件があったのだ。

みんな、鈴木さんがいけない。

鈴木さんが、突然、こんなことを言い出したのである。

「獏《ばく》さん、『大菩薩峠《だいぼさつとうげ》』、読んだことありますか――」

全てはここから始まってしまった。

『大菩薩峠』読んだこと、あります。

いえ、正直に言います。

読もうとしたことがありました。

これまでに三度ほど挑戦して、ちくま文庫で言えば、全二十巻のうち、二巻も読みきれなかったのである。

一巻は読んだのだが、いつも二巻目の途中で挫折《ざせつ》。

とてつもない長編小説で、あまりの長きに渡って連載が続いたため、一度死んだ人物が、(作者がそのことを忘れて)また出てきたりする。時代は幕末、新選組《しんせんぐみ》の近藤勇《こんどういさみ》や土方歳三《ひじかたとしぞう》も出てくる。

前半の舞台は、土方歳三が住んでいた日野《ひの》市の近くである。

主人公は、机竜之助《つくえりゅうのすけ》。

必殺の剣、音無しの構えで、強い男たちを次々に倒してゆく。

映画では、片岡千恵蔵《かたおかちえぞう》、市川雷蔵《いちかわらいぞう》、仲代達矢《なかだいたつや》がこの机竜之助を演《や》っている。

「何度か読もうとしたんですが、結局最後まで読めませんでした」

正直に告白した。

だって、いきなり、始めのシーンで、大菩薩峠で机竜之助が巡礼を斬り殺す場面からのスタートである。しかも、何故、巡礼を斬り殺したのか、その理由がいっさい書かれていないのである。

伏線とおぼしきものが、ほとんど回収されておらず、江戸にいたはずの人間が、いきなり別のところに出現したり、東海道を西へ向かっていたはずの人物が、東へ向かっていたり（このあたりぼくもよくわかっていないので、ニュアンスとして書いています）で、物語は破綻《はたん》しまくりなのである。

しかも登場人物だけが次々に増えてゆき、主人公の机竜之助の影は薄くなり、この物語、作者がどういうサービスを読者に対して提供しようとしているのかもはや見当もつかない状態になってしまっているのである。

この物語を全部読んだのは、本人と担当編集者しかいないのではないかと思えるほどなのである。

ところが――

「ぼくは三回読みましたよ」

と、鈴木さんは嬉《うれ》しそうに言うのである。

「どこがそんなにおもしろいんですか？」

と訊《たず》ねると、

「机竜之助がね、最初にいきなり巡礼を斬り殺しちゃうんだよ。でも、理由も何にもわからない。いきなりだよ――」

そこがすごいんだよと鈴木さんは言うのである。

さらに鈴木さんは、もっとすごいことをぼくにふき込んだのだ。

「獏さん、机竜之助は、民衆なんですよ」

えーっ⁉

ぼくはぶっ飛んでしまった。

しびれた。

バズーカ砲を、正面から顔にぶっ放された感じ。

家に帰ってからも、この言葉が頭から離れない。

頭の中では、

「机竜之助は民衆である」

という言葉が鳴り響いている。

なんだか、凄《すご》いことができそうな気がしていた。

時あたかも、三・一一の翌年である。

民衆は怒っている。

放射性物質はばらまかれるわ、それは我々には知らされないわで世の中ひどいことになってる。

ぼくはぼくで、創作者として、この世の中や政治や、それこそ超個人的な不満やら何やらで、どうしていいかわからない。

たとえばだ。

ずっと前から四十年以上も考え続けてきたことがある。

それは、人類はどうなってしまうのか。

という問いである。

ぼくの好きな海やら山やら川はどうなってしまうのか。

このまんまじゃ、人類、ダメになっちゃうんじゃないの。

地球おしまいなんじゃないの。

また、たとえばだが、たとえば社会主義って、世界史の中で、実用としては破綻してしまったんじゃないの。これ、世界史の中で、もう、答えが出てしまったんじゃないの。

だからといって、資本主義ってどうなのよ。資本主義だって、やっぱり破綻してるんじゃないの。

どうする、人類。

どうする、おれ。

人間が作った制度の中で、多少はマシなのは、龍馬《りょうま》に言わせれば「入れ札制度」くらいじゃないの。選挙で、自分たちの支配者を選ぶ制度。多少はマシだけど、それでも充分機能していない。

社会主義、共産主義だって、理論は立派でしょう。でも、世界を見ろよ。何がうまくいっているのか。

資本主義どうよ。

アメリカどうよ、日本どうよ。

みんな、うまく機能していない。

これってつまり、うまく機能しさえすれば、共産主義でも資本主義でも、ほんとはどっちでもいいんじゃないの。これがうまく機能しないのはつまり、〝主義〟や〝理論〟が悪いんじゃなくて、それを使う側が悪いんじゃないの。つまり、人間が悪いってことになるんじゃないの。

だって、原発だってさ、理論はどれだけ完全でも、それを使うのが不完全な人間である以上、どこかで何か起こっちゃうだろう、たぶん。きっと。起こったら起こったで、責任者は、逃げたいわなあ。隠したいわなあ。

人間だから。

人間不完全――でも、不完全はしかたがない。

完全な人間なんていないことは、もうみんなわかってるし。

だいたいね、資本主義って、お金を神サマにした一神教でしょう。

共産主義であれ、資本主義であれ、これ、実はみんな一神教でしょう。

一神教って、運用が実に難しい。

他の神サマを認めないから、他の神サマを信仰する人たちを、それ、違うでしょうって言う構造になってる。

(やっぱり多神教だなあ。いろいろな神の存在を認める。たとえばそれは、縄文だなあ。縄文主義って、案外、これからいけるんじゃないの、と思うようになったのは、ほんとうに、今、これを書いている今日この頃で、当時はまだぼくは何をどうしたらいいのか、何もわかってないアホ人間だった。もちろん今だって、そこは同じなんだけど）いやいや、何が言いたかったのかというと、当時のぼくは、自分のアホさを棚にあげて、何だかよくわからない怒れる男だったのである。

ああ、そうか。

机竜之助が民衆なら、机竜之助のことを書けば、今のぼくのこの不満やら怒りやら、わけのわかんないこの気持ちをみんな、竜之助にのせることができるかもしれない。この、人類の怒りをみんな机竜之助に背負わせて、なんか、もの凄い剣豪小説がやれるかもしれないと思ったのである。

このエンターテインメントで、わけのわからんこの世の中をぶっ飛ばしてやるぞ——そんな感じ。

さっそく、鈴木さんに連絡をとりましたよ。

「すみません。もう一度、鈴木さんの『大菩薩峠』話を一杯やりながら聴かせてくれませんか」

で、会いましたよ。

都内某所で、食事をいたしました。

この時、鈴木さんと一緒にいたのが、ドワンゴの川上量生《かわかみのぶお》さん。

「ぼくのカバン持ちの川上さんです」

と紹介されただけなので、その時はこの川上さんがドワンゴの川上さんだとはわからなかったんですね（実は、この席で、『キマイラ』のニコニコ静画連載が決まってしまうという事件もあったのですが）。

この時は、『大菩薩峠』話はもちろんしたのですが、今、思い出そうとすると、具体的なことがなかなか思い出せないのである。

映画の話などをして、かなり楽しい時間であったということと、精神的な力こぶに満ちた状態で、家まで帰ってきたことはよく覚えているのである。

つまり、家に帰る時には、もう、『シェーン』ではなく、『大菩薩峠』でいこうと決心していたということなのである。

仮タイトル『新・大菩薩峠』。

連載開始までに、もっといいタイトルを思いつかなかったら、これでいこうと考えていたのだ。

しかし、この長い長い、終ってさえいない大長編小説を、どうやったら新聞の連載小説という枠の中におさめられるのか。

その方法論についても、やろうと決めた時にはもう頭の中にあった。

それは、机竜之助と宇津木《うつぎ》文之丞《ぶんのじょう》との試合が、御嶽《みたけ》神社の奉納試合において実現するのだが、ここまでを一本の長編小説としてまとめると、非常におさまりがよいということに、ぼくは気がついていた。

それは、全二十巻中、第一巻の五十五ページまでのエピソードなのだが、実はここが一番おもしろい。

よし、その試合に、土方歳三を出場させよう。

土方歳三は、机竜之助とは同時代人である。しかも、土方の家のある日野は、机竜之助の住んでいる沢井《さわい》から、近い場所にある。本編においては、ふたりは江戸で出会うのだが、もっと早く、この時期に出会う方がずっと自然でおもしろい。

なにしろ、近藤勇の天然理心流《てんねんりしんりゅう》の道場、江戸にもあったが、日野にもあって、しかも、日野道場のスポンサーは、土方歳三の義理の兄彦五郎《ひこごろう》である。御嶽神社の奉納試合、あったのなら当然、天然理心流も出場したであろうから、これはあり得ない話ではない。

では、机竜之助に、いかにして民衆の怒りを背負ってもらうか。

その作戦を考えている時に、出版されたのが、伊東祐吏《いとうゆうじ》さんの『「大菩薩峠」を都新聞で読む』であった。

当然ながら、ぼくはこれを読んだ。

読んで目からウロコ。

ぼくが『大菩薩峠』に抱いていた多くの謎がこれで解けたのである。

なんと、現行の『大菩薩峠』は、都新聞に連載されたものから、三割も文章量が少ないものであったのだ。

つまり、現行の『大菩薩峠』は、単行本化する段階で、三分の一ほどの文章が削られたあげくに、必要な辻褄《つじつま》合わせがほとんどなされないまま、本にされてしまった物語だったのである。

だから、伏線が回収されていないし、登場人物たちのおかしな瞬間移動や、物語の破綻が生じてしまっていたのである。

で、『都新聞』版には、竜之助が巡礼を斬り殺した理由まできちんと書いてあったのだ。

ああ、知らなかったよ。知りませんでしたよ、こんなこと。

しかし、いったい、誰が何のために、単行本化するにあたって、文章を三割も削り、しかも削ったことによって生ずる破綻部分の辻褄合わせをしなかったのか。

答えを書いておこう。

その犯人は、なんと作者の中里介山《なかざとかいざん》であったのだ。中里介山自身が、文章を三割も削って、しかも、辻褄合わせをしなかった張本人なのである。

しかし、いったいどうして？

『「大菩薩峠」を都新聞で読む』の著者である伊東氏によれば、それは、

「『制作上』『物語上』の理由から大幅に原稿を削除しなければならない中で、改めて書き直すだけの時間も余裕もなかった」

ということであったらしい。

ああ——

この時点で、机竜之助に、民衆の怒りを背負わせる、というぼくのもくろみは自然消

滅してしまい、

「おもしろい剣豪小説を書く」

という部分だけが残ってしまったのである。

これが、大正解であった。

で――

ぼくは、この物語を書くにあたって、中里介山本人がやらなかったこと、ふたつに答えを出している。

それは、

「出てくるのは技の名称だけで、どのようなものかわからない机竜之助の必殺技〝音無しの構え〟の正体」

である。

もうひとつは、

「いかにして、そのような技を生むに至ったかという、机竜之助の秘密」

についてである。

他にも、やったことは色々あるのだが、この〝あとがき〟から先に読んでいる人も多いと思うので、それはここでは書かない。

結果、奇跡のように極めておもしろい物語がここにできあがってしまったのである。

ああ、しびれてよかった。

鈴木さんの、

「机竜之助は民衆である」

このキャッチのもの凄いインパクトに背中をどどんとつかれて、この物語は生まれたのだと言っていい。

2

かくして、日野に行ったり、大菩薩峠に登ったり、御嶽神社に取材に行ったりして、小説の連載は始まったのだが、タイトルは、「ヤマンタカ」となった。

サブタイトルが「新伝・大菩薩峠」。

どうしてこうなったのか。

それは、ぼくが信頼しているY編集者に、言われた言葉が原因である。

連載開始前、ふたりでお酒を飲む機会があって、ぼくは他社の仕事であるこの新しい剣豪小説の話をした。

Yさんはおもしろがってくれたのだが、その後、次のように言ったのだ。

「獏さん、まさか、その連載のタイトル〝新・大菩薩峠〟じゃないだろうね」

「え、なんでわかるんですか」

ぼくはもう、びっくりである。

「新しい物語を描きたいわけでしょう。それだったら、『大菩薩峠』の翼をかりて飛んじゃ、いけないと思うんだよね。井上雄彦《いのうえたけひこ》が、吉川英治《よしかわえいじ》の『宮本武蔵《みやもとむさし》』を描く時に、『宮本武蔵』としないで『バガボンド』にしたでしょう。この意味を考えたら、『新・大菩薩峠』はないでしょう」

おそれいりました。

その通りである。

そこで、思いあたったのが「ヤマンタカ」である。

正確にはヤマーンタカ。

頭部が水牛で、身体は人間。

仏教の尊神で、日本では大威徳明王《だいいとくみょうおう》である。

京都の東寺《とうじ》では、水牛に乗っている明王である。

チベットの大呪法師《じゅほう》、ドルジェタクなんかが、このヤマーンタカを召喚して、何人もの人間を呪殺《じゅさつ》したりしている。密教最強の尊神と言っていい。

ヤマーンタカのヤマは、夜摩天《やまてん》——つまり地獄の閻魔《えんま》大王のこと。ンタカは、もともと〝アーンタカ〟で、意味は「殺す者」。

ヤマとアーンタカがくっついてヤマーンタカ——意味は「地獄の閻魔を殺す者」ということになる。

そして、凄いぞ、この後が。なんと、このヤマーンタカ、その本地は文殊《もんじゅ》菩薩であるというのである。

地獄の閻魔を殺すほどの力を持った尊神の実体が菩薩——最凶にして菩薩。

これって、机竜之助であり、道をゆく求道者は、あなたもぼくも、みんなヤマーンタカではないのか。

それで、タイトルを『ヤマンタカ』としたのである。

あえてサブタイトルを『新伝・大菩薩峠』としたのは、どこかで原典のことを、読む方のために知らしめておかないとフェアではないのではないかと考えたからである。

ちなみに、本書——この本においては、サブタイトルを『大菩薩峠血風録』としている。

3

おもしろいぞ、この本は。

腰をぬかすなよ。

二〇一六年八月二十八日

高知県馬路《うまじ》温泉にて——

夢枕 獏

解説　音無しの構え

鈴木《すずき》敏夫《としお》
（スタジオジブリプロデューサー）

担当編集者から解説を依頼された。

獏《ばく》さんのあとがきにぼくの名前が登場する。だから、書け、と。直接、そう言われた訳では無いが、「その義務があなたにはある」という脅迫もビシバシと感じた。

あらためて、あとがきを読んだ。以前、読んだときには他人事《ひとごと》だった。気楽だった。面白かった。しかし、今回は違う。解説を書く当事者として読んだら、ハタと困った。この小説の解説は、獏さん自身があとがきで雄弁に語っている。そこへ何を付け加えればいいのか？

『ヤマンタカ』は、単行本になる前に、ゲラを送って貰《もら》いそれを読んだ記憶がある。そのときのショックと驚きをまざまざと思い出した。

第一に、音無しの構えの正体が暴かれていた！

第二に、肩に〝大菩薩峠血風録〟と銘打ちながら、主人公は机竜之助《つくえりゅうのすけ》じゃなく、土方《ひじかた》歳三《としぞう》になっていた。

ぼくは、この小説の感想を貘さんに送るべきかどうか思い悩み、悩んでいる内に単行本が送られて来て、そうこうするうちに、有耶無耶《うやむや》になった。

そこへ今回の依頼だ。もう逃げられない。ええいままよ。書くしかない。と、ここまで書いて来てふと思い出した。今を去る30年くらい前の話か。貘さんを巻き込んで、映画の企画を考えたことがある。

現代の東京を舞台にした冒険活劇で、「アンカー」というタイトルだけが決まっていた。東京が世界の大都市と違っているのは路地の多い街。そんな大都市は、世界広しといえど東京しか無い。

路地から路地へ。ビルからビルへ逃げ回る主人公。バトンをしかるべき人に手渡せば自分は難から逃れられる。その姿を俯瞰《ふかん》で捉《とら》えると面白い映画が出来るんじゃ無いか。普段、ストレスを抱えて何も考えずに生きている自分たちの似姿を見るのも悪くない。

主たる舞台は、お風呂屋《ふろや》さんにしようと発案者の宮崎駿《みやざきはやお》が叫んだことも記憶している。監督は押井守《おしいまもる》に決まっていた。しかし、ストーリーが思いつかない。そこで誰か相応《ふさわ》しい人はいないかとなって、ぼくが貘さんを推薦した。

宮さんが貘さんと直接会って、イメージを伝える。いずれも、言葉で話すイメージボードだ。貘さんが頷《うなず》き質問を繰り返した。

すべてを分かるものに置き換えるのか。あるいは、分からないものをそのままにするのか？　争点はひとつだったと記憶している。宮さんは東京に残る土俗にこだわり、貘さんは論理にこだわった。

夢の企画だった。映画界ではよくある話だが諸般の事情で、残念ながらこの企画はボツになった。

以上、落語で言えば〝枕〟、このあとが解説になる。

貘さんはつくづく不思議な人だ。ご本人と話していると、勘が鋭くて、理屈よりも直感や情緒が先に立つ人のように感じる。しかし、こうして作品を読むと全編に亘《わた》って理屈が通っている。貘さんは、見かけによらず近代人だ。この小説の主人公の土方のように、直感と理屈の間を行きつ戻りつしている人だ。

貘さんと『大菩薩峠』の話をしたのは、ぼくのラジオ「ジブリ汗まみれ」（東京FM）に出ていただいた時のことだった。そこでぼくは、堀田善衞《ほったよしえ》さんの『大菩薩峠』（論考「〝大菩薩峠〟とその周辺」）についての話をした。その内容は、その昔、新聞のために書いたことがある（「読書　私のとっておき」共同通信配信記事　2007年）。

受身と消極の人生

子供時代に見た一本の映画が、人生に大きな影響を与えることがある。

小学校の3年生頃だったと思う。親父に連れられ、映画館で「大菩薩峠」（内田吐《うちだと》夢《む》監督 1957年）を見た。楽しいチャンバラ映画を期待していたぼくは、仰天した。なにしろ、冒頭から恐ろしかった。大菩薩峠で、机龍之助は、いきなり何の罪もない老巡礼を試し斬りにしてしまう。

そして、必殺の〝音無しの構え〟。剣を構えて、相手が動くまで微動だにしない。しかし、相手が斬り込んで来るや、龍之助の剣は一閃《いっせん》、一撃で相手を倒す。因縁の宇《う》津《つ》木文之丞《ぎぶんのじょう》との奉納試合での殺陣《たて》は、いまだ目に焼き付いている。

子供ながらに、これはただならない映画だと思った。話は、龍之助の苦悩に満ちた地獄巡りに終始する。しかしなぜか、ぼくは、その魅力に取り憑《つ》かれた。

中里介山《なかざとかいざん》の原作を読んだのは、大学生になってからだ。神田《かんだ》の古本屋で「大菩薩峠」の初版本を見つけると、ぼくは、貪《むさぼ》るように全17巻を一気に読んだ。

そして、龍之助の生き方が強烈な印象を残した。生きる目的が無く、なりゆきで果てもない旅を続ける。これも、その〝受身〟の剣法に相通じるところがあった。

後に、堀田善衞の解説を読んで納得をした。この受身と消極の姿勢を主調とする剣法をたとえとして見るなら、それは圧制に苦しむ民衆というものの姿であり、そこに、民衆に愛される理由の一端があると。そして、龍之助は世界には珍しい、日本に特異なヒーロー像だとも教えられた。

目的を定めず、目の前のことをこつこつとこなす。それが、いわゆる庶民の生きる知恵だ。ぼくは、そう考えて受身と消極で生きてきた。

と生き方の元になったものが、「大菩薩峠」にはあったのだ。

体の中には、いまだ龍之助の血が流れている。

庶民の生きる知恵。受身と消極で生きるとは、過去を悔やまず、未来を憂えない。今、ここに生きるという意味だ。

そんな話が、獏さんの筆に火を点《つ》けたらしい。

獣道が続く人間が分け入ったことがない山を、獏さんは登ることに決めた。用意したのは土方歳三だった。土方を対比させることで、机竜之助が際立っていく描写は見事に成功している。

たとえば、土方の隣には近藤勇《こんどういさみ》や沖田総司《おきたそうじ》といった仲間がいる。一方、机竜之助は群れない。父・机弾正《だんじょう》の門に入るものの、そこには属さない。自ら組織も作らない。

土方はお浜《はま》に惑い、また、自らの剣に迷う。一方、机竜之助はお浜へ目もくれず、己の剣を疑うということがない。剣に対しては絶対的な信仰のように従順なのだ。

音無しの構えとは、どんな剣なのか？

音無しの構えには決まった形が無い。それは序盤から語られている。中盤、巽十三郎《たつみじゅうざぶろう》が宇津木文之丞の道場へ行った際に、二人が話している。音無しの構えとは、相手の間合いを狂わす剣である、と。しかし、その後、父・机弾正に相対した机竜之助が言う。

「父上……勘違いでござりましたな。わたしが見切っていたのは、剣の長さでも、間合いでもなかったのですよ……」

だとしたら、机竜之助は何を見切っていたのか？　そして、なぜ誰も机竜之助の剣の謎を解き明かせないのか？　土方が机竜之助と向き合ったとき、初めて読者は知ることとなる。

後は、本文のこの箇所をじっくり時間を掛けて読んで欲しい。

獏さんならではの、なるほど、そういうことかという理屈が大展開される。話は抽象的じゃない。全て具体的だ。獏さんの面目躍如。これぞ、格闘小説の真髄に触れた気がした。ぼくは大いに納得した。

ぼくは、その理屈を読みながら、子どもの時に読んだ白土三平《しらとさんぺい》の忍者漫画を思い出していた。白土三平の忍法には全て論理的な科学的な合理的な理屈があった。『忍者武芸帳　影丸伝』『ワタリ』などなど。

相対する敵との間に大きな距離がある。その敵を離れた距離から一瞬で打ち破る。それはこういうことだったと説明されると、なるほどと感心せざるを得なかった。

主人公にあえて土方歳三を配置し、音無しの構えへ真正面から論理という剣で獏さんは挑んだ。「アンカー」がそうだったように、獏さんの書いたものには曖昧《あいまい》が無かった。

受身の剣法の理由も机竜之助の出生の秘密とともに、鮮やかに解き明かした。

獏さんが踏破した山には、道が出来ていた。後に続いて登った読者の一人として、ぼ

がし　いった。

ぼくの大好きな宮沢賢治《みやざわけんじ》も中里介山版『大菩薩峠』について、詩を書いている。最後に、それを紹介しておく。

大菩薩峠を読みて

二十日づき　かざす刃は音なしの
虚空も二つと　切りさぐる
　　　　　　　その龍之助
風もなき　修羅のさかいを行き惑ひ
すすきすがるる　いのじ原
　　　　　　　その雲のいろ
日は沈み　鳥は寝ぐらにかへれども
ひとはかへらぬ　修羅の旅
　　　　　　　その龍之助

※獏さんは、龍之助を竜之助と表記しました。

本書は、二〇一六年十二月に小社より刊行された単行本
を加筆修正のうえ、上下分冊して文庫化したものです。

ヤマンタカ　下

大菩薩峠《だいぼさつとうげ》血風録《けつぷうろく》

夢枕《ゆめまくら》　獏《ばく》

令和2年　1月25日　初版発行
令和6年　9月20日　再版発行

発行者●山下直久

発行●株式会社KADOKAWA
〒102-8177　東京都千代田区富士見2-13-3
電話　0570-002-301（ナビダイヤル）

角川文庫 21994

印刷所●株式会社KADOKAWA
製本所●株式会社KADOKAWA

表紙画●和田三造

●お問い合わせ
https://www.kadokawa.co.jp/（「お問い合わせ」へお進みください）
※内容によっては、お答えできない場合があります。
※サポートは日本国内のみとさせていただきます。
※Japanese text only

ISBN 978-4-04-108817-3　C0193

◆◇◇

角川文庫発刊に際して

角川源義

第二次世界大戦の敗北は、軍事力の敗北であった以上に、私たちの若い文化力の敗退であった。私たちの文化が戦争に対して如何に無力であり、単なるあだ花に過ぎなかったかを、私たちは身を以て体験し痛感した。西洋近代文化の摂取にとって、明治以後八十年の歳月は決して短かすぎたとは言えない。にもかかわらず、近代文化の伝統を確立し、自由な批判と柔軟な良識に富む文化層として自らを形成することに私たちは失敗して来た。そしてこれは、各層への文化の普及滲透を任務とする出版人の責任でもあった。

一九四五年以来、私たちは再び振出しに戻り、第一歩から踏み出すことを余儀なくされた。これは大きな不幸ではあるが、反面、これまでの混沌・未熟・歪曲の中にあった我が国の文化に秩序と確たる基礎を齎らすためには絶好の機会でもある。角川書店は、このような祖国の文化的危機にあたり、微力をも顧みず再建の礎石たるべき抱負と決意とをもって出発したが、ここに創立以来の念願を果すべく角川文庫を発刊する。これまで刊行されたあらゆる全集叢書文庫類の長所と短所とを検討し、古今東西の不朽の典籍を、良心的編集のもとに、廉価に、そして書架にふさわしい美本として、多くのひとびとに提供しようとする。しかし私たちは徒らに百科全書的な知識のジレッタントを作ることを目的とせず、あくまで祖国の文化に秩序と再建への道を示し、この文庫を角川書店の栄ある事業として、今後永久に継続発展せしめ、学芸と教養との殿堂として大成せんことを期したい。多くの読書子の愛情ある忠言と支持とによって、この希望と抱負とを完遂せしめられんことを願う。

一九四九年五月三日

角川文庫ベストセラー

角川文庫ベストセラー

キマイラ8　鳳凰変　夢枕獏

第3のキマイラ、巫炎が小田原に現れる。彼は味方なのか——。大鳳に心をあずけながら九十九に惹かれていく深雪。キマイラの背景にあるものの巨大さに気づいた雲斎。そして語り出した巫炎。シリーズ第8弾！

キマイラ9　狂仏変　夢枕獏

大鳳の父であると告白した巫炎はキマイラ制御の鍵、ソーマの謎の一端を語り、去る。一方、ある決意を固めた大鳳は山を下り、久鬼玄造の屋敷へ。絶体絶命の危機に陥ったその時、大鳳の前に現れたものとは?!

キマイラ10　独覚変　夢枕獏

雲斎の下に帰り着いた大鳳。ソーマから薬を作る法を求め、高野山へ向かう九十九。ついに体をキマイラに乗っ取られた久鬼。意志の力もソーマも利かない久鬼に、狂仏《ニョンパ》はキマイラを支配する法を教えるという……。

キマイラ11　胎蔵変　夢枕獏

獣の身で横たわる大鳳を救うべく、雲斎は月のチャクラの活性化を試み、道灌と九十九は修行僧・吐月に、「雪蓮」について情報を求めた。問いに答え、吐月は2人に20年余り前のチベットでの体験を語るが——。

キマイラ12　金剛変　夢枕獏

キマイラ化した久鬼麗一に対峙し、恐怖を抱く菊地。大鳳吼と雲斎は亜室健之によって東京に呼び出された。円空山の留守を預かる九十九らのもとに、玄造と典善が歩み寄る。キマイラを巡り、男たちが集結する。

角川文庫ベストセラー

キマイラ13 梵天変

夢枕　獏

20年ぶりに吐月と再会を果たした久鬼玄造は、典善と九十九、菊地らを自宅に招いた。そこで玄造が見せたのは、はるか昔に大谷探検隊が日本に持ち帰ったキマイラの腕だった。やがて玄造の過去が明らかになる。

キマイラ14 縁生変

夢枕　獏

若き日の久鬼玄造と梶井知次郎が馬垣勘九郎から譲り受けた能海寛の『西域日記』と橘瑞超の『辺境覚書』。2冊の本に記されていたのは、過去に中国西域を旅した彼らが目の当たりにした信じがたい事実だった。

キマイラ15 群狼変

夢枕　獏

夜ごと羊たちが獣に喰い殺されていく。その正体を暴くため、馬垣勘九郎は橘瑞超たちと泊まり込みで様子をうかがう。だが奇妙な鳴き声が聞こえてきたその時、勘九郎の父の仇である王洪宝が襲ってきて……！

キマイラ16 昇月変

夢枕　獏

橘瑞超の『辺境覚書』にはキマイラの腕を日本に持ち帰るまでの、驚愕の出来事が記されていた。あまりにも奥の深い話に圧倒される吐月や九十九たち。その時玄造の屋敷に忍びこんだ何者かの急襲を受け……⁉

キマイラ17 玄象変

夢枕　獏

「キマイラ」をめぐる数奇な過去を語り終えた玄造は、キマイラ化した麗一が出没するという南アルプスの山中へと向かう。そこでは異能の格闘家・龍王院弘も、再起を図って獣の道を歩んでいるのだった……。

角川文庫ベストセラー

角川文庫ベストセラー

過去　北方謙三

突きささる熱い視線。人波の中に立っていたのは刑事、村尾。四年ぶりの出合いだった……服役中の川口から、会いに来てくれという一通の手紙。だが、急死。川口は何を伝えたかったのか？

二人だけの勲章　北方謙三

三年ぶりの東京。男は死を覚悟で帰ってきた。迎え撃つ親友の刑事。男を待ち続けた女。失ったものの回復に命を張る酒場の経営者。それぞれの決着と信頼を賭けて一発の銃弾が闇を裂く！

さらば、荒野　北方謙三

冬は海からやって来る。静かにそれを見ていたかった。だが、友よ。人生を降りた者にも闘わねばならない時がある。夜、霧雨、酒場。本格ハードボイルド〝ブラディ・ドール〟シリーズ開幕！

碑銘　北方謙三

港町N市市長を巻き込んだ抗争から二年半。生き残った酒場の経営者と支配人、敵側にまわった弁護士の間に、あらたな火種が燃えはじめた。著者会心の〝ブラディ・ドール〟シリーズ第二弾！

肉迫　北方謙三

固い決意を胸に秘め、男は帰ってきた。港町N市——妻を殺された男には、闘うことしか残されていなかった。男の熱い血に引き寄せられていく女、〝ブラディ・ドール〟の男たち。シリーズ第三弾！

角川文庫ベストセラー

聖域
北方謙三

高校教師の西尾は、突然退学した生徒を探しにその街にやって来た。教え子は暴力団に川中を殺すための鉄砲玉として雇われていた……激しく、熱い夏！〝ブラディ・ドール〟シリーズ第九弾。

ふたたびの、荒野
北方謙三

ケンタッキー・バーボンで喉を灼く。だが、心のひりつきまでは消しはしない。張り裂かれるような想いを胸に、川中良一の最後の闘いが始まる。〝ブラディ・ドール〟シリーズ、ついに完結！

約束の街① 遠く空は晴れても
北方謙三

酒瓶に懺悔する男の哀しみ。街の底に流れる女の優しさ。虚飾の光で彩られたリゾートタウン。果てなき利権抗争。渇いた絆。男は埃だらけの魂に全てを賭けた。孤峰のハードボイルド！

約束の街② たとえ朝が来ても
北方謙三

友の裏切りに楔を打ち込むためにこの街にやってきたはずだった。友のためにすべてを抛つ男。黙した女の深き愛。それぞれの夢と欲望が交錯する瞬間、街は昂る！ 孤高のハードボイルド。

約束の街③ 冬に光は満ちれど
北方謙三

私は、かつての師を捜しにこの街へ訪れた。三千万円の報酬で人ひとりの命を葬る。それが彼に叩き込まれた私の仕事だ。お互いこの稼業から身を退いたはずなのに、師は老いた躰でヤマを踏もうとしていた。

角川文庫ベストセラー

時をかける少女〈新装版〉　筒井康隆

放課後の実験室、壊れた試験管の液体からただよう甘い香り。このにおいを、わたしは知っている——思春期の少女が体験した不思議な世界と、あまく切ない想いを描く。時をこえて愛され続ける、永遠の物語！

ビアンカ・オーバースタディ　筒井康隆

ウニの生殖の研究をする超絶美少女・ビアンカ北町。彼女の放課後《オーバースタディ》は、ちょっと危険な生物学の実験研究にのめりこむ、生物研究部員。そんな彼女の前に突然、「未来人」が現れて——！

偽文士日碌　筒井康隆

後期高齢者にしてライトノベル執筆。芸人とのテレビ番組収録、ジャズライヴとSF読書、美食、文学賞選考の内幕、アキバでのサイン会。リアルなのにマジカル、何気ない一コマさえも超作家的な人気ブログ日記。

農協月へ行く　筒井康隆

ご一行様の旅行代金は一人頭六千万円、月を目指して宇宙船ではどんちゃん騒ぎ、着いた月では異星人とコンタクトしてしまい、国際問題に……!? シニカルな笑いが炸裂する標題作など短篇七篇を収録。

幻想の未来　筒井康隆

放射能と炭疽熱で破壊された大都会。極限状況で出逢った二人は、子をもうけたが。進化しきった人間の未来、生きていくために必要な要素とは何か。表題作含む、切れ味鋭い短篇全一〇編を収録。